KB262336

기적 1

홀로선별 퓨전 판타지 소설

초판 1쇄 찍은 날 § 2010년 7월 5일
초판 1쇄 펴낸 날 § 2010년 7월 10일

지은이 § 홀로선별
펴낸이 § 서경석

편집장 § 문혜영
편집 책임 § 어정원
편집 § 이수민 · 박우진

펴낸곳 § 도서출판 청어람
등록번호 § 제1081-1-89호
등록일자 § 1999. 5. 31
어람번호 § 제1-1161호

주소 § 경기도 부천시 원미구 심곡2동 163-2 서경B/D 3F (우) 420-822
전화 § 032-656-4452 팩스 § 032-656-4453
http://www.chungeoram.com
E-mail § chungeoram@chungeoram.com

ⓒ 홀로선별, 2010

ISBN 978-89-251-2219-9 04810
ISBN 978-89-251-2218-2 (세트)

홀로선별 퓨전 판타지 소설

기적 Miracle

FUSION FANTASTIC STORY

1

CONTENTS

CHAPTER 01
비운의 천재와 망나니 공자

Miracle

1

　현 중원 무림은 크게 두 개의 세력이 대지하고 있었다. 하나는 정파들이 힘을 모아 만든 정의맹이며 또 하나는 사파와 마도가 무려 천 년 만에 힘을 합쳐 만든 혈맹이었다. 그러나 처음부터 이 두 세력 간 힘의 균형은 전혀 맞지 않았다.

　비록 구파일방과 십대세가가 모두 뜻을 모아 정의맹을 만들기는 했지만 천 년 만에 사도와 마도가 힘을 합쳐 완성한 혈맹의 가공할 힘 앞에서는 밀릴 수밖에 없었다.

　정의맹은 사력을 다해 싸웠지만 혈맹의 저력은 실로 대단했다. 그들은 오랜 세월 정도인들에게 당한 한을 풀기 위해 상당히 오랜 시간을 준비해 왔으며 그만큼 놀라운 기세로 잔

혹하게 정도인들을 몰아붙였다. 그렇게 무림은 혈맹에게 복속을 당하는 듯했다. 그런데 그 위험천만한 순간 등장한 위대한 영웅이 있었으니…….

십대세가의 후계자 가운데 무공을 익힐 수 없는 신체를 타고나 일찍부터 관부에 뜻을 두었던 제갈세가의 차기 가주, 제갈수가 혈맹과의 전쟁 도중 돌아가신 아버지의 유지를 받들어 몰락해 가는 정도를 일으켜 세우려 강호로 되돌아온 것이다.

제갈량의 28대손이자 현 제갈 가문의 가주, 제갈수를 정의맹의 군사로 임명하노라!

누구도 무공을 일 식 일 초도 시전할 줄 모르는 백면서생 제갈수에게 큰 기대를 걸지 않았다. 이런 난세에 그저 머리만 좋고 학문 쪽으로나 뛰어난 그가 무엇을 할 수 있다는 것 자체가 어불성설 같았기 때문이다.

그러나 그가 군사 직을 수락하고 난 이후 참가했던 첫 번째 전투의 결과를 보게 되자 무림은 술렁이기 시작했다.

정의맹의 군사 제갈수가 겨우 오십 명의 청년의혈단만 이끌고 나가 혈맹의 중추 세력 가운데 하나인 수라혈방의 삼백여 고수를 괴멸시켰다!

그 오십 명의 결사대는 이제 겨우 약관밖에 되지 않은 구파 일방과 십대세가의 후기지수들뿐이었다. 어디로 보나 전력적으로 비교가 될 수 없는 이 청년의혈단만을 이끌고 소림사 보다 강하다는 수라혈방을 초토화시켰으며 그 가운데 무려 일백오십여 명의 수라혈방 고수들을 포로로 잡아들였다!

정의맹의 희망이 거의 사라질 정도로 형세가 기운 상황에 벌어진 이 첫 번째 전투는 사실은 혈맹의 비열한 음모로 인해 이루어진 전투였다.

정의맹에서 새로운 군사의 영입을 계기로 다시 사기를 끌어올리려는 시도를 보이자 아예 그 싹을 잘라 버리기 위해 은밀히 가짜 정보를 흘려 제갈수가 함정에 빠지게끔 한 것이다. 그리고 혈맹의 이런 시도는 그대로 맞아떨어지는 듯했다. 겨우 오십 명의 애송이들만 아무 생각 없이 나타났으니 말이다.

하지만 막상 드러난 결과는 너무나도 믿기 어려웠다. 무공도 쓸 줄 모르는 백면서생 제갈수, 이제 겨우 간신히 이류고수 반열에서 벗어난 애송이들 오십 명에게 무림 최상급 고수들과 일류고수들로만 이루어진 수라혈방 전체가 박살 나고만 것 아닌가!

이 사건으로 인해서 강호는 크게 술렁거렸다. 도대체 어떤 방법으로 이렇게 엄청난 전력 차이가 나는 싸움을 오히려 압

도적으로 이길 수 있었을까? 다들 이것이 가장 궁금했다.

수라혈방의 삼백 명의 고수들을 괴멸시킨 것은 정의맹의 청년의혈단도 아니었고 숨은 고수들의 도움도 아니었다. 그들을 물리친 것은 바로 '천상미로구궁개개진(天上迷路九宮鎧蓋陣)' 이라는 희대의 절진이다!

천 년 전, 팔문금쇄진이라는 무서운 절진을 만들어 세상을 놀라게 했던 제갈량이 비전으로만 전해주었다는 신비의 절진이 바로 '천상미로구궁개개진' 이라고 했다.

겨우 삼 척 길이의 나뭇가지 64개로 설치할 수 있지만, 일단 그 안에 갇히면 설사 초극의 고수라 해도 절대 빠져나올 수 없다는 절진으로 무려 삼백여 명이나 되는 무시무시한 고수들을 물리쳤다는 것이다.

'천기개천(天氣蓋天) 제갈수'.

이때부터 세상 사람들은 정의맹의 군사 제갈수 앞에 하늘의 기운마저 엎을 만큼 무서운 재주를 지녔다는 뜻으로 천기개천이라는 별호를 붙여 부르기 시작했다. 그리고 이 별호와 제갈수의 이름은 혈맹에게 있어서는 저주의 대상이자 넘기 힘든 벽으로 부각되어 갔다. 그의 신출귀몰한 계략과 작전은 상상을 초월한데다가 위기 때마다 펼쳐지는 기상천외한 절진들이 혈맹의 전의를 꺾어놓기에 충분했던 것이다.

그렇게 치열한 전쟁 가운데 또다시 2년이라는 시간이 흘러갔다.

비록 제갈수의 귀계와 고군분투로 정의맹의 입지가 많이 유리해졌다고는 하지만 순수 전력에서 월등히 앞서 있던 혈맹인지라 여전히 힘의 균형은 비슷하게 유지해 나가고 있었다.

"콜록콜록~! 이, 이런… 내 약이 어디에 있느냐!"

"여기 있습니다, 군사님!"

제갈수가 각혈과 격렬한 기침을 하며 약을 찾았다. 이에 곁에서 시중을 들고 있던 시종이 제갈수에게 꽤 커다란 환약 한 알을 건넸고, 제갈수는 물도 없이 환약을 삼키더니 겨우 정신을 차렸다. 기침이 잦아들자 제갈수가 처연한 얼굴로 이렇게 중얼거렸다.

"젠장… 갈수록 깨어 있는 시간이 줄어드는구나. 이제 시간이 없어. 천하제일 신의(神醫)이신 성수신의(聖手神醫)께서 조제해 주신 약으로도 하루 중 네 시진밖에 버틸 수 없다니. 휴우… 죽는 것은 두렵지 않으나 내가 죽은 뒤 정의맹과 가문은 어떻게 될지 두렵구나. 방법을 세워야 해, 방법을……."

놀랍게도 희대의 천재이자 제갈량 사후 천 년 이래로 기관 진식과 병법에 있어서는 최고라 불리는 제갈수는 이처럼 조금씩 죽어가고 있었다.

애당초 그는 죽을 운명이었다. 그는 극양절맥이라는 천고의 절맥을 타고났는데, 이 절맥은 지금까지 단 한두 번밖에 등장한 적이 없는 희귀한 절맥인만큼 아직까지 치유 방법이 없었다. 단지, 세상에 알려지기를 극양절맥을 가진 자는 이십세 이상 살 수가 없다고 했다.

대신 하늘도 시샘할 정도의 뛰어난 천재성을 타고난다 했는데, 그래서인지 제갈수 역시 태어날 때부터 문일지십의 천재성을 보여주었다. 세 살 때 천자문을 떼고 다섯 살에 사서오경을 모두 외우고 이해할 정로로 놀라운 아이였으니 말해 무엇하랴. 게다가 그가 태어난 가문은 원래부터 강호에서 학식과 병법이 대단한 것으로 알려지지 않았는가.

하지만 아무리 그러한 가문이라 해도 어쨌든 강호의 십대세가 가운데 한자리를 차지하는 가문인만큼 무공이 가장 중요한 것은 당연했다. 때문에 무공을 전혀 익힐 수 없던 그는 불과 열세 살에 장원급제를 한 것을 핑계로 아예 동생 제갈민에게 차기 가주 자리를 부탁하고는 관부로 투신했다.

그렇게 오 년 정도를 관부에 머물면서 대학사의 비서인 중서사인 자리까지 올라가는 기염을 토하다가 아버지의 임종 직전에 강호로 돌아오게 되었던 것이다.

"으윽… 관부에 들어간 이후 아무도 모르게 황실 비고까지

뒤졌다. 그래서 각종 놀라운 기예와 천하를 다스릴 만한 지식을 더 얻었건만 여전히 내 운명을 바꿀 수 있는 길은 요원하기만 하구나. 하지만 숨이 끊어지는 그 순간까지 절대로 포기하지 않겠다. 아버지께서 원하셨던 유지를… 지키기 위해서라도 절대로 포기할 수가 없단 말이다. 커흑~ 쿨럭! 쿨럭! 어서… 어서 가자…….”

그렇게 제갈수는 시종의 도움을 받아 힘겨운 걸음걸이로 정의맹 건물의 지하로 이동했다. 그곳에는 그가 이곳으로 온 무렵부터 지금까지 꼬박 이 년 동안 준비하고 있는 그 ‘무엇’ 인가가 있었다. 그의 간절한 염원이 담긴 그 무엇이 말이다.

2

“공자님, 이제 그만 돌아가셔야 합니다. 더 늦으시면 각하께서 경을 치실 것입니다.”

“딸꾹~! 이봐, 그란텔. 너는 뭐가 그렇게 무섭다고 떨고 있냐? 언제 아버지, 그분이 내게 신경이나 쓰셨던가? 끅! 아~ 취한다.”

“그, 그것은 아니겠지만 이번에 또 수련을 빼먹고 술을 마셨다는 것이 알려지면 각하께서 절대 참지 않으실 것입니다. 그러니 어서 정신을 차리십시오.”

　듀란달 왕국의 수도 르웬슨의 구석진 거리에 화려한 옷차림에 무척이나 귀티 나고 잘생겼으며 건장해 보이는 청년이 나타났다. 이제 대략 스무 살쯤이나 되었을까 싶은 이 청년은 초저녁인데도 술을 많이 마셨는지 몸도 제대로 가누지 못할 정도였고, 그의 시종쯤으로 보이는 비슷한 또래의 청년의 부축에 힘입어 겨우겨우 걸어가고 있었다.

　"이런, 이런, 이거 부잣집 도련님께서 완전히 맞이 갔구면 그래. 아무래도 우리가 몸을 조금 가볍게 해줘야 할 것 같은데? 안 그러냐, 애들아?"

　"킬킬킬… 맞습니다, 형님. 저렇게 비실비실하면서 걸을 정도이니 짐을 덜어주면 분명 좋아할 것입니다."

　"당신들은 누구요?"

　비틀거리며 억지로 걸어가고 있던 술 취한 청년의 앞으로 험상궂게 생긴 사내들 세 명이 등장했다. 이들이 일부러 청년에게 시비를 거는 것으로 보아 한눈에도 이 인근에서 기생하는 깡패들이 분명했다.

　"우리? 우리는 이 동네를 지키며 사람들의 불편함을 덜어주는 착한 사람들이지. 그러니 좋게 말할 때 어서 내놔라."

　"뭘 내놓으라는 말입니까?"

　누가 보더라도 이 덩치의 사내들은 돈을 뜯기 위해 뺀질거리며 말을 하는 것이었지만, 잔뜩 취해 있는 청년을 보좌하는 시종은 의외로 담담했다. 그는 세 명을 한 명씩 천천히 바라보며 침착한 어조로 다시 물었다.

"이거 보기에는 똑똑해 보이는데 영 말귀를 알아차리지 못하는 놈일세. 이곳을 지나가려면 통행세를 내야 하니 어서 돈을 내놓으란 말이다! 이제 알아듣겠니?"

무리의 대장쯤으로 보이는 자가 얼굴에 길게 나 있는 칼자국을 씰룩거리며 인상을 팍 썼다. 아마 어지간한 사람 같으면 이 표정 하나만으로도 오줌을 지릴 만큼 살벌한 모습이었다. 그러나,

"그란텔!"

"네, 공자님!"

"푸웁! 저 면상이 생기다 만 것 같은 우울한 인간들은 대체 뭐냐? 누군데 감히 내 앞을 가로막은 것이냐……. 히끅~! 거 참, 못생겨도 너무 못생긴 놈들이네그려. 딸꾹~!"

"보아하니 먹을 게 없어서 쓰레기통을 뒤지고 다니는 떨거지 놈들 같습니다. 그러니 신경 쓰지 말고 그냥 어서 가시지요."

"뭐, 뭐라고? 떨… 거지들? 이놈들이 좋게 말로 끝내려고 했더니 도저히 그냥 넘어가지 못하게 만드는구나. 얘들아! 이 세상 물정 모르는 얼빠진 놈들에게 따끔한 맛을 보여주어라!"

"네, 형님! 이야압!"

부우웅!

가장 흉하게 생긴 사내가 좌우의 사내들에게 명령을 내리자 그들은 무식해 보이는 주먹을 휘두르며 달려들었다. 한눈에 보기에도 다 쓰러져 가는 술 취한 청년과 그다지 강해 보이지 않는 시종이 크게 당할 것 같은 분위기였다. 하나,

"어림없다. 차압!"

슈캬! 뻐억!

"크악!"

"켁!"

쿵!

시종은 순간 날렵하게 그 주먹을 피하더니 한 놈은 옆구리를, 그리고 또 한 놈은 목덜미를 내려쳐 순식간에 둘 모두를 그 자리에서 쓰러지게 만들고 말았다. 실로 놀라운 솜씨였다.

"이, 이 개자식이! 죽어라!"

"이 새끼들…… 둘 다 죽여 버리고 말겠다. 으드득."

번뜩—

"치사하게 칼을 꺼내 들다니……. 쯧, 당신들은 양아치들이었군요. 그렇다면 봐줄 것도 없겠어요. 이얍!"

깡패들은 불리해지자 곧장 품속에서 날카로운 단도를 꺼내 들었다. 그러나 시종은 그들의 그런 행동을 지켜보더니 아까보다 냉정한 표정을 지으며 곧장 달려가 그들이 칼을 휘두르기도 전에 그들을 밟기 시작했다.

슈우우욱!

퍼퍽! 빡! 콰직!

"끄억!"

"으악! 이, 이건…… 컥!"

덩치도 그다지 크지 않고 힘이 강해 보이지도 않았지만, 시종의 동작은 기사라 해도 쉽게 보여줄 수 없을 만큼 빠르고 강했다.

그렇게 두 동생이 작살나는 모습을 보게 된 흉한 얼굴의 형님은 얼른 등을 돌리더니 미친 듯이 도망을 치기 시작했다. 물론 늘 그렇듯이 마지막 자존심(?)을 보여주면서 말이다.

"네놈들, 거기 꼼짝 말고 있어라. 절대 그냥 두지 않을 것이다!"

"저런 치사한 놈… 명색이 아우들이라면서 혼자만 도망을 치다니……. 공자님, 이제 정말 성으로 돌아갑시다. 아무래도 일이 커질 것 같습니다. 이곳은 성에서도 제법 떨어진 곳이라 방금 그놈이 패거리라도 데리고 오면 위험합니다."

시종으로 생각했던 이 청년은 취해 있는 귀족 청년의 호위기사쯤 되는 것이 아닐까 싶을 정도로 엄청난 실력을 보여주었다. 등 뒤에 메고 있는 검과 실력을 제외하면 틀림없이 호위기사로 오인받았을 것이다. 패거리를 처리한 뒤 시종은 호흡 하나 흐트러지지 않은 채 다시 취한 청년을 부축했다.

"내가 몸을 좀 풀려고 했더니 네 녀석이 벌써 다 처리했구나. 딸꾹~ 좋아, 좋아……. 그렇다면 이제 돌아가 봐야겠지.

그 잘나신 아버지께서 화가 난다고 지난번처럼 내 자금줄을 모두 막아버리시면 놀러 다니기도 불편할 테니까 말이야. 딸꾹~ 어서 가자, 그란텔……."

"네, 공자님. 아, 그쪽이 아니고 이쪽입니다."

휘청휘청…….

그란텔이라 불린 청년의 부축을 받으며 술에 찌든 청년이 환한 거리로 발걸음을 옮겼다.

"세상은 이처럼 밤에도 환한데 어째서 나는 늘 어두운 곳에서 살고 있는가. 큭큭. 다 내 팔자라고 잘나신 큰형님께서 그러셨던가? 그래……. 그 엄청나다는 레비안또 공작 가문에서 태어난 것만 해도 잘나신 팔자겠지. 그것도 아무런 책임도, 의무도 없는 셋째 아들. 놀기에 얼마나 좋으냔 말이다. 어차피 그분에겐 형님들만으로 족하겠지. 안 그러냐, 그란텔?"

취한 귀족 청년의 입을 통해 엄청난 사실이 밝혀졌다. 듀란달 왕국 최고의 귀족 레비안또 공작. 그는 나는 새도 떨어뜨린다고 할 정도로 큰 권력과 입김을 가진, 그야말로 일인지하 만인지상의 인물이었다. 왕을 제외하고는 그 누구도 그의 앞에서는 고개를 쳐들지 못한다는 뜻이다. 그런 대단한 공작가문의 셋째 아들…….

아무리 셋째라지만 어지간한 귀족들이라면 감히 함부로 대할 수 없는 신분인 그가 이렇게 술이 취해 밤거리를 헤매고 다니다니……. 이것만으로도 귀족들 사이에서는 큰 뉴스거리가 될 터였다. 아니, 다들 쉬쉬거리고 있기는 하지만 그는 이미 모든 귀족들에게 놀림을 당하고 있는 존재였다.

레비안또 공작가의 망나니, 이 별명 하나만 들어보아도 현재 그가 어떤 위치에 놓여 있는지 충분히 짐작할 수 있을 것이다.

"바로 저놈들입니다요, 두목님."

"이런 병신 같은 새끼! 겨우 저런 아가씨같이 생긴 녀석들에게 당했단 말이냐? 저리 비켜라! 저놈들을 혼내주고 나서 일에 대한 책임을 묻겠다. 다들 저놈들을 포위해라!"

"네! 두목님!"

대공작 가문의 셋째 아들이 푸념인지 술주정인지 알 수 없는 소리를 지껄이며 간신히 길을 걷는 사이 주변을 꽉 메우는 엄청난 수의 무리들이 등장했다. 속히 스무 명은 될 것 같은 깡패들이 떼거리로 몰려왔던 것이다.

3

제갈수와 몸종은 입구를 지나 계단을 따라서 아래로 내려갔다. 비록 지상의 건물만큼 완벽하지는 않았지만 통로를 따라 걸려 있는 수많은 횃불들이 비춰주고 있는 지하의 모습은 생각보다 깔끔했으며 상당히 튼튼한 구조로 이루어진 것처럼 보였다.

휘청~

"아… 조심하십시오, 군사님."

"쿨럭~! 오늘 따라 다리가 더 후들거리는군. 이제 괜찮네."

계단을 내려가던 제갈수는 하마터면 굴러 떨어질 뻔했다. 적시에 그의 몸종이 잡아주지 않았다면 정말로 위험한 순간이었던 것이다. 그는 거의 최후의 순간이 다가왔는지 평상시보다 훨씬 상태가 위태로워 보였다.

원래 이 지하 공간은 정도맹에 갑자기 큰 위험이 닥쳤을 때를 대비해 만들어두었던 비상 대피소였다. 하지만 제갈수가 맹에 온 이후로 정도맹의 성 주변으로 여러 가지 방어진을 겹겹이 설치한데다가 비상 탈출구마저 확보해 놓은 바람에 지금은 원래의 효용 가치가 사라졌다고 할 수 있었다. 물론 이러한 노력으로 인해 제갈수는 정도맹 안에 자신만의 비밀 공간을 마련할 수 있었다.

"후아, 후… 이제 자네는 올라가 보게. 이곳은 나 외의 사람이 있으면 부정탄다네."

"네, 군사님! 그럼 몸 조심히 일 보십시오."

몸종은 대체 그가 이곳에서 무엇을 하고 있는 것인지 전혀 알지 못했다. 단지 그가 혈맹과의 전쟁에서 승리할 수 있도록 천지신명께 기도를 드리는 것이 아닐까라는 막연한 추측을 할 뿐이었다. 그렇게 제갈수의 안위가 걱정스러운 가운데서도 어쩔 수 없이 자신의 처소로 돌아갔다.

끼리릭.

그그그그긍…….

몸종이 되돌아간 것을 확인한 제갈수는 곧 크고 매끄러운 철문 앞에 섰다. 이 철문은 희한하게도 문을 여닫는 손잡이가 없었는데 그는 그런 것은 전혀 아랑곳하지 않았다. 그는 문의 바로 옆에 붙어 있는 작은 지렛대를 가만히 움직였다. 그러자 놀랍게도 철문이 서서히 위로 올라가기 시작했다. 실로 절묘한 기관 장치가 아닐 수 없었다.

제갈수가 이곳의 사용 허가를 받은 이후 손수 건물의 설계를 다시 해 이곳 지하를 완전히 새롭게 정비한 바가 있었다. 그 덕에 과거와 비교도 할 수 없는 놀라운 곳으로 바뀌게 된 것이다.

과거에는 그저 단순한 대피소 수준이었다면 지금은 중앙 병법연구소—이곳이 제갈수의 개인 연구소임—를 비롯한 몇 개의 석실로 나누어 수많은 서책과 특수 병장기 보관소로 쓰이고 있었다.

"윽! 또… 커헉! 커헉! 이런… 고통이 찾아오는 주기가 점점 빨라지고 있구나. 하지만 이제 마지막으로 천원(天元) 자리에 가장 구하기 힘들었던 만년금강석만 올려놓으면 내 필생의 역작인 '천기운행 재생의 진[天氣運行再生之陣]'이 완성된다. 쿨럭쿨럭!"

사방이 각 10장(약 30여 미터) 정도 되는 중앙 병법연구소 안은 벽 여기저기에 횃불이 밝혀져 있어서 이곳이 지하라는 생각을 전혀 할 수 없을 만큼 밝았다. 그리고 이런 공간의 한복판에서 하얀 학창의를 입고 있는 제갈수가 허리를 굽힌 채 무엇인가를 하기 시작했다.

바닥을 온통 뒤덮고 있는 수많은 막대와 작은 보석들을 정성스럽게 매만지고 있는 것 같았는데, 그런 신중한 행위를 하는 가운데에서도 터져 나오는 기침 때문에 몹시 괴로워하고 있어 그가 지금 얼마나 힘든지 짐작하게 하였다. 사실 그가 이 정도라도 움직일 수 있는 것도 알고 보면 그만큼 삶에 대한 열망이 컸기 때문이라 할 수 있었다.

"내가 과연… 살 수 있을까?"

제갈수가 아랫입술을 꽉 깨물더니 마침내 천원의 자리에 어마어마한 거금을 들여 사들였던 만년금강석을 천천히 올려놓았다.

딸깍!

그러고는 조용히 진의 중앙으로 걸어가더니 천천히 드러누웠다.

'하아… 하아… 하필 이럴 때 이상할 정도로 아버지가 생각나는구나. 내가 건강해진 모습을 꼭 보여 드리고 싶었는데…….'

진 위에 누워 있던 제갈수는 머릿속에 떠오르는 아버지의 마지막 모습을 떠올리며 회한에 잠긴 표정으로 진의 진의 움직임을 기다렸다.

조용…….

"이, 이런… 설마 실패란 말인가? 어째서 진이 전혀 가동이 안 되는 것이지? 쿨럭! 쿨럭! 이, 이럴 리가 없는데……."

원래대로라면 만년금강석이 천원의 자리에 놓이는 순간 바로 진이 가동되어야 하는데 아무런 변화가 없었다. 이 사실은 평소 그렇게 침착하던 제갈수라 해도 당황할 수밖에 없었다. 만일 이것이 실패한다면 이대로 자신의 삶은 끝장이 나는 것과 마찬가지였다. 다음 기회를 노리기에는 이미 늦어도 한참 늦은 것이다.

그런데 바로 그때…

지잉~! 지잉~! 지잉~!

부우우웅…….

무섭고 두렵던 침묵을 깨고 마침내 전에도 없었고, 앞으로도 없을 그런 신비하고 절묘한 절진이 요란한 소리와 함께 진동을 일으키며 발동하기 시작했다.

"휴우, 그래도 다행히 아주 실패는 아닌 모양이구나. 그렇다면 어디……. 허억! 크―으으윽……. 으―아아……. 이, 이 극렬한 고통은 대체… 괴롭… 구나. 허… 으으으윽! 서, 설마 방금 전의 고요는 이런 실패를 예고했던 것이란 말인가? 커흑!"

슈슈슈슛~ 쉬이이이익~!

파앗! 팟! 팟!

진(陣)의 사방에서 눈을 뜨고 볼 수 없을 정도로 환한 빛이 일어남과 동시에 빛 속에 가려진 제갈수의 고통과 절망에 찬 신음이 흘러나왔다.

뿐만 아니라 이곳은 사방이 가로막힌 실내임에도 어디선가 세찬 회오리바람이 일어나더니 주변을 맹렬히 돌기 시작했고 어느 순간 모든 횃불들을 모조리 꺼버리는 것이 아닌가.

"끄아아아악~!"

파아앗!

그런 초자연적인 상황이 약 오 분 정도 유지되자 실로 처절하기 짝이 없는 제갈수의 비명성이 계속해서 울려 퍼졌다. 그러더니 한순간, 모든 빛이 감쪽같이 사라졌다. 그리고 이후 찾아오는 정적.

…….

어둠 속이기는 했지만 이미 제갈수는 실내에 더 이상 존재하지 않았다. 그가 실로 흔적도 없이 감쪽같이 사라져 버리고만 것이다. 만약 그가 만들었던 진이 성공했다면 분명 이 자리에 남아 있어야 정상이었다.

도대체 그는 어디로 사라지고 만 것일까. 그의 마지막 중얼거림처럼 결국 실패를 한 것일까. 아직은 알 수가 없었다.

4

한편,

제갈수가 진을 발동하던 그 무렵, 그가 살았던 중원과는 전혀 다른 세상인 가르텐 대륙 위. 그곳에 존재하는 듀란달 왕국의 수도 르웬슨의 조용한 뒷골목에서는 한차례 격렬한 싸움이 벌어지고 있었다.

"이분이 누구신 줄 알고 함부로 덤비는 겁니까? 이얏!"

쉬가각!

퍼억!

"끄악!"

"저놈을 모두 공격해라! 저놈만 잡으면 된다."

여전히 공작가의 셋째 공자를 보좌하는 시종 그란넬의 움직임은 화려했다. 무려 스무 명이나 되는 깡패들이 둘러싼 채 공격을 하고 있었지만 그는 조금도 위축됨없이 눈부신 빠르기와 절묘한 손동작, 발동작으로 그들을 하나씩 쓰러뜨리고 있었다.

"가소롭군요. 겨우 뒷골목 깡패들에게 당할 만큼 허술한 제가 아닙니다. 타앗!"

퍽퍽! 뻐억!

"꾸아악!"

"컥!"

"진짜 강한 놈이다. 모두 검을 꺼내라!"

"네!"

망나니 공자는 여전히 눈동자가 풀린 채 비틀거리며 헛소리를 중얼거리고 있었지만 시종 그란텔은 그런 그를 가로막아 서서는 가까이 다가오는 깡패들을 계속해서 쓰러뜨리고 있었다. 결국 그들은 숫자만 많았지 이 호리호리한 젊은 시종 하나를 어쩌지 못하고 있었던 것이다. 모든 것을 지켜보던 깡패 두목은 상황이 쉽지 않음을 깨닫고 부두목에게 속삭였다.

"안 되겠다. 내가 저놈의 시선을 끌 테니 그 틈에 너와 짝귀는 저 귀족 애송이를 납치해라. 알겠지?"

"네, 두목님."

하지만 아무리 그래도 중과부적이라는 말이 괜히 생긴 것이 아니었다. 생각보다 깡패 두목은 잔머리가 잘 돌아가는 녀석인데다가, 안타깝게 시종은 깡패들을 두들겨 패기만 했지 죽이지는 못했다. 이런 식으로 몇 놈만 더 때려눕히다 보면 다들 물러설 것이라 생각했기 때문이다.

원래 사람의 목숨을 함부로 여기지 않는 그란텔로서는 살인을 할 이유가 없었던 것이다.

"네놈이 제법 한가락 하는 모양이다만, 나 역시 거저 타이거 파의 두목이 된 것은 아니다! 간다! 웨이브 쇼크!"

이제까지 수하들만 앞세웠던 두목이 허리에 차고 있던 롱소드를 꺼내더니 제법 격식이 갖추어진 검식을 펼치며 달려들었다.

쉬카가각!

"웃! 제법이로군요. 하지만… 에잇!"

까까깡!

비록 아직 그 형태가 완벽하지는 않았지만 확실히 이런 뒷골목에서 보기 쉬운 검식은 아니었기 때문에 그란텔은 약간 감탄을 하며 자신 역시 등 뒤에 메고 있던 검을 꺼내 들어 두목의 검을 막았다. 그런데 바로 그때 문제가 발생했다.

"지금이다. 저놈부터 잡아라!"

쫘악!

"뭐야, 이놈들아~! 이거 놓지 못해! 모두 죽고 싶은 게냐? 어서 놓으란 말이다!"

"헉! 고, 공자님!"

두목의 검을 막기 위해 그란텔이 몸을 돌리던 그 짧은 순간, 그에 의해 쓰러졌던 놈들과 버티고 있던 놈들이 모조리 달려들어 공작가의 셋째 공자를 잡아챘던 것이다.

이것은 시종 그란텔도 전혀 예측하지 못한 방심의 순간에 벌어진 일인지라 완전히 속수무책으로 넋을 놓을 수밖에 없었다.

"크흐흐흐……. 잘했다, 짝귀!"

"별말씀을요. 어서 검을 버려라! 그렇지 않으면 이 잘생긴 도련님의 목에 검이 박힐지도 모른다!"

챙그랑!

"버, 버렸으니 어서 공자님을 놔주십시오! 그분이 어떤 분이신 줄 알고 그렇게 함부로 대하십니까!"

"이놈이 누군데?"

"그분은! 그분은……."

그란텔은 지금 그들이 잡고 있는 사람이 공작가의 셋째 아들임을 밝히려다가 입을 다물고 말았다.

"그분은?"

"…엄청난 부잣집 공자님이십니다. 몸값을 제대로 받으려면 살살 다루시는 게 좋을 겁니다."

이 무도한 놈들이 만일 납치한 자가 공작 가문의 아들임을 알게 되면 후환이 너무 두려워 자신은 물론 공자까지 죽여 증거 인멸을 할지도 몰랐기 때문에 말을 바꾸었다. 그래서 오히려 부잣집 도련이라 말을 해서 조심히 다루게끔 유도한 것이다. 그는 비록 공작가 셋째 아들의 시종에 불과했지만 검술 실력도 뛰어날뿐더러 이처럼 냉정하고 빠른 판단력까지 갖춘 인물이었다.

"오호! 그래? 그것참 구미가 당기는 소리인걸? 얘들아!"

"네, 두목님!"

"그놈을 이쪽으로 데리고 와봐라!"

두목은 껄끄럽게 여기던 그란텔이 유순해지자 득의양양한 태도로 목에 힘을 주면서 명령했다. 그러자 짝귀는 자신의 팔

안에 목이 감겨 있는 공자를 두목 쪽으로 질질 끌고 가면서
소리를 질러댔다.

"네 이놈! 그만 버둥거려라! 자꾸 움직이면 혼을 내줄 것이
다."

하지만 정말 심각한 문제는 바로 이때 벌어졌다.

"씩씩~! 이것들이 진짜 죽으려고! 와앙~!"

"켁! 이런 개새끼가!"

슈우욱!

퍼억!

"울컥!"

스르르… 털썩…….

짝귀가 헤드락을 풀고 공자를 밀어서 움직이게 하려 하자
때는 이때라는 듯 여전히 술 취해 있던 공자가 잽싸게 짝귀의
남은 귀를 덥석 무는 사고를 저질렀던 것이다.

평소에도 워낙 귀에 관해서 민감했던 짝귀는 순간적으로
끓어오르는 분노를 참지 못해 왼손에 들고 있던 철추를 휘둘
러 공자의 뒷덜미 쪽을 강하게 내려쳐 버렸다. 철로 만든 추
가 날아가 때렸으니 공자의 목 쪽에서부터 피가 터져 나올 수
밖에. 공자는 그렇게 철철 피를 쏟으며 조용히 모로 쓰러지고
말았다.

"이, 이런. 이놈 이거 죽은 거 아냐?"

"뭣이라고! 죽다니, 그게 무슨 소리냐! 공자니임!"

후다닥!

쓰러진 공자를 향해 그란텔이 달려갔다.

"헉! 이, 이럴 수가… 공자님! 어서 정신 차려보십시오!"

"젠장! 이런 재수없는 경우가 다 있나. 이 병신 같은 새끼! 인질을 잡았으면 잘 데리고 있어야지 왜 죽이고 지랄이야!"

타이거 파 두목은 한눈에 보기에도 이미 다 죽은 것 같은 공자가 되살아날 확률이 없다고 판단되자, 괜히 수하들에게 신경질을 부렸다. 뭔가 헛고생을 했다는 생각 때문이었다.

그러나 그 역시도 여기서 한가하게 버틸 수만은 없었다. 워낙 복잡한 도시 한복판에서 벌어졌던 일이었기 때문에 누군가가 치안대에 신고를 한 것이다.

"저쪽이다. 모두 잡아라!"

"와아아아! 잡아라!"

"큰일 났다. 수도 치안대다. 모두 튀어라!"

두두두두~!

족히 수십 명은 돼보이는 치안대 병력이 골목 어귀에 모습을 보이자 타이거 파 깡패들은 번갯불에 콩 튀듯 사방으로 도주를 감행했다. 하지만 이미 공작가의 셋째 공자는 점차 숨이 멎어가고 있었다. 어떻게 손쓸 틈도 없이 너무 많은 출혈을 일으켰기 때문이다.

"공자님! 슈 공자님~! 어서 눈을 떠보십시오. 어서요~!"

슈라 불린 공자는 멀리서 부르는 그란텔의 소리를 들은 것 같다고 생각하면서 서서히 의식을 잃어가고 있었다.

'…죽는 걸까? 아버지… 만족하십니까? 제가 이렇게 된 것
도… 죽는 것도… 모두 다 당신 탓입…….'

툭.

슈의 몸에서 기운이 완전히 빠져나갔다. 공자의 피가 옷까
지 흘러내려 축축이 적시는 것도 아랑곳하지 않고 그란텔은
그를 부둥켜안은 채 처절하게 울기 시작했다. 그의 울부짖음
은 치안대가 달려오고 그들이 공자의 신분을 알아보자마자
경악을 하며 급히 마차를 불러 올 때까지도 그렇게 계속되고
있었다.

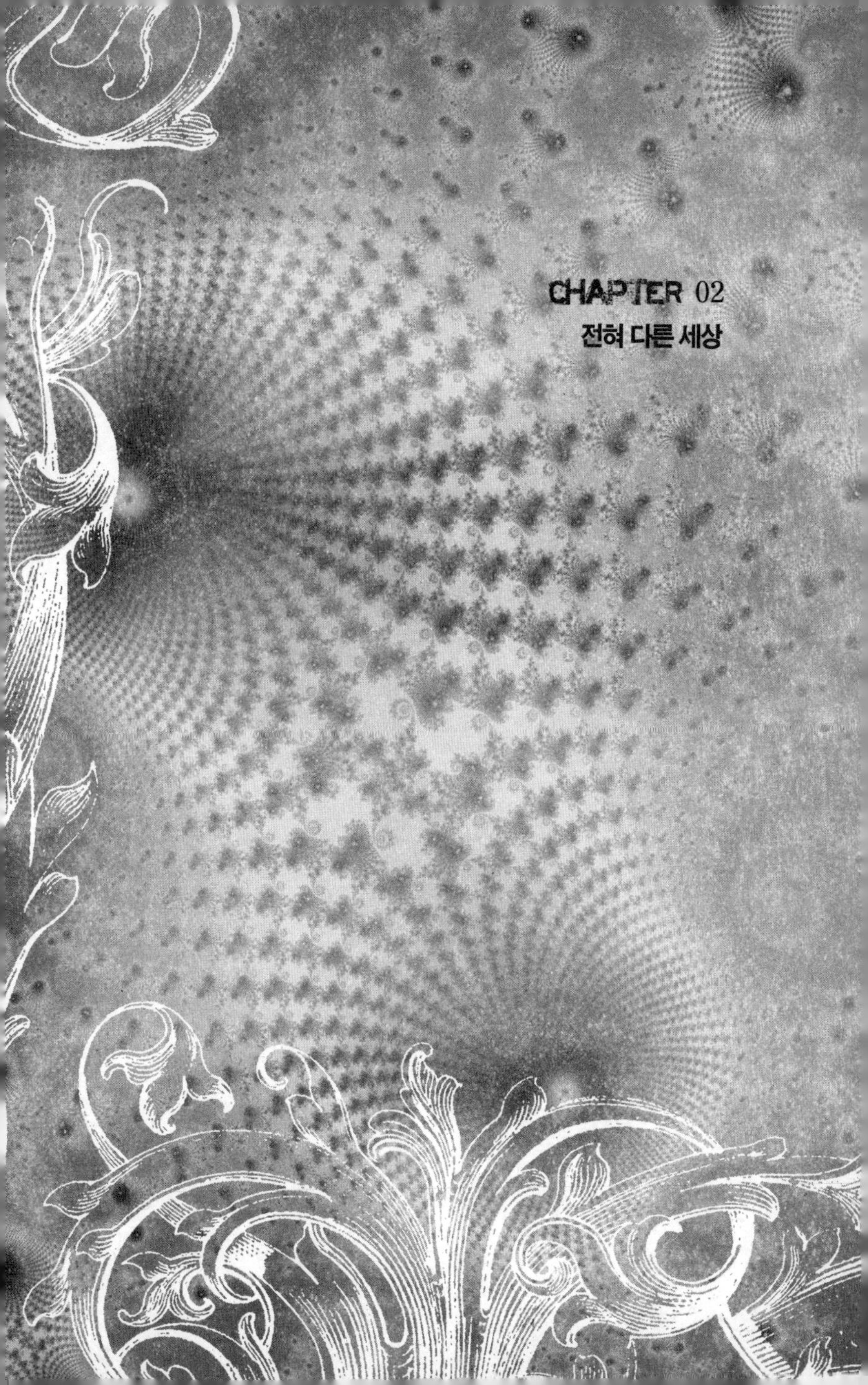

CHAPTER 02
전혀 다른 세상

Miracle

제살수가 저음 다시 정신을 차렸을 때 그는 바로 벌떡 일어나려고 하였지만 꼼짝도 할 수가 없었다. 어쩐 일인지는 모르겠지만 뒤통수와 뒷목이 뻐근한데다가 온몸마저 다 쑤시고 아픈데도 손끝 하나 움직일 수 없는 상태였다. 자신이 꿈을 꾸고 있는지 아니면 죽어서 저 세상에 온 것인지조차 분간을 할 수가 없었다.

'이게 대체 어떻게 된 일이지? 진이 발동되고 나서부터는 전혀 기억 나는 일이 없네. 죽은 것일까. 크으윽… 아, 아니구나. 죽었다면 이런 고통을 느낄 리가 없겠지. 대체 무슨 일이 있어났기에 온몸이 이리도 아픈 것일까? 어떻게 해서든지 일

어나야 뭔가를 할 텐데……. 끄응…….'

　그가 이런 생각을 하고 있는 가운데 의식은 점점 더 또렷해지고 있었다. 문제는 의식은 또렷해지고 있는데 여전히 몸은 마음대로 움직여지지 않고 있다는 점이었다.

　'가만, 그런데 이렇게 멍하니 누워 있기만 할 것이 아니라 그것을 시험해 봐야겠구나. 몸 상태가 정상이 아닌 것 같기는 하지만, 호흡할 때의 느낌이 전과는 다르다. 아프고 고통스러워도 왠지 예전 같지 않은 느낌이 든다. 어디…….'

　무림에는 그가 무공을 전혀 익히지 않고 있다고 알려져 있었다. 하지만 이 이야기는 맞으면서도 완전히 잘못된 이야기였다. 제갈수는 무공을 익히지 않은 것이 아니라 체질적으로 익힐 수가 없었던 것이다. 알고 보면 그의 머릿속에는 이미 천하의 거의 모든 무공이 들어 있었다.

　단지 이론으로만 알고 있을 뿐 실제로는 그림의 떡이나 마찬가지였을 뿐이다.

　하지만 그 자신이 만든 '천기운행 재생의 진'이 발동되게 되면 이론으로만 알던 무공을 익힐 수 있는 건강한 신체로 뒤바뀌게 된다. 물론 그것이 완전히 성공했을 때 가능한 이야기이지만 말이다. 어쨌든 지금 꼼짝도 할 수 없던 제갈수는 이 생각을 해내고는 자신이 알고 있는 모든 심법 가운데 최고의 심법이라 할 수 있는 '태극무상심법'을 운용해 보기 시작했다.

'헉! 되, 된다. 틀림없다. 진기다! 아주 미세하기는 하지만 진기의 태동이 느껴진다. 오오… 그렇다면 내가 만든 진이 대성공이라는 말? 커헉! 이, 이런. 또… 다시 참기 힘든 고통이 밀려온다.'

심법을 운용해서 진기가 태동하기 시작했다면 분명 무공을 익힐 수 있는 상태가 되었다는 것이기에 제갈수는 미친 듯이 기뻐하기 시작했다. 하지만 그의 그런 기쁨도 잠시, 또다시 뒤통수와 목덜미가 부서지는 것 같은 고통이 밀려들었다.

이 고통은 한평생 불치의 절맥으로 고생했던 그라 해도 쉽게 참아낼 성질의 것이 아니었다. 그렇게 그는 다시 점점 정신을 잃어가기 시작했다.

'으으… 도대체… 내 몸의 상태가 왜 이러는 것일까. 진이 가농될 때 생각하지 못한 오류가 발생했던 것 같았는데 그것이 원인일까? 으윽! 머리가 더욱 아파오는구나. 이러한 아픔이 세상에 존재할 수 있다니……. 캬흐윽! 이렇게… 이렇게 허무하게 죽을 수는 없다. 절대 이대로 죽을 수는 없단 말… 이… 다…….'

의식이 점점 사라져 가는 가운데서도 그는 살기 위해 필사적으로 몸부림쳤다. 이렇게 허무하게 죽기 위해 그 힘든 시간들을 지내온 것이 아니었다. 그도 사람인만큼 어릴 때부터 평범한 아이들처럼 건강하게 뛰어 놀며 행복하게 살고 싶었다.

하지만 그는 자신의 몸이 병으로 일찍 죽게 될 것과 강호무림의 명문 가문에 태어났지만 일초식의 무공조차 익힐 수 없음을 알게 된 여섯 살의 겨울부터 오로지 병을 이기기 위한 처절한 노력을 하며 살아왔다. 그리고 그 노력의 결정체가 바로 '천기운행 재생의 진'이었던 것이다. 그렇기에 더욱 이처럼 허무하게 죽고 싶지 않은 그였다.

"아아! 슈가… 슈가 움직인 것 같아! 어서 대신관님을 모셔와라, 어서!"

"네! 마님!"

'누군가가 내 이름을 부르는구나. 발음이 약간 이상하게 들리기는 해도 몹시 염려하는 마음이 섞인 목소리인 것으로 보아 날 잘 아는 사람 같은데, 아무리 기억을 떠올려 봐도 누구인지 모르겠군. 게다가 이상하게 낯선 억양을 쓰는 것 같아. 북경어도 아니고 그렇다고 남경 사투리 같지도 않은데……. 으윽! 이제… 더 이상… 못… 버… 티… 겠…….'

툭.

결국 안간힘을 쓰며 의식의 끈을 쥐고 있던 제갈수는 또다시 정신을 잃고 말았다. 그의 주위로 수많은 사람들이 오가고 있었지만 그는 그런 사실조차 전혀 자각하지 못한 채 건장한 청년 두 사람에게 들려 어디론가 옮겨지고 있었다.

"어허! 조심해라! 조금이라도 공자의 몸에 충격이 가해지게 되면 회생하기 힘들어질지도 모른다. 옮기는 내내 조심 또 조심하도록!"

"네! 대신관님, 명심하겠습니다."

그를 옮기는 두 명의 청년 곁으로 백발의 머리에 하얀 수염까지 길게 기른 청수하게 생긴 대신관이 다가오더니 주의를 주었다. 청년들은 이 대신관이 무척이나 조심스러운 듯 얼른 대답을 하고는 더욱 조심해서 제갈수를 들것에 실은 채 이동했다.

"흐흐흑, 대체 우리 아이를 어디로 데리고 가는 건가요?"

수를 옮기는 청년을 보며 그 주위를 맴돌고 있던 한 귀부인이 있었는데, 그녀가 울음 섞인 목소리로 물었다.

"대신관님께서 심혈을 기울여 치료에만 전념할 수 있도록 빛의 신전으로 데려가는 것이오. 그러니 힘들겠지만 참으시오, 부인. 분명 대신관님이시라면 저 아이를 되살려주실 것이오. 안 그렇습니까, 대신관님?"

"모두 빛의 신이신 아서시스님의 뜻대로. 공자님을 치료하는 분도 또 건강하게 만드실 분도 제가 아닌 아서시스님이시니까요."

"물론 저 아이는 태어났을 때부터 아서시스님께 축복을 받았던 아이이니 잘 보살펴 주시겠지요. 하지만 그렇다 해도 대신관님께서 조금 더 신경 써서 기도해 주십시오."

"당연히 그렇게 해야지요."

흐느끼는 귀부인의 옆에서 그녀를 다독이며 대신관과 이야기를 나누는 중년의 신사가 대신관과의 이야기를 잘 마무리 지었다. 일국의 대신관이라면 엄청난 신분이라 할 만하다. 종교적 지도자를 일컫는 자리인만큼 그런 대신관에게 이렇게 대할 수 있는 사람이라면 그 역시도 보통 인물은 아니라고 봐야 했다.

그랬다. 지금 대신관에게 부탁을 하는 이 사람은 듀란달 왕국의 단 하나밖에 없는 공작 티엘론 부르셀라 폰 레비안또였다. 그는 현 듀란달 왕국의 국왕 드웨인 3세의 사촌 동생이자 총리 직을 역임한 사람이기도 했다.

그런데 여기서 한 가지 이상한 점이 있었다. 분명 조금 전에 꼼짝도 못하고 누워 있던 사람이 제갈수라는 것을 알고 있었는데 어째서 중원과는 완전히 다른 것 같은 이곳 사람들이 제갈수를 저렇게 소중히 다루는 것일까? 실로 괴이한 일들이 계속해서 벌어졌지만 아직은 어째서 이런 일들이 벌어지고 있는지 알 수가 없었다.

2

아서시스 신전에서는 대신관과 레비안또 공작이 슈를 두고 이야기를 나누고 있었다. 대신관이 말했다.

"최선을 다했습니다만… 저 상태에서 더 나아지지 않고 있습니다. 아무래도 이제는 집으로 데려가시는 것이 좋을 듯싶습니다. 더 이상 신전에서 해드릴 수 있는 일이 없으니 차라리 집으로 가서 안정을 취하시는 게 도움이 될지도 모릅니다."

"집으로 데리고 가는 것이 더 위험하지 않을까요?"

"지금 슈 공자님은 완전히 살아난 상태입니다. 이미 외상은 모두 완쾌되었으며 신전 사제들의 노력으로 지금 신체적으로는 매우 건강해졌다고 볼 수 있습니다. 움직이는 데도 아무런 불편이 없을 것이고요. 하지만 머리를 맞은 충격 때문인지 아직까지도 의사소통이 원활하지 못합니다. 이럴 때는 가족들의 따뜻한 보살핌이 훨씬 더 도움이 될 것이니 제 말대로 하시지요."

"으음… 알겠습니다. 대신관님의 말씀대로 그런 상태라면 역시 집으로 데려가는 것이 낫겠군요. 그렇게 하도록 하겠습니다."

레비안또 공작은 대신관의 말을 듣자 긴 한숨을 내쉬면서도 긍정을 할 수밖에 없었다. 세상에 망나니로 알려질 만큼 꽤나 속을 썩였던 아들이었지만 자신의 귀한 핏줄 아닌가.

그런 녀석이 아직 말을 온전히 할 수 없다는 소리를 듣게 되니 답답하기도 했지만 우선은 육체라도 건강하게 되살아난 것만으로도 다행이라 여기며 기사들에게 아들을 옮기도록 지시했다.

레비안또 공작의 저택은 듀란달 왕국의 수도 외곽에 위치해 있었다. 일부 귀족들 사이에서 또 하나의 왕궁이라고 불릴

만큼 그의 저택은 거대했으며 상당히 광활한 땅 위에 세워져 있었다. 누구든 이 저택을 한 번이라도 방문해 본 사람이라면 다시 한 번 공작 가문의 위용과 그의 권세가 어떠한지 확연히 느낄 것이다. 아무튼 그런 대단한 저택가의 정문이 활짝 열리며 마침내 '그'가 들어섰다.

껍데기는 공작가의 셋째 아들 슈 브루셀라 폰 레비안또지만 어느새 속은 제갈수가 되어버린 바로 그가 말이다.

"흑. 어쩌다 그 건강했던 녀석이 이 지경이 되었는지…… 그래, 우리 아들을 저렇게 만든 나쁜 놈들은 잡았나요?"

"물론이오. 이미 타이거 파인지 뭔지 하는 놈들은 모조리 잡아들였고, 두목은 물론 우리 아들을 저렇게 만들었다는 짝귀라는 놈까지 벌써 처형했소. 그러니 이제 그만 우시오. 어쨌든 살아났으니 언젠가는 정신도 되돌아올 것 아니겠소?"

제갈수는 그들이 주고받는 대화를 어렴풋이 들으며 또다시 길게 호흡을 하였다. 그는 신전에서 정신을 다시 차린 후 여전히 움직일 수 없는 몸을 탓하며 심법을 수련하기 시작했다.

일반적인 심법은 반드시 가부좌를 하고 양손을 모은 후 시작해야 하지만, 그가 수백 가지 심법을 연구하고 비교 검토해본바 최고의 심법으로 인정했던 이 '태극무상심법'은 그 어떤 자세에서도 수련이 가능한 묘용이 있었다. 하긴 무공을 익히지 못하는 몸으로 배우려고 했던 심법이니 오죽했을까.

이것은 어떻게 보면 심법이라기보다는 정신 수련법이라고 해야 옳을 정도로 오묘하고 복잡한 이론으로 이루어져 있어서 사실 강호에서는 아는 사람도 거의 없고 또 안다고 해도 수련할 생각을 하지 않을 게 분명했다.

하지만 일단 그 원리를 알게 되고 수련법을 정확히 숙지할 수만 있다면 다른 심법보다 훨씬 빠른 속도로 내력을 쌓을 수 있을뿐더러, 다른 것들로 쌓아 올린 내력과 달리 태극무상심법으로 쌓아 올린 내력은 같은 무공을 쓴다고 가정할 때 훨씬 적은 내력을 사용했다. 그야말로 이제야 무공을 익히기 시작한 제갈수에게는 완전히 맞춤형 심법이라고 할 정도로 태극무상심법과 그는 잘 맞았다.

제갈수는 슬며시 방 안을 둘러보며 몸 상태를 살폈다. 그리고 슈가 술에 잔뜩 취한 상태에서 목숨이 끊어질 만큼 큰 상처를 입고 사망했다는 사실을 유추해 냈다. 또한 슈의 혼은 이미 몸에서 떠났지만, 기억만큼은 여전히 남아 있다는 것을 확인할 수 있었다. 이를 통해 이 세상에 대한 정보를 얻을 수 있는 제갈수였다.

'여기가 이 육체의 주인이 살던 곳인 모양이구나. 기껏 새로운 삶을 얻었구나 했더니 황당하게도 남의 몸을 차지한 것이라니⋯⋯. 휴우, 내 팔자도 참으로 기구하구나. 하긴, 원래 주인보다는 그래도 낫겠지만⋯⋯. 이 사람은 커다란 충격을 받고 이미 혼이 소멸한 게 분명하다. 아마 기억의 잔상만을 남긴 채 죽음을 맞이한 것이겠지. 나에겐 다행이다, 그래도 기억의 잔상 덕분에 이곳의 정보를 어느 정도 얻을 수 있었으니. 물론 워낙 가닥가닥 끊어져 있어서 앞으로도 기억을 되살리는 작업을 꽤나 더 오래 해야겠지만…….'

제갈수는 자신을 방 안까지 옮겼던 기사들과 내내 그 뒤를 따라오며 눈물을 흘렸던 귀부인이 공작과 함께 나가고 나자 침대에서 일어나 실내를 잠시 오가며 이런 생각을 했다. 그가 일부러 의사소통의 곤란을 느낀 척 말을 하지 않고 있었던 것은 나름 이런 이유가 있었기 때문이다.

즉, 현재 그가 차지하게 된 이 육체의 기억을 최대한 더 되살린 다음에 이 몸의 주변 인물들과 대화를 하려고 결심했던 것이다. 그는 원래부터 신중한 사람이었고 그 어떤 일이든 참는 데는 이골이 나 있어서 이런 말도 안 되는 여건에서도 냉정하게 자신의 처지를 이해하려 노력하고 있었다.

'일단 이자가 엄청난 가문의 아들인 것만큼은 분명하군. 침실 안에 순금으로 만든 조각이 다 있다니……. 영웅상인가? 이게 이 사람의 기억 속에 있는 '불멸의 기사'인 모양이로군. 어라, 가만……. 저, 저것은 혹시…….'

슈 공자의 방 안은 정말로 화려했다. 크기도 엄청날뿐더러 최고급 침대를 비롯한 각종 장식물들은 물론 창가의 우측에는 금으로 만든 것으로 추정되는 멋진 기사의 상이 세워져 있었다. 방금 제갈수는 그 상을 보고 감탄했던 것이다. 그렇게 실내를 돌아보던 그의 눈이 또 무엇을 발견했는지 갑자기 반짝거리기 시작했다.

'이, 이게… 지금 나의 모습이란 말인가? 이, 이런. 후으… 하하.그놈 참…….생각보다 제법 잘생겼잖아! 푸흐흐. 저장된 기억의 파편으로 보아서 워낙 개판인 성격을 가진 놈이라 외모도 무식해 보일 거라고만 여겼는데 색목인(色目人) 치고는 꽤나 준수하구나. 가만, 그런데 눈동자가 어째 이상한 걸? 파란색은 분명한데 속에 요상한 일렁임이…….'

원래 공작가의 셋째 아들 슈는 망나니라고 소문이 났지만, 그래도 사교계에서는 그가 참석만 하면 아가씨들이 앞 다투어 달려와 서로 그에게 잘 보이려고 할 만큼 상당한 인기가 있었다.

그녀들이 그가 밍나니임에도 그치럼 잘 보이려 했던 가장 큰 이유는 가문이란 배경과 함께, 거울에서 보이듯 외모가 워낙 준수했기 때문이다. 깔끔한 피부와 가지런한 이목구비, 거기다가 건강하다는 것을 증명하는 듯 살짝 붉은 뺨에 큰 키와 늘씬한 몸매까지. 가히 어디 하나 빠지는 면이 없는 미남자였던 것이다.

게다가 사람의 외모 가운데 어쩌면 가장 중요하다고 할 수 있는 그의 눈빛은 마치 깊은 바다처럼 푸른빛을 띠고 있었는데 지금은 그 바다 한복판에 검은 일렁임이 위치해 있었다. 원래의 제갈수가 가지고 있던 바로 그 검은빛이었다. 이것은 그의 외모를 더욱 신비한 느낌으로 다가오게 만들고 있었다.

사실 알고 보면 제갈수는 똑똑하기는 했지만 외모는 형편없었다. 태어날 때부터 절맥을 앓고 있었으니 어찌 보면 당연한 것인지도 몰랐다. 그는 그런 자신의 외모에 대해 은근히 불만이 있을 수밖에 없었다. 그랬다가 이런 건강한 육체는 물론 잘생긴 외모까지 얻게 되었으니 그나마 불행 중 다행이라는 생각을 하게 된 것이다.

하지만 고민은 끝나지 않았다. 자신이 사라진 것을 중원의 사람들이 알게 되면 정도맹의 몰락은 시간문제일 것이 분명했다. 신전에 있을 당시에도 이런 고민에 휩싸였는데, 다시 이런 생각이 떠오르자 불편한 마음을 숨길 수 없었다.

중원에 대한 불안함 때문에 그는 자신이 어디에 있는지를 확인하려 부단히 애썼다. 그래서 지난 보름이 조금 넘는 시간 동안 알아낸 것은 사제들의 대화를 통해 자신이 있는 이곳이 색목국이 분명 아니라는 사실뿐이었다.

'그런데… 도대체 나의 원래 몸은 어디로 사라진 것일까? 아무리 생각해 봐도 이 수수께끼를 풀 방법이 없구나. 휴우, 무림에 대한 걱정으로 정말 답답하구나. 아무리 고민하고 연구해 보아도 이곳이 어디인지조차 알 수가 없으니 그게 다 무슨 소용이람. 그래, 일단 주어진 현실에 적응부터 하고 보자. 어차피 나는 죽었을 목숨이었으니 정의맹의 미래는 지금 처해진 상황과 별 차이 없을 것이다. 그게 바로 현실이다. 지금

내게 주어진 슈라는 사람의 삶은 어쩌면 덤으로 얻은 삶일지도 모른다. 일단 최선을 다하는 수밖에. 이대로 쓸데없는 상념에 사로잡혀 있어보았자 시간만 낭비될 것이니……'

제갈수는 그런 생각을 하다가 고개를 세차게 가로저었다. 어차피 이제 자신은 슈라는 새로운 인물인 것이다. 어째서 이런 일이 일어난 것인지는 도저히 알 수가 없었지만 이것 하나만큼은 확실하지 않은가. 때문에 그는 다시 한 번 결심했다. 앞으로 이 새로운 육체에 제대로 적응해 보자고 말이다.

똑똑.

"슈 공자님! 들어가도 되겠습니까?"

그가 그런 생각에 깊이 잠겨 있던 바로 그때, 갑자기 누군가가 찾아왔다. 그러자 제갈수는 흠칫해서 재빨리 침대로 들어갔고 동시에 문이 열렸다.

딸깍.

3

"슈 공자님! 어쩌다가… 어쩌다가 이런 모습으로 누워 계십니까? 어서 일어나십시오! 어서 일어나서 이 멍청한 시종 그란텔에게 소리를 지르시란 말입니다! 네?"

"……"

"크흐흑… 공자님!"

'저자가 바로 이자의 몸종인 모양이구나. 가만… 그렇구나. 죽기 직전까지 옆에 있었던 그 충직한 몸종이로군. 아니지… 이곳에서는 몸종이라는 표현보다는 시종이라는 표현이 맞겠군.'

그란텔은 침대의 이불 끝자락을 잡고 고개만 슬쩍 내민 채 초점없는 눈빛으로 자신을 바라보며 갸우뚱거리는 슈를 보자 그만 눈물이 왈칵 쏟아지고 말았다. 비록 남들은 망나니라고 놀리는 철부지 공자였지만 자신만큼은 친구처럼 대해주던 사람이었다. 물론 거친 말로 욕을 하기도 하고 때때로 너무 무리한 일을 시켜 곤란하게 한 적도 많았다. 하지만 자신의 홀어머니가 머나먼 고향에서 병으로 죽어간다는 소식을 들었을 때는 엄청난 돈과 귀한 약초까지 건네주며 시종에 불과한 그를 고향까지 다녀오게 해주었던 뜨거운 가슴을 가진 사람이기도 했다. 그로 인해 그의 어머니는 극적으로 살아날 수 있었고 병도 나을 수 있었다. 한마디로 슈는 그에게 있어서 대은인이었던 것이다.

"공자님, 각하께서 말씀하시기를 거동에는 아무런 불편이 없다고 들었습니다. 그러니 이렇게 어두운 방 안에만 계시지 말고 저와 함께 나갑시다. 요즘 날씨도 따뜻한데다가 봄바람도 부드럽게 불어주고 있어서 기분이 한결 나아지실 것입니다. 어서 일어나십시오."

"……."

부스럭부스럭.

 '이거 참 고마운 사람이로군. 그렇지 않아도 나가고 싶었는데 적절할 때 끌고 나가주네. 어디… 내가 새롭게 살아갈 곳의 모습을 좀 더 자세히 살펴볼까? 가만… 그렇군. 여기는 2층이었어. 아… 이쪽에서 나가다가 코너를 돌면 경비병들이 있을 것이다. 옳지! 저기 있는 게 맞구나. 하하… 이거 생각보다 큰 도움이 되는걸?'

 제갈수는 여전히 멍한 모습으로 그란텔이 이끄는 대로 움직이고 있었지만 그의 두뇌는 이처럼 활발히 움직이고 있었다. 이제부터 그가 머릿속에 담게 되는 일들은 먼저 주인의 기억을 이어 나가는 데 큰 도움이 될 터였기 때문에 잠시도 두뇌 회전을 멈출 수 없었다.

 그가 의식을 잃고 빛의 신전에 누워 있던 시간이 꼬박 사흘이었고, 대신관과 신관들의 치료 마법으로 건강을 되찾은 것이 약 보름 전쯤이었다. 그는 그 보름 동안 신전에 누운 채 심법 수련과 슈의 기억 되살리기에만 집중을 하며 나름대로 이 낯선 세상에서 어떻게 살아가야 할 것인지를 심각하게 고민해 보았다. 물론 그 가운데는 중원에 대한 미련도 있었지만.

 어쨌든 그는 워낙 상상하기 힘들 만큼 힘든 시기를 보내왔던 사람이었기에 그 어떤 경우에도 절망하지는 않았다. 늘 죽음을 곁에 두고 살았으며 평범한 사람들의 절반도 못 따라가는 저질 체력으로 살아오면서도 희망을 잃지 않았다.

놀랍고 황당하기는 하지만 사지가 멀쩡한데다가 오히려 예전보다 훨씬 건강한 몸으로 살아남은 지금 절망을 가질 이유는 전혀 없었다. 아니, 오히려 새로운 세계와 앞으로 변화될 자신을 생각하면서 희망에 불타오르고 있다고 해야 더 옳을 터였다.

그에게는 아직 잃어버리지 않은 엄청난 지식이 있었으며 과거 몸이 건강해질 수 있는 방법을 찾느라 기억해 두었던 수많은 무공들이 있었다. 그리고 지금은 그 이론으로만 알던 무공을 익힐 수 있는 몸뚱이가 생겼다. 그 사실 하나만으로도 제갈수는 마음껏 웃고 싶었는지도 몰랐다. 아마 그처럼 한평생 병마와 싸우며 죽을 날만 기다렸던 경험이 없는 이상 그의 이런 심정을 완전히 이해하기는 힘들겠지만 말이다.

"슈 공자님, 여기 기억나시지요? 가끔 각하께 혼나시면 저를 데리고 오셔서 검을 휘둘렀던 곳이잖아요."

"……."

'그래… 기억을 또 하나 찾았군. 여기에 오니 저택 안의 지형이 모두 떠오른다. 이 육체의 주인은 꽤나 활발한 성품이었군. 말썽이 심하긴 했지만 말이야. 하긴 이처럼 강인한 육체를 지녔으니 한곳에 가만히 있지를 못했겠지. 정말 원래의 나와는 여러 가지로 다른 사람이야. 하지만 이제 이 육체의 주인은 내가 아닌가. 어째서 이런 일이 벌어졌는지는 나도 모르겠지만 그것만큼은 확실하잖아.'

저택에 온지 얼마 안 된 시간이었지만 제갈수는 슈의 기억을 무척 빠른 속도로 흡수해 가고 있었다. 빛의 신전이야 슈도 특별한 의식 때 외에는 가본 적이 없었으니 기억의 연결고리가 거의 없어 더뎠지만 여긴 슈가 태어나서 자란 곳인만큼 어찌 보면 당연한 현상이라 할 수 있었다.

"아, 여기서 이럴 것이 아니라 우리 마방에 가보아요. 공자님께서는 워낙 말을 좋아하셨으니 그곳에 가면 또 뭔가 떠오를 겁니다."

"……"

그란텔은 지금 슈가 의사소통을 못하는 이유가 사건의 후유증으로 기억이 잘 나지 않아서라고 믿고 있었다. 그렇기에 이처럼 그의 기억을 되살리는 데 조금이라도 도움이 되는 쪽을 찾아다녔는데, 이것이 지금 제갈수가 가장 필요로 하는 부분과 딱 맞물려 있었다. 그란텔은 슈에게는 없어서는 안 될 만큼 꼭 필요한 시종었고, 이제는 제갈수에게도 그렇게 될 것 같은 분위기였다.

'그렇구나. 슈라는 이 친구는 말을 무척 좋아했군. 게다가 잘 타기도 했고. 그런데 평생 말을 타본 적이 없는 내가 과연 말을 탈 수 있을까? 응? 가만… 지금 이 느낌으로는 충분히 탈 수 있을 것 같은데? 일단… 가서 보자.'

중원에서 제갈수는 언제나 수레를 타거나 아니면 마차를 타고 움직였다. 그는 과거 혈맹과의 전투를 할 때도 말 두 마리가 끄는 작지만 기동력이 빠른 마차를 주로 타고 싸웠었다. 사실 그때의 체력으로는 말을 탄다는 자체가 아예 불가능했던 것이다.

"아! 공자님! 그 말이 맞아요! 역시 뭔가 기억이 나시는 게 분명하시군요! 하하, 우리 어서 말을 달려봐요!"

"……."

휘익~ 척!

제갈수는 하얀 갈기를 휘날리고 있는 말 앞으로 가더니 익숙한 손길로 말을 쓰다듬다가 그란텔의 도움 없이 훌쩍 말에 올랐다.

'아… 이 기분은……. 설마 단번에 말에 오를 수 있을 줄은 몰랐네. 그렇지만 너무 익숙한 감각이다. 마치 오래전부터 타 보았던 그 느낌 그대로야.'

수의 움직임은 평소 무척 말을 잘 다루는 사람이나 가능한 움직임이어서 그란텔은 물론 스스로도 놀라고 말았다. 하지만 이것은 겨우 시작에 불과했다.

두두두두—

"공자님, 같이 가요! 아직 건강이 완전하시지도 않은데 그렇게 빨리 달리시면 위험해요!"

'아아… 말을 달리는 기분이 이렇게 좋을 줄이야. 그래, 난 이제 더 이상 제갈수는 아니다. 이제는 듀란달 왕국의 최고 귀족 레비안또 공작 가문의 셋째 아들 슈다! 나는 이 시간부로 새로 태어났다. 그것이… 바로 나의 새로운 운명이다. 내 운명이다! 내 손으로 만든 '천기운행 재생의 진'이 정해준 그런 새로운 운명이란 말이다. 나는 살아 있다!'

마치 폭풍이 질주하듯, 제갈수, 아니, 이제는 슈 부르셀라 폰 레비안또라고 불러야 마땅한 그는 그렇게 달리고 또 달렸다.

CHAPTER 03
영지를 다스리라고요?

Miracle

레비안또 공작가의 집무실. 그곳에는 레비안또 공작과 부인이 마주한 채 차를 마시고 있었다.

"그 아이는 좀 어떻소, 부인?"

"어저께는 글쎄 절 보고 싱긋 웃지 뭐예요. 게다가 제가 돌아갈 때는 분명 '어머니' 라고 불렀다니까요. 호호호."

대공작가의 안주인 앙리에트 멘체스타 폰 레비안또 부인은 원래 이웃 왕국인 크누센스 왕국의 공주였다. 크누센스 왕국은 듀란달 왕국보다 훨씬 규모도 적고, 군사력도 약한 데 비해 사방에서 안전을 위협하는 요인들이 많다 보니, 주변 최강국에 해당하는 듀란달 왕국과의 유대관계를 튼튼히 해야 할 필요가 있었다. 그렇기에 현 크누센스의 국왕 멘체스타는 자신의 두 딸을 각각 듀란달 왕국의 왕과 제이인자인 레비안 또 공작에게 시집보낸 것이다. 혈연으로 이어진 것보다 확실한 동맹이 어디 있겠는가.

어쨌든 그런 고귀한 혈통을 가지고 있는데다가 워낙 현숙하고 아름다워 이미 그녀는 공작가의 안주인답다는 찬사를 늘 들어왔었다. 하지만 그녀 스스로 가장 듣고 싶어 하는 말이 좋은 엄마라는 소리인만큼 그녀의 자녀에 대한 사랑은 왕국 내에서도 유명했다.

"그렇다면 이제 조금씩 제정신으로 돌아오는 모양이구려. 그렇지 않아도 그란텔로부터 따로 그 아이가 말을 타면서부터 많이 밝아졌다는 보고를 받았소. 그런데 당신을 알아보고 웃기까지 한다니 정말 다행이군. 늘 말썽만 부리던 녀석이 한동안 너무 조용해서 은근히 서운하기까지 했는데, 이제 다시 긴장해야 하는 것 아닌가 모르겠소이다. 허허허."

"당신도 참, 슈가 말썽쟁이인 것은 저도 인정하지만 그 아이 입장에서 생각해 보면 그럴 만도 해요. 두 형들의 그늘에 가려 천덕꾸러기 노릇만 하고 있으니 답답할 만도 하겠지요."

공작의 말에 부인이 슈를 두둔했다. 장남인 아론은 벌써 백작위에 올랐을 뿐 아니라 영지까지 하사받아 훌륭하게 다스리고 있었고, 차남인 벡스터 역시 자작위에 오른 이후 다섯 개의 기사단 가운데 '이글스 기사단'의 단장 직을 수행하고 있었다. 그러다 보니 슈가 삐뚤어지는 것은 어쩌면 당연한 일이었다.

"어허, 그건 핑곗거리가 될 수 없소이다. 나도 그 녀석에게 뭔가 의미있는 일을 시키고 싶지만 그럴 만한 일이 없지 않소? 특별히 검술 실력이 뛰어난 것도 아니고, 영지를 맡길 수 있을 만큼 똑똑한 것도 아니니 말이오. 알다시피 그 녀석 나이가 벌써 열일곱 살이오. 평민가의 아들들도 일가를 이룰 나이에 아직까지 철없이 노는 데만 정신을 팔고 있으니 무슨 일을 맡기겠느냔 말이오."

자식 사랑에 정평이 나 있는 레비안또 부인의 슈를 향한 애정은 지극했다. 사실 보통의 엄마들이라 해도 원래 자식에 대한 애정은 내리사랑이라 했다. 게다가 늦게 낳은 자식일수록 그만큼 더 신경이 쓰이고 사랑스러울 수밖에 없다. 슈가 형들에 비해 더 못나게 구는 것도 그녀의 눈으로 볼 때는 그저 안쓰럽고 안타까운 일일 뿐이지, 비난할 만한 일은 아니었다.

하지만 아버지인 레비안또 공작의 입장은 또 달랐다. 그는 사회적 지위와 체면이 대단한 사람인만큼 언제나 자신의 명성과 품위에 브레이크를 거는 못난 셋째 아들이 못마땅할 수밖에 없었다. 물론 그라고 해서 슈를 사랑하지 않는 것은 아니지만 권위의식이 강한 그로서는 그 사랑을 제대로 표현할 요령이 없었다. 우리 모두의 고지식한 아버지들처럼 말이다.

"그 애에게 한 번이라도 일을 맡겨보신 적이 있기나 한가
요? 당신은 슈가 어릴 때부터 항상 형들과 비교를 하면서 너
는 안 된다느니, 또 너는 아직 멀었다느니 구박만 했지, 한 번
이라도 그 아이를 믿고 일을 맡겨본 적이 있느냐고요! 있으면
말씀해 보세요."

"그, 그건……. 시키지 않아도 못할 것이 뻔한데, 뭘 시키
겠소. 괜히 그러다 못하면 또 세상 사람들에게 비웃음만 살
뿐일 텐데 말이오. 지금도 쉬쉬하고들 있지만 다들 우리 부자
를 일컬어 소문까지 나돌고 있소."

"어떤 소문이요?"

"용맹한 오우거가 고블린을 낳았다는 소문이 나돌고 있다
는 거요. 몇몇만 떠드는 소문 같으면 어떻게 해서든지 그놈들
을 찾아내 입을 막겠지만, 다들 뒷전에서만 몰래 떠드는데다
가 그 이야기가 워낙 광범위하게 돌고 있어서 막을 수도 없
소. 이게 무슨 망신이냔 말이오. 에잉~!"

사실 이번 일만 해도 그랬다. 만에 하나 슈가 깡패들을 만
나 죽을 지경에 처하지만 않았다면 오히려 공작이 나서서 다
리몽둥이를 부러뜨렸을지도 모를 만큼 큰 사고를 쳤던 것이
다. 그에게 검술을 가르치는 기사 아돌프의 검을 훔쳐다 팔아
서 술을 사 마셨으니 이게 가당키나 한 일이겠는가. 기사에게
있어서 검은 목숨과 같은데 말이다.

"그 소문은 저도 들어서 알아요. 뒷말을 좋아하는 천한 것

들이 지어낸 이야기에 불과한 망측한 소문이에요. 감히 내 아들을 고블린에 비유하다니……. 하아, 어쨌든 각하, 제가 이렇게 간절히 부탁드릴게요. 이번에 저 아이가 낫게 되면 꼭 뭔가 일을 하나 맡겨보세요. 대신 만일 그 일을 제대로 처리하지 못한다면, 그때는 당신 마음대로 그 아이를 대해도 좋아요. 죽이시든 살리시든 알아서 하세요.”

“으음, 당신 고집도 참……. 그래, 좋소! 다른 사람도 아니고 당신이 그렇게까지 이야기하는데 나도 모른 척할 수는 없지. 당신 말대로 슈가 건강을 회복하면 그 녀석에게 적당한 일을 맡겨보겠소. 그러면 되겠소?”

“호호호. 고마워요. 역시 당신은 멋진 분이세요. 이 앙리에트가 사랑하고 존경할 만한 그런 남자는 당신 말고는 세상에 또 없을 거예요.”

쪽~!

“허허, 허허허…….”

올해 마흔다섯인 레비안또 부인은 아들 셋에 딸 하나를 낳은 엄마임에도 불구하고 여전히 아름답고 젊어 보였다. 얼핏 보면 이십대 아가씨가 아닐까 싶을 정도로 어려 보이는데다가 평상시에는 너무나 기품이 넘치고 우아하지만, 때때로 이렇게 깜찍한 애교를 부리기도 하니 그 어떤 남자가 사랑하지 않을 수 있겠는가. 삼 처 사 첩을 거느려도 아무런 문제가 없는 당대 최고의 귀족인 레비안또 공작이 평생 그녀만을 아내로 인정하고 사는 것도 역시 이런 앙리에트를 그만큼 깊이 사랑하기 때문이었다.

그러니 어찌 그녀의 눈물 어린 부탁을 외면할 수 있겠는가. 그는 볼에 앙리에트의 애정 어린 뽀뽀를 받게 되자 마냥 허허거리며 웃을 수밖에 없었다. 물론 그 순간에도 대체 어떤 일을 슈에게 맡길 것인지 맹렬하게 머리를 굴리고 있긴 했지만 말이다.

2

후… 아…….

후… 아…….

슈는 자신의 방 안에서 가부좌를 튼 채 태극무상신공을 운용하고 있었다. 그가 숨을 들이쉬고 내쉴 때마다 김이 솟아올랐다.

모락모락.

몸 안에 차오르는 기를 느끼며, 십이 주천을 끝낸 슈는 단전으로 내력을 갈무리했다. 슈가 한결 몸이 가벼워진 것을 느끼고 미소를 지었다.

'큭큭. 설마 내가 정말로 무공을 익힐 수 있게 될 줄이야. 게다가 이상할 정도로 여기는 기의 흐름이 충만하다. 지금껏 무공을 연마한 적은 없지만 내가 알고 있는 무학이론에 비추어볼 때 중원보다 최소한 다섯 배 이상의 기가 흐르고 있는 게 분명하다. 아무리 심법이 탁월하다 해도 연마한 지 겨우 석 달이다. 그런데 근 십 년에 가까운 내력이 쌓이다니……. 중원 사람들이 알면 나더러 미친놈이라 하겠군.'

원래 내력이라는 것은 수련한 시간과 비례하게 마련이다. 즉, 가장 보편적인 내공 수련법을 일 년 동안 연마했다면 일 년의 내력이 쌓이는 것이 정상인 것이다. 물론 소림사나 무당파처럼 전통이 깊은 곳의 지고지순한 심법을 익힌다면 그 시간이 훨씬 단축될 수 있기는 하다. 실제로 십대세가 중 하나였던 제갈수의 가문에 전해지는 심법만 해도 일 년 동안 꾸준히 연마할 경우 약 삼 년에 달하는 내력을 쌓을 수 있었다. 하지만 아무리 그렇다 해도 삼 개월 동안 십 년의 내력을 쌓는다는 것은 사실 기적과도 같은 일이었다.

'으음… 아무래도 이 귀공자 녀석은 어릴 때부터 몸에 좋은 것들을 많이 먹었던 모양이구나. 그런 기운들이 체내에 잠재해 있다가 심법을 운공함으로써 내력으로 스며드는 것이 분명하다. 만일 이런 식으로 태극무상심법을 연마한다면 불과 수 년 내로 대성하게 되는 말도 안 되는 사태가 벌어질지도…….'

그랬다. 사실 이 말도 안 되는 사태가 벌어진 이면에는 바로 이런 이유가 있었다. 슈는 비록 공작가의 셋째 아들에 불과했지만 어쨌든 귀한 아들이었기 때문에 어릴 때부터 몸에 좋다는 약과 음식을 많이 먹었던 것이다. 그가 검술 실력은 형편없어도 유별나게 몸이 건강했던 것은 그래서였다.

'내공의 기초는 다져졌으니 본격적으로 무공을 익혀야 할 텐데……. 외문 기공이라면 몰라도 내공을 이용해서 쓰는 권, 장, 지법은 예전부터 형태를 충분히 숙지해 놔서 내력만 충분해지면 어렵지 않으리라. 하지만 문제는 검법인데… 가벼운 검마저 휘두를 힘이 없던 내겐 그야말로 꿈이 아니었던가. 이곳에서도 검술이 꽤나 중요한 것 같으니…….'

슈는 곰곰이 생각했다.

'중원의 검법과 비교했을 때 외공만을 중심으로 하는 패도적인 검술일 게 분명하다. 그 이야기는 내게 맞는 검술을 익히려면 혼자 익혀야 한다는 말인데… 과연 가능할까?'

비록 낯선 세상에 떨어졌어도 무공에 대한 제갈수의 욕심은 여전했다. 이것은 워낙 어릴 때부터 한이 맺혔기 때문에 그가 살아 있는 한 당연할 것이다. 내공이야 꾸준히 태극무상심법을 연마한다면 얼마든지 쌓을 수 있겠지만, 검법은 그것과는 또 다른 문제였다. 일단 훌륭한 스승이 있어야 연마가 쉬울 텐데 이곳에서 그런 스승을 찾을 수 없을 것 같았다. 하물며 소드 마스터가 와서 가르친다 한들 그에게는 오히려 독이 될 가능성이 많을 거라 생각했다.

중원의 상승검법은 애초부터 내공을 바탕에 두고 익혀야 하는데, 이곳에서는 처음 검을 배우게 되면 무조건 육체적인 것을 우선에 두기 때문에 그가 이론으로 아는 검법을 익히는 데는 오히려 방해 요인이 될 수도 있었다.

한동안 고민하던 슈는 우선 당분간은 내공 증진에 심혈을 기울이고 검법은 서서히 틀을 만들어 나가기로 결심을 굳혔다. 하지만 연공을 하기엔 상황이 마땅치 않았다.

'아무래도 이곳은 사람들이 너무 많이 오가. 내 신분상 혼자 조용히 연공만 하기에도 그렇고. 그렇다고 이제 간신히 회복한 아들놈이 대뜸 산속 수행을 떠난다고 할 수도 없는 노릇이고……. 이거 참. 원래 이 몸의 주인 녀석이 조금만 더 똑똑했어도 간단히 해결할 수 있는 문제인데, 휴우. 돌머리에 망나니 노릇만 했던 놈이니 튀는 행동을 할 수도 없지 않은가.'

슈의 몸을 한 제갈수는 지금 이미 슈의 모든 기억을 되살린 상태였다. 물론 원래의 슈를 똑같이 흉내 낼 수는 없었다. 하지만 다른 사람들이 눈치챌 정도는 아니었기 때문에 생사를 딛고 일어선 뒤 나아진 것처럼 행동하기 시작했던 것이다. 물론 그로 인해 가장 기뻐한 사람은 그의 어머니인 앙리에트였고 말이다.

하지만 슈의 기억을 모두 흡수하고 나서 제갈수가 느낀 감정은 바로 암담함이었다. 원래 송곳과 지혜는 감추기 어려운 법이라는 말이 있다. 즉, 제갈수처럼 천재였던 사람이 바보처럼 행동한다는 것이 그리 쉽지는 않은 탓이었다. 게다가 그는 이미 이 세계에 적응하기로 마음먹었고, 그러기 위해서는 더

욱더 무공 연마가 절실한 입장이었다.

　그러나 이 몸의 과거 주인의 평판이 너무도 엉망이라서 그가 적극적인 행동을 하는 데에 은근히 많은 제약을 느낄 수밖에 없었다.

　'그래, 우선은 슈가 개과천선했음을 보여주자. 말 하나, 행동 하나부터 조금씩 눈치채지 못하게 바꾸어 나가면서 뭔가 긍정적으로 변화하고 있음을 보이면 본래의 모습대로 행동해도 괜찮게 될 것이다. 나에게는 아직 시간이 많다. 원래 내 나이가 스물이니 일단 삼 년은 거저 번 것 아닌가.'

　그는 이처럼 매사를 긍정적으로 생각했다. 당연할 것이 그에게 주어진 이곳의 삶은 완전히 공짜로 얻은 삶이나 마찬가지였기 때문에 부정적일 이유가 전혀 없었다.

　'좋았어. 오늘부터 모두에게 슈가 달라졌음을 조용히 알리자. 죽음의 문턱까지 가보니 내 인생에 대한 생각이 달리 보인다 하자. 그러다 보면 무공을 익힐 수 있는 환경을 만들 수 있을지도 모르지. 내가 알던 세상과 전혀 다른 곳이지만, 이곳에서 극의에 달한 최고의 무공 고수가 될 것이다. 그 누구에게도 패하지 않고 당당할 수 있는 바로 그런 영웅이 될 것이야! 새로운 삶을 증명하리라!'

　불끈.

　슈는 온몸에 가득 차오르는 충만한 내력을 느끼며 주먹을 불끈 쥐더니 이처럼 다짐했다. 과거의 제갈수는 이제 완전히

죽었다. 하지만 과거보다 훨씬 화려하고 강력한 제갈수가 등
장할 것이다. 두뇌만 천재가 아니라 육체도 극의에 달하는 그
런 사람으로 말이다.

비록 아직은 먼 이야기일지도 모르지만 그는 충분히 그렇
게 될 수 있는 지식을 가지고 있었고, 이제는 그 지식을 얼마
든지 끄집어내서 활용할 수 있는 훌륭한 육체가 있었다.

3

이른 아침, 레비안또 공작가의 연무장에서는 한창 기사들
이 훈련 중에 있었다.

레비안또 공작가의 안에는 연무장만 다섯 곳이 있는데 모
두 기사 전용 연무장이라 할 수 있었다. 워낙 대지가 넓으니
가능한 일이긴 했지만 어째서 레비안또 공작가를 왕성에 비
유하는지 느끼게 해주는 일면이기도 했다.

제일 기사단인 라이온 기사단은 동쪽에 위치한 연무장을
사용하고 제이 기사단인 베어 기사단은 서쪽을, 그리고 셋째
기사단인 울프 기사단은 중앙 연무장을 쓰고 있으며 네 번째
기사단인 스톰 기사단이 남쪽을, 마지막으로 슈의 둘째 형인
벡스터가 이끄는 이글스 기사단이 북쪽 훈련장을 사용하고
있었다. 지금 슈는 그 가운데 울프 기사단이 한창 검술을 연
습하고 있는 중앙 훈련장에 모습을 드러내었다.

"텔슨 경, 지금 바쁘신가요?"

"아! 슈 공자님. 이 이른 시간에 여기는 웬일이십니까?"

"왜는요, 저도 검술을 제대로 한번 배워볼까 해서 와봤지요."

"네에? 공, 공자님께서 검술을 배우신다고요?"

슈의 대꾸에 울프 기사단의 두 번째 부단장 텔슨 경은 입을 쩍 벌리고는 잽싸게 하늘을 쳐다보았다. 오늘도 여전히 해가 동쪽에서 떴는지—가르텐 대륙도 해는 동쪽에서 떠서 서쪽으로 진다—확인해 보기 위해서다. 그만큼 지금 슈의 말은 충격을 주기에 충분했다.

"왜요? 저는 검술을 배우면 안 되나요? 저도 원래는 검술에 꽤나 소질이 있다는 소리를 들었던 시절이 있었다고요. 치이."

"그, 그게 아닙니다, 공자님. 단지 너무 갑작스러운 말씀이라서요. 물론 검술을 배우신다면 저뿐만 아니라 우리 울프기사단장님이신 보나프 경께서도 언제라도 대환영을 하실 것입니다."

슈도 어릴 때는 검술에 상당한 가능성을 보여주었었다. 하지만 한창 검술의 기본기를 닦을 무렵, 그의 아버지 레비안또 공작의 모든 관심은 큰형 아론과 작은형 벡스터에게만 집중이 되어 있어서 흥미를 잃어버린 게 문제였다.

아무리 검술을 잘해도 자신은 이 집안에서 특별히 할 일이 없다는 사실을 그 무렵에 깨달아 버렸던 것이다. 때문에 그의 미래를 걱정하던 아버지의 강압으로 검술을 배우는 척을 하긴 했지만 실질적으로는 완전히 검과 멀리하며 살아왔고 이 점을 공작 가문의 사람들이라면 모두 알고 있었다. 그렇기에 텔슨 경의 이런 반응은 지극히 당연한 것이었다.

"보나프 경에게 배우는 것은 조금 부담스러우니 그냥 텔슨 경께서 지도를 해주세요. 그래도 조금은 부드러운 텔슨 경이 무서운 보나프 경보다는 나을 것 같거든요."

"제, 제가요? 공자님께서 원하신다면 그렇게 하도록 하지요. 물론 아무리 저라 해도 검술 지도를 할 때만큼은 대충 하지 않습니다. 그래도 좋습니까?"

레비안또 공작가의 기사들 가운데 가장 거칠고 무서운 기사가 바로 보나프 경이었다. 그는 이미 소드 익스퍼트 상급에 이른 실력파 기사로 유명했다. 하지만 그런 실력보다 더 유명한 것은 바로 급하고 과격한 성정이었다.

그는 얼마 전에도 국가 기념일인 '스와니 절기' 때 공식 무술 시합에 출전했다가 무려 일곱 명이나 되는 기사들을 병신으로 만드는 바람에 레비안또 공작이 뒷수습을 하느라 애를 먹었다는 일화가 따라다닐 정도였다. 아무리 최고의 귀족이라고 해도 다른 귀족들의 소중한 기사들을 박살 냈으니 그럴 만도 했다. 당시 보나프는 그들을 굳이 병신으로 만들지 않아도 충분히 승리했을 것이기 때문에 비난을 피할 수 없었다.

　그러니 슈로서도 그런 무서운 보나프 경에게 검술을 익히고 싶은 마음이 들지 않는 것이 당연할 터라고 텔슨은 지레짐작을 했다.

　그러나 지금의 슈는 제갈수가 아니던가. 그는 이미 원래 슈의 정보를 통해 이곳이 성질 더러운 보나프 경의 영역임을 알았을 터인데 어째서 이곳을 굳이 검술 수련장으로 선택한 것일까. 아직은 알 수가 없었다.

　"물론입니다. 제가 아무리 망나니로 소문났다지만, 검술을 배우는 것이 장난이 아니라는 것 정도는 알고 있습니다. 그러니 걱정 말고 편안하게 가르쳐 주십시오. 이런 결정은 전에 저를 가르치던 기사 아돌프 경과도 이미 이야기를 끝낸 상태이고, 아버지께서도 허락하신 부분입니다."

　"아, 각하께서요? 그렇다면 알겠습니다. 그러시다면 오늘부터 가르쳐 드리겠습니다. 우선 기초 체력 훈련부터 할 테니 각오 단단히 하십시오."

　"저기, 공자님, 정말 괜찮으시겠습니까?"

　떨어진 곳에서 슈를 지켜보던 그란텔이 우려 섞인 목소리로 슈에게 묻자, 슈가 말했다.

　"그란텔, 넌 걱정하지 말고 구경이나 해라. 아니면 같이 훈련을 받아도 좋고."

　"아닙니다! 제가 어찌 감히 공자님과 같이 훈련을 받습니까. 절대 안 됩니다!"

"하하, 알았으니 그냥 구경이나 해라."

아무리 기초 훈련이라지만 원래부터 울프 기사단의 체력 훈련은 악명이 높았다. 물론 그란텔의 검술 실력이라면 굳이 그런 훈련을 받을 필요도 없었지만 말이다.

"우선 검술을 배우기 위해서는 하체의 힘부터 길러야 합니다. 그래야 좋은 자세를 취할 수 있으니까요. 그리고 가장 좋은 하체 단련 훈련은 바로 달리기라 할 수 있지요. 거기 수련 기사들 중 아무나 한 명 가서 비르니 한 벌만 가져오너라."

"네! 부단장님!"

"비르니는 일반 병사들이나 착용하는 갑옷 대용 아닙니까? 기왕이면 그냥 플레이트 아머를 가져오라 하십시오. 나도 나름 자존심이 있는데……."

텔슨 경의 지시로 수련 기사 하나가 비르니를 가지러 가는 것을 보며 슈가 말했다. 이에 텔슨 경이 놀란 표정을 지으며 슈를 바라보았다.

"정녕 후회하지 않으실 자신이 있습니까?"

"물론입니다."

"그럼 좋습니다. 가서 플레이트 아머로 한 벌 가져와라!"

"네!"

철커덕— 철컥!

이제 봄이 돼서 그런지 연무장에 떠오른 태양은 무척이나 뜨겁게 느껴졌다. 그런 햇살 아래서 그란텔의 도움을 받으며 슈는 마침내 플레이트 아머를 걸치기 시작했다. 이 플레이트 아머는 무게가 장난 아니기 때문에 일반 기사들도 비상시나 전시 외에는 입기를 꺼려하는 복장이다.

생각해 보라. 플레이트 아머의 총 무게는 무려 20킬로그램 이 넘는다. 그런 복장을 입고 하루 종일 생활하기가 쉬울 리 없는 것이다. 자신만만하게 플레이트 아머를 걸치고 훈련받 겠다던 슈는 막상 아머를 모두 착용하고 나자 벌써 속으로 후 회가 될 정도였다.

'이런 젠장. 뭐가 이렇게 무거워? 그냥 비르니를 입을 걸 잘못한 것 같구나. 이제 와서 도로 바꾸자고 할 수도 없고… 아니지, 어쨌든 이 육체를 얻고 나서 하는 첫 번째 육체 단련 인데, 대충 할 수는 없지. 게다가 내가 이곳에 온 진정한 이유 는 나의 변화를 사람들에게 알리기 위함 아니던가. 눈에 띌 수록 그 효과는 클 것이니 어느 정도 힘들 것은 각오해야지.'

하지만 이렇게 생각을 다잡으면서 슈는 이를 악물었다. 자 신이 목표로 하고 있는 최고의 무공 고수가 되려면 육체적으 로도 강해져야 하는 것이다. 물론 그가 알고 있는 검술은 이 처럼 무식한 과정을 꼭 필요로 하는 것은 아니지만 그는 이제 중원인이 아니기 때문에 사람들이 납득할 만한 과정도 꼭 거 쳐야만 했다. 어느 날 갑자기 아무 이유 없이 강해지는 인간 은 없는 것 아니겠는가.

"이 모래시계가 다 떨어지기 전에 훈련장을 스무 바퀴 돌아야 한다! 다들 알겠나!"

"네! 알겠습니다!"

"그럼 어서 뛰어라! 어서!"

우르르르…….

그렇게 슈를 비롯한 수련 기사 열두 명은 강인한 체력을 기르기 위해서 미친 듯이 달리기 시작했다. 말이 그렇지 공작가의 중앙 훈련장 한 바퀴의 거리는 무려 1킬로미터. 그들은 20킬로그램의 그 무거운 플레이트 아머를 입은 채 쉬지 않고 뛰고 또 뛰어야만 했다.

"허어… 갑자기 검술을 새롭게 배운다고 하더니 진심으로 할 생각인 것일까? 플레이트 아머를 입고 뛰다니……. 하지만 겨우 반나절도 지나지 않았는데 뭐라고 하기는 아직 이르지. 몸이 슬슬 나아지고 있으니 뭔가 또 엉뚱한 계획이나 세운 게 아닐지 오히려 걱정이 되는구먼."

"최근 공자님께서 조금 달라진 것은 확실합니다. 그러니 너무 염려하지 마십시오, 각하! 죽음을 겪어본 사람은 뭔가 달라진다는 말이 있지 않습니까?"

슈가 뛰는 모습을 멀리서 지켜보는 사람들이 있었다. 떨어진 거리가 상당했지만 마치 눈앞에서 보는 것처럼 말을 하는 것이 상당한 마나를 가지고 있는 것처럼 느껴졌다. 일반인이 이 정도 거리에서 연무장을 관찰한다면 슈의 얼굴조차 구별

하지 못했을 것이다.

"죽음을 겪어본 사람은 달라진다라… 자네의 그 한마디가 왠지 내가 잃어버린 자식에 대한 희망을 불러일으키게 하는군. 부디 자네 말대로 되었으면 좋겠군."

"분명 그렇게 될 것입니다, 각하!"

그들은 바로 레비안또 공작과 그를 그림자처럼 호위하는 세 명의 비밀 기사 중 한 명인 포랜드 경이었다.

4

첫 번째 바퀴를 돌 때만 해도 슈와 같이 달리기 시작했던 수련 기사들은 속으로 저 인간은 보나 마나 반 바퀴쯤 돌다가 포기할 것이라 여겼다. 그들 역시 허우대만 멀쩡한 귀공자가 평상시 얼마나 방탕하게 살아왔는지 잘 알고 있었기 때문에 이런 생각을 하는 것은 지극히 당연했는지도 몰랐다. 게다가 첫 바퀴부터 어찌나 헐떡거리고 비틀거리며 달리는지 차마 눈 뜨고 보기 민망할 정도였다.

"이봐, 저 슈 공자님 좀 봐. 완전히 술 취한 사람 같아 보이지 않아? 몸을 제대로 가누지도 못하잖아."

"큭큭, 그러게. 하지만 저러다가 쓰러지면 우리만 좋지 뭘 그래."

"우리가 왜 좋은데?"

"어허… 그래도 명색이 공작가의 셋째 도련님인데 그런 분이 훈련을 받다가 쓰러지면 다들 거기에 신경을 써야 하잖아. 지금 교관이신 텔슨 경도 그렇고 기사단장님이신 보나프 경께서도 마찬가지일 거고… 그렇게 되면 우리는 자동으로 쉬는 거지. 흐흐… 안 그래?"

"앗! 그렇군. 그렇다면 어서 쓰러지라고 빌어줘야겠는걸?"

"큭큭큭……."

그들은 이렇게 저희들끼리 몰래 쑥덕거리며 좋아라 했다. 아무리 수련 기사라고는 하지만 그들 역시 죽어라 달리기만 하는 이런 훈련이 재미있을 리 없었다. 때문에 갑자기 등장한 슈에게 이런 어처구니없는 기대를 걸고 있는 것이다. 하지만 그들의 이런 기대는 곧 산산조각이 나고 말았다.

쩔그럭… 철걱… 탁! 탁! 탁!

'처음에는 요령을 몰라 힘들더니 갈수록 재미가 있네. 뛰는 즐거움이 바로 이런 것이로구나. 게다가 달리면서 연공해보니 그 효과가 훨씬 좋은 것 같은데? 역시 내 판단이 틀림없어. 비록 내가 응용을 했다고는 해도 이 심법이 아니고서야 이럴 수 없을 거야.'

실제로 슈는 놀랍게도 뛰면 뛸수록 자세가 좋아질뿐더러 기운이 넘치고 있었던 것이다. 이것은 그가 처음 뛰기 시작할 때 아머의 무게 때문에 너무 힘이 들자 자신도 모르게 태극무상심법을 운용하면서부터 나타난 효과였다.

이런 사실을 깨닫게 되자 그의 두뇌가 더욱 활발하게 움직여 이제는 아예 뛰면서 심법을 익힐 수 있는 방법까지 찾아냈으니 중원의 무공 고수가 이 사실을 알았다면 정녕 까무러치고 말았을 것이다.

"어서 뛰어라! 벌써 모래시계가 반이나 내려갔는데 아직 열 바퀴도 돌지 못했다! 만에 하나 시간 내로 다 돌지 못하면 또다시 처음부터 뛸 것이니 명심해라!"

"네! 헤엑~ 헤엑~!"

텔슨 경의 독촉과 함께 슈와 수련 기사들은 연무장을 계속해서 달려 나갔다. 열 바퀴가 넘어서자 이미 수련 기사들은 호흡이 곤란할 정도로 지쳐갔다. 하지만 그런 그들의 옆에서 유유히 달리고 있는 슈의 얼굴은 얄미울 정도로 태연해 보였다.

"이, 이게 어떻게 된 노릇이지? 반 바퀴면 나가떨어질 거라면서? 헤에엑… 헤엑."

"그, 그러게… 분명 저 공자님은 아홉 살 때 이후로는 검술 훈련을 제대로 한 적이 전혀 없다던데, 어떻게 매일 훈련을 해온 우리보다 더 팔팔할 수가 있지? 이건 정말 말도 안 돼. 헉헉……."

다른 것은 몰라도 체력 훈련은 거짓말을 못하는 법이다. 이것은 순수하게 육체적인 힘을 기르는 훈련이기 때문에 했던 사람과 하지 않았던 사람과는 큰 차이가 날 수 밖에 없는 것이다. 그런데 지금 그런 상식이 깨지고 있었다.

"아무래도 소문과 사실이 다를 것 같아. 저 공자님이 정말로 망나니짓만 한 사람이라면 절대 지금 같은 체력을 보여줄 수 없을 거야. 소문은 망나니라고 내놓고 사실은 숨어서 검술 연마를 했던 것은 아닐까? 그렇지 않고서야 우리보다 멀쩡하게 달릴 수 있을 리가 없잖아?"

"그러게. 이유는 모르겠지만 아무래도 슈 공자님께서는 그 동안 비밀 수련을 해온 게 분명해."

비록 쉬쉬거리며 하는 대화였지만, 태극무상심법을 연마한 이후 부쩍 청각이 좋아진 슈는 이 모든 이야기를 들을 수 있었다.

지금 이런 생각을 비단 수련 기사들만 하는 것은 아니었다. 내내 지켜보고 있던 텔슨 경을 비롯해, 어느새 자신들의 격투 훈련을 마치고 모인 정식 기사들까지 놀람에 찬 눈으로 슈를 바라보고 있었던 것이다. 그리고 아무도 모르게 멀리서 지켜보던 레비안또 공작과 포랜드 경 역시 이쯤에서는 확실히 놀라고 있었다.

'후후… 이거 생각보다 일이 더 쉬워지겠는걸? 비밀 수련이라… 그거 참 그럴싸해. 이따가 다시 한 번 조용히 슈의 과거를 떠올려 봐야겠군. 워낙 남들 모르게 잘 돌아다녔던 녀석이니 비밀 수련을 해왔다고 해도 이상할 게 없을 것 같아.'

슈가 이런 생각을 하며 여전히 달리고 있을 때, 집합 명령이 들려왔다.

"다들 다시 집합! 어서 집합하라!"

"네! 집합! 헥헥……."

"후아, 후아… 모두 집합했습니다!"

모래시계가 모두 아래로 떨어진 모양이다. 때문에 슈 역시 생각을 멈추고 훈련장 중앙으로 달려갔다. 모든 수련 기사들이 한자리에 모이자 휴식 시간이 주어졌다.

"다행히 모두 시간 내에 목표량을 채웠으니 지금부터 삼십 분간 휴식을 주겠다. 물론 휴식 이후에는 검을 휘둘러야 하니 쉴 때 푹 쉬도록!"

"알겠습니다!"

원래 수련 기사들의 훈련 일정은 매일 같았다. 오전에는 기초 체력 훈련을 받고 나서 검을 휘둘렀고, 오후에는 역시 기초 체력 훈련을 한 뒤에 텔슨 경이 직접 검술 시범을 보여주며 검식을 하나씩 가르쳐 주었다. 정식 기사가 되려면 이처럼 혹독할 만큼 힘든 훈련을 몇 년씩 견뎌내야 했던 것이다. 하지만 수련 기사 가운데 그것에 대해 불만을 품는 자는 없었다.

듀란달 왕국에서 기사가 된다는 말은 곧 신분 상승은 물론, 의식주 걱정을 하지 않아도 되는 최고의 직업을 갖는 것과 같은 뜻이기도 했다. 물론 귀족 출신의 기사들 같은 경우는 다르겠지만 대부분의 수련 기사들은 자유민 출신이거나 세습이 불가능한 하급 귀족가의 자제들이기 때문에 기사가 되기 위해서는 그 어떠한 고생을 하더라도 고생이라 여기지 않고 있었다.

어느새 손에 수건을 들고 와서 기다리던 그란텔이 슈에게 다가와 흘린 땀을 닦아주었다.

"공자님, 힘드시지요? 하지만 정말 대단하십니다. 결국 플레이트 아머를 입은 채 완주를 하셨으니 말입니다. 그런데… 대체 언제 체력 훈련을 하신 것입니까?"

"어허… 내가 늘 놀기만 한 것은 아니다. 크흠."

"놀기만 하셨잖아요? 매일 공자님 뒤만 따라다녔던 저마저 속이시려는 겁니까? 어서 솔직히 말씀해 보세요."

뜨끔.

의심 섞인 그란텔의 말에 슈는 잠시 할 말을 잃고 말았다. 확실히 이 그란텔이라면 원래의 슈를 알아도 너무 잘 알 것이다.

'으음… 이거 이 녀석부터 교육을 시켜야겠는걸? 내가 이 세계에서 편안하게 지내려면 심복 한둘은 필요할 터. 그러자면 나의 능력도 조금은 알려야 하는데, 이 녀석만큼 믿을 만한 녀석이 또 있을까. 주인을 위해 목숨까지 바칠 각오가 되어 있는 녀석이니 충분히 심복으로 삼을 만한 가치가 있을 거야.'

결국 슈는 그란텔을 자신의 심복으로 만들 결심을 했다. 물론 슈의 속이 바뀐 것까지 설명할 수는 없었지만 자신의 본모습을 조금 보여주고 확실하게 자신을 믿고 따르게 만들 생각을 한 것이다. 사실 그란텔은 시종이기는 했지만 늘 슈를 보호해 주는 역할을 했었지 슈를 존경하고 진심으로 따랐다고 할 수는 없었다. 충성심과 존경심은 별개의 문제 아니겠는가. 그는 충성심이 대단한 시종이었지만 슈에 대한 존경심은 전혀 없었다고 해도 과언이 아닐 정도였다.

5

고된 훈련이 끝나고 자신의 방으로 돌아온 슈는 문을 걸어 잠그고 조용히 운기행공을 시작하였다. 겨우 한 시간 반 정도 한 것에 불과하지만 이미 온몸에 힘이 넘치는 것 같았고, 아까의 고단함은 하나도 남김없이 사라지고 말았다. 그러고 나자 이번에는 시종 그란텔을 납득시킬 만한 핑곗거리를 찾기 위해 다시 한 번 슈의 과거를 더듬어보기 시작했다.

'슈가 착실하게 성장을 하다가 삐뚤어진 시기가 대략 아홉 살 무렵이었군. 형들이 시기해서 못살게 군 것도 문제였지만 설마 공작께서도 슈를 그렇게 형편없이 보고 있었을 줄이야. 머리는 큰형보다 못하고 검술에 대한 소질은 둘째 형보다 못하다니……. 어릴 적부터 그런 소리를 들어왔으니 착실하게

살고 싶은 마음이 남아 있을 리 없었겠지.'

　슈의 과거를 되짚어보던 제갈수는 문득 특이점을 발견했다. 아버지의 이야기를 모두 형들이 전해주었다는 점이었다. 이를 통해 어째서 슈가 그렇게 망나니가 된 것인지 그 원인을 발견할 수 있었다. 물론 그가 진짜 슈였다면 그냥 넘어갈 일이었지만—실제로도 슈는 늘 아버지만 원망했다—영민한 두뇌를 지닌 제갈수는 과거의 사건들이 모두 형들의 음모라는 사실을 단번에 파악해 내고 있었다.

　'확실히… 슈에 대한 험담들이 모두 형들 입에서 전해진 것이지 아버지께서 직접 한 이야기는 아니잖아. 그렇다면 역시? 으음… 틀림없어. 아직 큰형 아론과 작은형 벡스터를 만나본 것은 아니지만 슈의 기억 속에 남아 있는 이미지로 보았을 때, 충분히 그린 식으로 동생을 바보 만들고도 남을 인간들일 게 분명한 것 같군. 그렇다면 진짜 아버지의 본심은 무엇이었을까?

　형제들에 대한 생각 이후 제갈수는 레비안또 공작의 의중을 생각했지만, 딱히 무어라 정리할 거리가 보이지 않아 그란텔에게 초점을 맞추었다.

　'으음… 그렇게 겨우 아홉 살 때부터 밖으로 나돌던 슈에게 그란텔을 붙여준 것은 슈를 지극히 사랑하신 어머니로군. 일국의 공주마마셨으니 능력있는 시종 하나 구하는 건 어렵지도 않으셨겠지. 그때가 열 살 때라……. 에휴, 이거 참 이렇게 되면 어떻게 그를 설득해야 하지? 열 살 이후로 단 하루도 떨어져 있던 적 없는 시종인데, 하루아침에 달라진 모습을 어떻게 설명해야 하냐고.'

그가 지금 고심하는 이유는 바로 이 점이었다. 그란텔을 심복으로 만들려면 일단 그를 이해시켜야 한다. 하지만 아무리 과거의 기억을 더듬어보아도 자신이 갑자기 달라진 이유를 납득시킬 수 있는 여건을 찾을 수 없었다. 하다못해 일주일에 단 하루씩이라도 떨어져 있던 시간이 있어야 그때 죽어라 훈련을 했었다는 거짓말을 할 수 있을 게 아닌가.

'음음… 이거 참. 겨우 시종 한 사람 때문에 이런 고민을 하고 있어야 하다니……. 그렇다고 그렇게 착하고 충직한 시종을 멀리 보내 버릴 수도 없고 말이지. 어떻게 해야 하나…….'

원래 제갈수는 완벽주의자였다. 그는 아무리 사소한 일이라 해도 대충 넘기는 법이 없었던 사람답게 어떻게 보면 별것 아닌 것 같은 이 일에 이처럼 고심을 하는 것이다.

'아! 그렇지! 광성자 어르신의 비학을 잊고 있었다는 게 말이 돼? 그분의 최면 비술을 펼치면 되겠구나!'

골머리를 싸매고 있던 슈가 광성자가 창안한 최면 비술에 대하여 떠올리고는 손뼉을 쳤다.

슈는 광성자를 높게 평가하고 있었지만 사실 중원에서는 눈빛만으로도 사람의 정신을 움직여 한때 무림을 공포로 몰아넣었던 그를 절대 좋게 평가하지 않았다. 그가 펼치던 최면 비술은 타인의 정신세계를 지배하는 힘이 있었다. 그는 정파보다는 사파로 분류되던 괴인이었다. 오죽하면 별호가 미친 성자이겠는가.

하지만 광성자가 남긴 진전을 황실 비고에서 발견했던 제갈수는 그가 얼마나 광명정대한 인물인지 알고 있었다. 또한 그가 남긴 무학이 절대 사공이 아니라 고도의 정신세계를 이용해 만든 최고의 무학인 것도 말이다.

제갈수가 중원에 있던 당시 몸으로 직접 체득을 할 수가 없어서 사람들이 몰랐을 뿐이지, 걸어 다니는 무학의 보고라 해도 될 만큼 그의 머릿속에는 상상을 초월한 무공들이 무려 삼백여 종이나 들어 있었다. 그가 장원급제를 해서 관부에 들어간 것도 알고 보면, 무공에 대한 열망을 위해 황실 비고를 출입하기 위해서였던 것이다.

물론 이론만 알 뿐, 자신은 쓸 수도 없거니와 아무리 천재라 해도 서로 성질이 다른 무공을 다 익힐 수는 없기에, 애초부터 자신에게 맞는 무공을 선정해 놓고 그것을 위주로 익혀 나가는 중이었다.

'후후… 이거라면 그란텔을 감쪽같이 속일 수 있겠구나. 그리 썩 내키지는 않지만 지금으로서는 어쩔 수 없다.'

똑똑.

그가 이런 생각을 하고 있을 때 갑자기 방문을 두드리는 소리가 들렸다.

'아, 이런, 한창 중요한 생각 중인데 대체 누구지?

"공자님! 도로시입니다."

"무슨 일이지?"

"각하께서 공자님을 찾으십니다."

주로 그의 방 청소를 담당하고 있는 하녀 도로시가 이렇게 전하자 슈는 고개를 갸웃거리며 그녀의 뒤를 따라가기 시작했다. 갑자기 공작이 자신을 부른 이유가 궁금했던 것이다.

"거기 앉아라."

"네, 아버지."

그가 공작의 집무실에 들어서자 공작은 들고 있던 샤르몽주(고급 와인의 한 종류)를 탁자 위에 내려놓더니 슈의 맞은편에 앉았다.

"갑자기 무슨 일로 부르셨습니까?"

"이놈! 아비가 아들을 부르는데도 이유가 있어야 하냐?"

"그, 그건 아니지만요."

레비안또 공작은 지금 기분이 몹시 좋은 상태였다. 바로 한 시간 전에 들렀던 기사 텔슨이 입에 침이 마르도록 슈에 대한 칭찬을 하고 갔기 때문이다. 물론 그 역시도 몰래 그 과정을 지켜보아서 잘 알기는 했지만, 다른 사람을 통해 이런 말을 듣는 기분은 확실히 또 달랐다. 게다가 그의 기억 속에서 슈에 대한 칭찬을 들어본 것이 무려 팔 년 만인만큼 기분이 좋지 않을 수가 없었다. 물론 전혀 티를 내는 것은 아니지만.

아무리 무뚝뚝하고 정이 없는 것 같은 아버지라 해도 자식 칭찬에 좋아하지 않을 아버지는 세상에 없다 하겠다. 레비안또 공작이 샤르몽주를 따르며 말했다.

"결론부터 이야기하겠다."

"……."

"너, 영지 하나만 다스려 봐라."

벌떡~!

슈가 자리에서 일어섰다.

"네에? 영, 영지를 다스리라고요?!"

다른 사람도 아닌 제갈수는 어지간한 일로 인해서 놀랄 사람이 아니다. 그는 평생 냉정함을 이상으로 여기고 살았던 사람인만큼 설혹 하늘이 두 쪽 나도 그렇게 놀라지 않을 것이다. 하지만 슈로 살아가게 돼서 그런지는 몰라도 레비안또 공작의 지금 말에는 그저 입을 딱 벌릴 수밖에 없었다. 그만큼 파격적인 이야기였기 때문이다.

"물론 지금 당장 영지로 부임하라는 것이 아니다. 널 보내려는 그곳의 영주가 떠나려면 약 육 개월 정도 남았으니 두 달 전쯤 가서 인수인계를 받으면 될 게야."

"아니, 대체 영주가 떠나는 영지도 다 있습니까?"

공작의 말에 슈는 또다시 멍해졌다. 세상에 영주가 왜 영지를 떠난다는 말인가. 물론 국왕이나 대영주가 해임을 하는 경우가 있기는 했지만 지금 공작의 말은 그런 의미가 아닌 듯했다.

"흐음… 너에게 맡기려는 영지는 일 년 전 다스리고 있던 멕란드 자작이 숨을 거둔 탓에 그의 딸이 자리를 물려받은 멕란드 영지이다. 그런데 그녀가 얼마 전 말하기를 아버지의 유언에 따라 올해 내로 시집을 가야 한다더구나."

"하지만 시집을 간다고 해도 남편이 그 영지를 이어받게 되는 것 아닌가요?"

"물론 우리 왕국의 귀족가 사람과 혼인하는 거라면 당연히 그렇게 되는 게 맞겠지. 하지만 문제는 그녀가 결혼해야 하는 남자가 카타리안 왕국 사람이라고 하더구나. 해서 결국 어쩔 수 없이 영지를 반납하고 가게 되었다. 대신 내가 그녀의 후견인이 되어주기로 하였지. 물론 지참금도 챙겨주기로 하고 말이야."

도대체 숨을 거둔 멕란드 자작이 어째서 그런 유언을 남겼는지는 몰라도 슈는 참으로 신기한 일이라는 생각을 하였다. 물론 지금 그에게는 그것보다 더욱 중요한 문제가 있기 때문에 굳이 깊이 생각하지는 않았지만 말이다.

"그런데 그런 영지를 왜 갑자기 저한테 맡기려고 하시는 겁니까? 아버지에게 저는 아직 나이도 어리고 경험도 없는 그저 망… 나니에 불과하지 않았던가요?"

제갈수가 슈의 기억을 떠올리며 아쉬워하듯 말했다. 슈와 공작 사이에 형제들의 모략이 있다는 걸 알면서도, 슈가 아버지에게 서운하면서도 그를 좋아했던 사실을 알기에 공작의 의중을 알고자 떠보듯 말한 것이다. 하지만 레비안또 공작은 아무런 표정의 변화를 주지 않은 채 술잔을 살며시 흔들며 말했다.

"그래, 네 말대로일지도 모르지. 아니, 확실히 얼마 전까지는 그랬지. 하지만 얼마 전 네 어머니랑 그런 이야기를 나누었다. 네가 그렇게 된 데에는 내 책임도 있다고 하더구나. 너에게 일을 맡겨보지도 않고 비난만 한다던가? 그 이야기를 듣고 보니 나도 걸리는 것이 있었다. 해서… 곰곰이 생각을 하던 차에 이런 일이 생긴 것이다."

레비안또 공작은 여기서 말을 끊고 술을 한 모금 입에 머금었다. 이를 천천히 삼킨 뒤 잔을 내려놓으며 다시 그가 말을 이었다.

"하지만 내가 너에게 영지를 맡기려는 진짜 이유는 바로 너를 시험해 보기 위해서이니 그렇게 좋아할 일만은 아니다. 말이 영지이지, 사실 너에게 가라고 하는 그곳은 무척 낙후된 오지의 영지다. 앞으로 오 년을 주마. 그때까지 그 영지를 최대한 발전시켜 보아라. 자신이 없으면 지금 아예 포기해도 좋다."

공작은 이렇게 말을 하고 나더니 가만히 슈의 얼굴을 바라보았다. 무심한 척 말하긴 했지만, 늘 사고만 쳐온 아들이 자신의 제안을 듣고 어떤 표정을 지을 것인지 궁금했기 때문이다. 그러나 상당히 혼란스러워할 것이라는 애초 공작의 예상과는 달리 슈는 그저 환하게 웃으며 대답했다.

"감사합니다, 아버지. 정말 흥미진진한 제안입니다. 제게 이런 기회를 주실 거라 생각 못했습니다. 그 말씀이 묘하게 저를 흥분시키는군요. 하하하."

"녀석……. 혹시 이 아비의 눈을 피할 수 있어서 그렇게 좋아하는가 본데 그렇게만 생각한다면 큰 오산이다. 이미 너를 감시할 사람까지 정해놓았으니 말이다. 그가 늘 너를 감시할 것이다. 물론 네가 능력이 된다면 네 심복으로 만들 수도 있겠지만, 그건 아예 기대하지 않는 게 좋을 것이다."

다른 것도 아니고, 영지를 발전시키라는 제안은 제갈수에게는 딱이라고 할 수 있었다. 그의 머릿속에는 이미 국가도 경영할 수 있는 방대한 지식이 들어 있지 않은가. 그렇지 않아도 조용한 곳에서 자기 자신을—슈의 육체를—다듬어야 할 필요성을 느끼고 있었기에 이런 제안이 그를 들뜨게 만들었던 것이다. 하지만 공작은 그런 슈의 태도를 완전히 잘못 해석하고 있었다.

"감시인을 붙이신다고요? 그게 누구입니까?"

"바로 울프 기사단장 보나프다."

"네엣? 보, 보나프 경을요? 아니, 그럼 울프 기사단은 누가 이끕니까?"

"너도 보아서 알 것이다. 차기 울프 기사단은 텔슨 경에게 맡기기로 했다. 이것은 내 뜻이 아니라 보나프 경의 뜻이기도 하다. 그가 어째서 이런 일에 지원을 했는지는 모르겠다만 나로서는 굳이 말리고 싶지 않은 일이다. 그만한 감시인도 흔하지 않으니 말이야."

공작의 말을 들은 슈는 보나프의 의도를 전혀 알 수 없었다. 그가 원래는 크누센스의 근위대 출신 기사였다는 것을 몰랐으니 당연했다. 보나프와 그란텔은 모두 크누센스 왕국의 공주였던 앙리에트 폰 멘체스타의 충성된 심복들이었고, 그녀 때문에 늘 슈에게 관심을 가지고 있었다는 것을 말이다.

공작 역시 이 점을 어렴풋이 짐작은 하고 있었지만 굳이 그 이야기를 그대로 슈에게 전해줄 이유는 없었다. 슈가 알면 더 마구잡이로 행동할 것이라 우려했기 때문이다.

"좋습니다. 저도 원래 강인한 보나프 경에게 검술을 배우고 싶었는데 잘되었네요. 영지로 부임을 하게 되면 개인 지도를 받을 수도 있잖아요."

"그 말 진심으로 하는 말이냐? 보나프 경은 네가 나의 아들이라고 해서 봐주고 하는 성격이 아니다. 괜히 검술을 배운다고 함부로 굴다가는 크게 경을 칠지도 모르니 조심해라."

"아버지, 모르시겠습니까? 저는 이제 더 이상 과거의 제가 아닙니다. 그날… 깡패들에게 죽었다가 살아나면서 많은 생각을 했습니다. 죽음이 멀리 있는 것이 아니라는 것도 깨달았지요. 그때 저는 새롭게 태어났습니다. 그리고 새로 태어난 이상 좀 더 의미있는 인생을 살고 싶어졌고요."

슈가 잠시 말을 멈추었다 계속 이어 나갔다.

"지켜보십시오. 앞으로 정말 달라진 아들의 모습을 보게 되실 것입니다."

슈가 만일 제정신을 차리자마자 이렇게 말을 했다면, 이놈이 또 거짓말을 한다고 생각하고 말았을 것이다.

하지만 슈는 최근에 부쩍 책을 가까이하기 시작했으며 오늘은 검술 훈련에도 참가해서 텔슨 경에게 칭찬을 받을 정도로 진지한 자세를 보여주었다. 그것을 자신도 직접 목격했기 때문에 슈의 말은 공작의 마음을 흔들기에 충분했다.

"과연 그런지 네 말대로 지켜보겠다. 하지만 이것만큼은 명심해라. 이 일은 너를 시험해 보기 위한 것이지, 네가 혼자 신나게 놀라고 보내려는 것은 절대 아니라는 것을 말이다. 어쩌면 네 인생의 새로운 갈림길이 될지도 모른다. 알겠느냐?"

"네, 명심하겠습니다."

그렇게 대답을 하고 슈는 공작의 집무실에서 나왔다.

그 모습을 지켜보던 공작은 내려놓았던 잔을 다시 들더니 남아 있던 샤르몽주를 홀짝 들이켜며 한마디 중얼거렸다.

　"정말 확실히 달라졌군. 철없고 날 피하던 저 아이가 감히 내 앞에서 저렇게 당당하게 말을 하다니……. 허허… 허허허……."
　꼭 술이 취한 것은 아닌 것 같았는데도 그는 확실히 오늘 기분이 좋아 보였다.

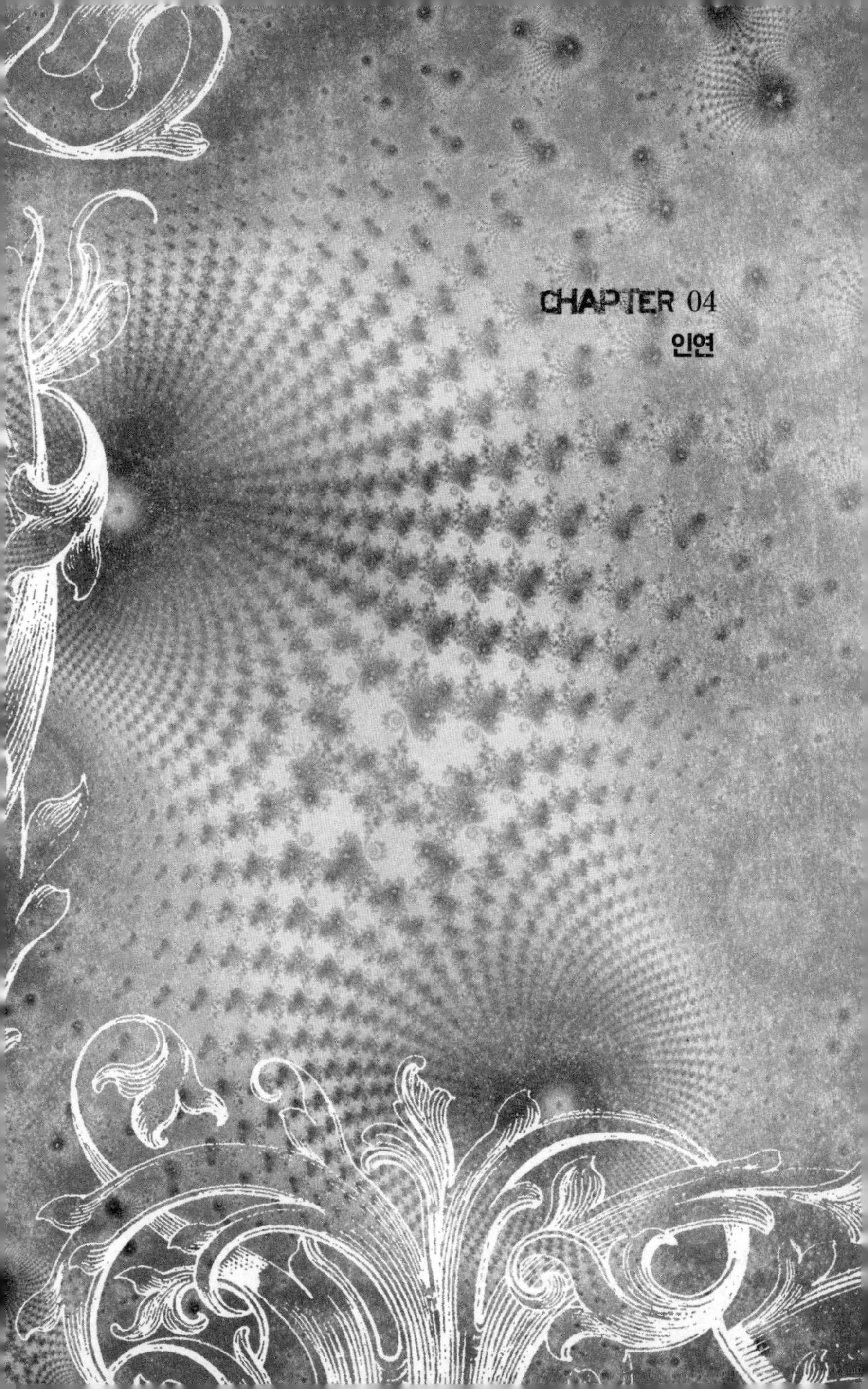

CHAPTER 04
인연

Miracle

1

　"네 부인 말을 듣고도 신가민가했는데 요즘의 슈를 보니 그 녀석이 삐뚤게 성장한 것에는 내 잘못도 컸다는 것을 인정할 수밖에 없는 것 같소. 허허."

　"갑자기 그게 무슨 말씀이신가요?"

　레비안또 공작의 집무실 한 켠에 마련된 휴게실에는 레비안또 공작과 앙리에트가 나란히 앉아 다괴를 즐기고 있었다. 레비안또 공작이 말을 꺼냈다.

　"얼마 전부터 슈가 검술 훈련에 매진하고 있다는 것은 부인도 알지요?"

　"물론이지요. 벌써 저택 안에 소문이 파다하게 난걸요? 호호… 하녀들까지 우리 잘생긴 슈가 더 멋있어졌다고 난리에요."

요즘 공작가 내부에서는 셋째 공자 슈가 달라진 것이 제일 큰 이슈였다. 원래 망나니 소리를 들을 때도 하인들이나 하녀들에게만큼은 미움받은 적이 없는 슈였다. 그들의 신분이 비천하다고 함부로 대한 적은 없었기 때문이다. 그래서인지 그가 달라진 모습을 보이자 그들이 더욱 관심을 갖는 것인지도 모른다. 그에 대한 일종의 애정 표현이리라.

"허허… 그 녀석이 날 닮아서 아들 셋 가운데는 가장 잘생기긴 했지."

"여보, 또……."

"험험. 물, 물론 아름다운 당신의 피가 섞여서 더 그렇지만 말이오. 참, 요즘 그 녀석이 훈련만 끝나면 곧바로 도서실로 향한다는 말도 들었소?"

일반 사람들이 절대 모르는 공작의 일면에는 이처럼 약간의 왕자병과 부인 앞에서 꼼짝도 하지 못하는 공처가 기질이 있었다. 앙리에트도 제삼자가 있는 곳에서는 공작을 하늘처럼 떠받들었지만 이처럼 단둘이 있을 때에는 그를 꽉 쥐고 있었다. 물론 아내를 지극히 사랑하는 공작인지라 그래서 더 꼼짝을 못했겠지만.

"어머나! 그 말씀이 사실인가요? 호호호, 그것 보세요. 제가 뭐라고 하던가요? 우리 슈는 언젠가는 반드시 훌륭한 아들로 성장할 거라고 했잖아요. 이제 겨우 열일곱 살이에요. 다른 아들들에 비해 조금 늦기는 했지만 이제라도 정신을 차렸으니 확실히 예전처럼 자랑스러운 아들이 될 거라고요."

"당신은 항상 그 애를 너무 두둔하는구려. 이제 겨우 며칠 도서실 출입을 한다고 금방 똑똑해지는 것은 아니잖소? 그 녀석이 확실히 달라졌고, 그 모습을 보게 되면서 나도 영지를 맡겨볼 결심을 하긴 했지요. 하지만 너무 그 애만 편애하다가는 다른 녀석들이 구박할지도 모르니 조심하시오."

공작은 다른 아들들이 슈를 미워하고 있음을 이미 알고 있었다. 워낙 그 골이 깊어진데다가 그 문제만큼은 자신이 개입해서 해결할 수 없는 문제였기에 두고 볼 수밖에 없었지만 말이다. 우아하고 아름다운 앙리에트는 무척 이성적이고 차분한 성격을 가지고 있었지만 유독 슈의 문제만큼은 종종 도가 지나친 애정을 보여주었고 공작은 바로 이 점을 우려하고 있었다. 그로 인해 다른 아들들이 슈를 질투해서 오히려 해를 끼칠 수도 있기 때문이다.

"알았어요. 그런데 너무 한꺼번에 그렇게 무리를 하다가 또다시 건강을 해칠까 봐 걱정이네요."

"그 정도로 어떻게 되지는 않을 테니 그런 염려는 하지 않아도 좋소. 그것보다는 며칠 후면 렉시와 함께 공주마마께서 방문하신다 하니 그 문제를 더 신경 써야 하지 않겠소?"

"그렇군요! 이런… 공주마마께서 우리 가문을 직접 방문하시는 것은 처음인데 제가 소홀히 할 수는 없지요. 그래도 명색이 마마님의 이모인데. 지금 하녀장을 만나러 가야겠어요. 나중에 봐요!"

후다닥.

앙리에트는 서둘러 자리에서 일어나 휴게실 문으로 향했다.

"허허허… 거 조심하구려. 잘못하다가 넘어질까 두렵소."

"네~!"

뛰어가듯 걸으면서도 가벼운 어조로 말하는 앙리에트. 이렇게 나이를 먹었어도 늘 소녀 같은 앙리에트였기에 공작은 여전히 그녀가 너무나도 사랑스럽게 느껴졌다. 비록 함께 살아온 세월이 벌써 이십 년이 훌쩍 넘었지만 앙리에트는 그 누구보다 반짝이는 생기로 흘러넘쳤다. 그리고 그녀의 이런 장점을 고스란히 물려받은 아들이 있었으니, 그가 바로 지금 도서실 안에서 끙끙거리고 있는 슈였다.

"휴우, 이곳의 책들은 중원의 책들과는 너무나 달라. 하지만 그 나름대로의 매력은 있구나. 사회 구조부터가 특이하니 당연하겠지만."

며칠 전부터 기초 체력 훈련이 끝나자마자 찾기 시작한 공작 가문의 도서실은, 제갈수라 해도 놀랄 수밖에 없을 정도로 방대한 서적을 보유하고 있었다. 워낙 오래된 가문이고, 초대

공작부터 서책에 관심이 많았던 터라 그때부터 모아놓은 책이 산더미처럼 쌓인 것이다.

"가만. 이건 뭐지? 이 그림은 오크라는 몬스터인 거 같은데… '몬스터 도감' 이라… 이것참 신기롭고 흥미로운걸?"

천성적으로 책을 좋아하는 제갈수는 공작가의 도서실에 들어서자 가슴이 설레었다. 이미 중원에서는 읽을 만한 책이 거의 없어져 버려 무척이나 아쉬웠었는데 전혀 접해보지 않았던 책만 이렇게 즐비하게 꽂혀 있는 곳을 발견했으니 어찌 행복하지 않겠는가.

그때부터 그는 도서실이 문을 닫을 때까지 이곳에서 버티다가 밤이 깊어지면 수십 권의 책을 끙끙거리며 방까지 날라서 읽기 시작했다. 오죽하면 그란텔이 도서실의 책을 팔아다가 또다시 망나니짓을 하려는 게 아닐까 하는 심각한 오해를 했을 정도였을까.

"공자님, 저녁 드실 시간입니다."

"벌써 시간이 그렇게 되었나? 어서 먹고 다시 와야겠구나."

슈가 몬스터 도감을 거의 다 읽었을 무렵, 시종 그란텔이 도서실을 한참 헤매다가 그를 발견하고는 말했다. 요즘 슈가 달라지면서 가장 심심해진 사람이 바로 그란텔이었다. 그는 슈의 변해가는 모습이 기쁘기는 했지만 어쩐지 죽었다 살아난 이후로 사람이 완전히 달라진 것 같아 은근히 걱정스럽기도 했다.

"그런데 그 소식은 들으셨습니까?"

"응? 무슨 소식?"

"저택으로 공주마마께서 오신다는 소식 말입니다. 지금 저택 안의 모든 사람들은 공주마마께서 오신다는 소리에 다들 난리입니다요."

"아니, 공주마마께서 오시는데 왜 난리인데? 오히려 기뻐해야 할 일 아니더냐?"

"물론 영광스러운 일이니 기뻐하는 것은 당연하지요. 단지, 들리는 소문에 의하면 이제 혼기가 꽉 차신 공주마마께서 오시는 이유가 바로 공자님과 다른 두 공자님 때문이라고 합니다. 세 분 모두 아직 미혼이시잖습니까?"

슈가 망나니라는 것 외에 레비안또 공작에게 숨겨진 또 하나의 고민이 있다면 그것은 바로 이미 결혼할 나이가 지났는데도 여전히 버티고 있는 아들들이었다. 올해 스물두 살이나 된 큰아들 아론은 백작위까지 받은 상태임에도 불구하고 후계자 수업을 핑계로 총각으로 있었다. 둘째 벡스터 역시 열아홉의 나이임에도 전혀 결혼할 생각을 하지 않았다. 때문에 매파들이 뻔질나게 공작 가문을 들락거리는게 이 두 사람의 일조가 컸다.

원래 듀란달 왕국에서는 평민들도 만 16세가 될 무렵이면 결혼을 준비하는 만큼 이들이 얼마나 늦었는지 짐작할 수 있을 것이다.

"아름답고 똑똑하기로 유명한 올리비아 공주님께서 겨우 신랑감이 없어서 여기까지 온다는 것이냐? 그런 헛소리는 집어치우고 어서 가기나 하자."

"하지만……."

"어허, 너는 오늘 저녁을 굶을 생각인 게냐?"

"그럴 리가요. 같이 가시죠, 공자님!"

본래의 자신과 달리 어린 슈는 은근히 여자 경험이 많은 편이었지만, 제갈수는 여자를 전혀 몰랐다. 아니, 본능은 원했을지라도 당장 눈앞에 닥친 일에 신경 쓰기도 시간이 모자라 일부러 피했다고 할 수 있었다. 그런 그의 성향은 새로운 육체를 가진 지금에도 남아 있는 듯했다. 그래서 공주에 대한 이야기를 듣고도 무심히게 걸어가는 슈였다.

2

다그닥, 다그닥…….

레비안또 공작 가문의 상징인 블랙 드래곤이 멋들어지게 그려져 있는 화려한 마차 한 대가 들판을 가로지르고 있었다. 마차 안에는 두 명의 젊은 여인이 타고 있었고, 그 주변으로 호위 기사들이 다섯 명이나 경계를 늦추지 않은 채 따르고 있었다.

"호호호, 어쨌든 집으로 돌아가는 길은 정말 즐겁네요. 이
게 대체 얼마만이지⋯⋯."

"그렇게 좋니, 렉시?"

"그럼요. 그런데 언니는 피곤하지 않으세요? 늘 기숙사와
아카데미 안에서만 있다가, 그래도 조금은 먼 여행을 하고 계
시니 피곤하실 텐데요?"

"피곤하기는. 렉시는 나를 너무 연약하게만 보는구나? 이
래 봬도 '쥬니어 아카데미' 검술 학부를 최우수 성적으로 통
과했던 몸이라고."

블랙 드래곤으로 장식된 마차와 그 마차를 타고 다닐 수 있
는 특권을 지닌 여인들. 이것이 상징하는 바는 방금까지 대화
를 나눈 여인들 가운데 한 명은 공작가의 직계 가족인 것이
분명해 보였고, 또 한 명의 신분도 엄청남을 은연중에 보여주
고 있었다. 직계 가족이 아니라면 가문의 상징이 그려져 있는
마차를 탈 수 없으니 말이다.

"아, 그렇지. 언니도 참⋯ 하긴 이미 왕실 근위대장님과도
대등한 대결을 펼쳤던 언니이시니 겨우 이런 여행쯤으로 피
곤할 일은 없으시겠네요. 호호."

"그런데 정말 너희 셋째 오빠는 괜찮으시니? 죽었다가 살
아났다면서?"

"하아⋯ 글쎄요, 저도 그게 참 걱정이에요. 사실 대부분 사
람들은 저의 셋째 오빠를 망나니라 비웃곤 하지만 알고 보면

그 오빠처럼 괜찮은 오빠도 없어요. 그 잘나신 큰오빠나 작은 오빠는 공작가 사람 아니랄까 봐 잔뜩 권위 의식에 물들어 하나도 재미가 없거든요. 하지만 슈 오빠는 장난꾸러기기는 해도 늘 저를 즐겁게 해주곤 한걸요? 어쨌든 언니도 슈 오빠를 미워하지 마세요. 이건 언니를 좋아하는 제 속마음이에요. 기왕이면 제가 좋아하는 사람들끼리 잘 지냈으면 좋겠거든요."

마차를 타고 가고 있는 이들은 사실 여인이라는 표현보다 소녀라는 표현에 가까운 인물들이었다. 그중 렉시라 불린 이가 바로 레비안또 공작 가문의 유일한 여식 알렉시스 부르셀라 폰 레비안또 양으로, 슈보다 두 살 어린 열다섯 살의 소녀였다.

그녀는 얼마 전 쥬니어 아카데미를 졸업하고 왕립 아카데미에 입학해 엄격한 기숙사 생활을 하다가 '싱 레띠앙의 부활을 기념하는 주간'을 맞이해서 모처럼 집으로 돌아가는 중이었던 것이다. 듀란달 왕국은 빛의 신 아서시스를 믿고 있는 유일신교를 국교로 정하고 있었는데, 성 레띠앙은 그런 아서시스의 아들로 알려진 인물이다.

"나 역시 렉시 너를 정말 좋아해. 하지만 너도 알다시피 나는 원래 남자들을 그다지 좋아하지 않으니 그런 기대는 하지 마렴. 게다가 아무리 이종 사촌 오빠라고는 하지만 어쨌든 가까운 친척지간이잖니? 물론 아직까지 본 적이 한 번도 없다곤 해도 말이야. 물론 네 오빠랑 친하게 지내지 않는다고 해서

너와 사이가 멀어지고 싶은 마음도 없으니 너무 걱정하지는
말아주렴."

"하긴, 이미 왕국 내에서도 유명한 '아이스 프린세스'니
오죽하시겠어요. 언니가 어쩌다 한 번쯤은 웃기도 한다는 사
실을 아는 사람은 아마 국왕 폐하와 저뿐일걸요?"

아아, 지금 알렉시스와 함께 가고 있는 소녀가 바로 듀란달
왕국의 단 한 명밖에 없는 공주 올리비아였다니……. 올리비
아 공주는 지금껏 남들 앞에서 웃음을 보인 적이 없어서 웃지
않는 공주, 혹은 '아이스 프린세스'라는 별칭이 생길 정도였
다. 올리비아가 웃지 않게 된 이유는 그녀의 생모이자 왕의
첫 번째 왕비였던—알렉시스에게는 이모가 되는—가나비엔이
이웃나라와의 분쟁에 휘말려 죽은 후부터다. 알렉시스는 이
사실을 알기 때문에 그런 올리비아를 좋아하려 노력하고 있
었다.

"그랬나? 하긴… 나도 다른 사람처럼 활짝 웃어볼까 생각
은 해. 그렇지만 그게 잘 안 되는 걸 어쩌겠니? 혹시 아니? 언
젠가 내가 그렇게 그리던 꿈속의 그분이 나타난다면 혹시 날
웃게 해줄지."

"에휴, 또 그 말씀……. 진짜 괜찮은 '그분'을 만나시려면
미리 웃는 연습을 해야지요. 그분이 언니의 그 차가운 얼굴을
보고 도망갈 것 같은데요, 뭐."

"그, 그럴 수도 있겠구나……. 하아, 만일 그렇게 된다면

역시 평생 혼자 살아야겠지 뭐……."

"호호, 금방 샐쭉해지시기는……. 이래서 언니는 놀리지도 못하겠다니까. 농담이에요. 세상의 그 어떤 잘난 남자도 언니를 한 번이라도 보게 되면 반하지 않을 수 없을 테니 아무런 걱정 하지 마세요."

올해 나이 열여덟 살이 된 올리비아 공주는 비록 아이스 프린세스라는 별칭으로 불리기는 하지만, 이 별칭 앞에 꼭 따라다니는 수식어가 하나 더 있었다. 바로 '세상에서 가장 아름다운' 이라는 수식어, 즉 세상 사람들은 올리비아를 '세상에서 가장 아름다운 얼음 공주' 라고 불렀다. 그만큼 그녀의 미모는 눈부셨다. 사슴 같이 선한 눈망울은 그녀의 성정을, 이에 반해 살짝 끝이 올라간 입꼬리는 그녀의 강한 고집을 드러냈다. 투명하고 매끄러운 피부는 이슬만 먹고사는 요정과 같고, 조각처럼 완벽한 몸매는 전체적으로 차가운 그녀의 분위기를 도도하게 만들어주고 있었다.

빰, 빠라빰~! 두구, 두구, 두구.

"공주마마 납시오!"

"어서 오십시오, 올리비아 공주마마!"

"환영합니다. 올리비아 공주마마!"

"알렉시스 공녀님도 어서 오십시오!"

그녀들의 마차가 공작가 정문을 통해 들어서자마자 엄청난 규모의 환영단이 미리 나와 그녀들을 요란하게 반겨주었다. 두 사람이 온다는 소식을 미리 알고 있던 레비안또 공작이 직접 내린 지시 때문이었다.

마차에서 내린 올리비아와 알렉시스를 환영단의 가장 선두에선 레비안또 공작이 환한 미소로 두 사람을 맞이했다.

"허허… 안 뵌 사이에 더욱 아름다워지셨습니다, 공주마마. 이렇게 누추한 곳까지 오시느라 고생하셨습니다!"

"안녕하세요, 레비안또 공작님. 아니, 작은 이모부! 여전히 건강해 보이셔서 너무 좋아요."

같은 수도 안에 있지만 왕궁과 공작가는 상당히 거리가 먼 편이다. 마차로 쉬지 않고 달려도 족히 반나절 이상은 달려야 하는 거리이다. 워낙 듀란달 왕국의 수도는 번화하고 활발해서 인구가 많은 만큼 그 크기도 상당했다. 그러다 보니 이모가 살고 있는 곳인데도 올리비아 공주가 공작 가문을 방문하기는 이번이 처음이었다. 늘 이모와 이모부가 왕궁으로 찾아오니 굳이 위험한 여행을 할 필요도 없었겠지만…….

"허허… 자, 어서 들어가시지요. 피곤하실 테니 우선 씻으신 후에 식사를 하시는 게 좋을 듯싶습니다."

"네, 감사해요. 작은 이모부."

"렉시가 공주마마를 잘 안내해 드리고, 너도 씻고 내려오너라."

"알겠어요, 아버지."

렉시라는 애칭으로도 불리는 알렉시스는, 사실 알고 보면

렉시 올리비아 공주와 육촌지간이다. 현 국왕인 드웨인 3세
의 아버지와 레비안또 공작의 아버지가 형제였기 때문이다.

즉, 레비안또 공작과 드웨인 3세가 사촌 형제지간이니 그
녀들도 육촌 자매라 할 수 있었다. 물론 외가 쪽으로는 이종
사촌 형제지간이기도 하고 말이다. 꼭 이런 인척 관계라 해서
렉시와 공주가 가까운 것은 아니었지만 확실히 완전히 남인
것 보다는 나은 면이 있을 터였다.

하지만 워낙 숨어 있기를 좋아하는데다가 사람과의 만나
는 자리를 피해 왔던 공주는, 이런 가까운 인척지간임에도 공
작과 작은 이모인 공작 부인, 그리고 함께 온 렉시 외에는 아
직까지 다른 인척들을 만나본 적이 없었다. 그런 그녀가 레비
안또 공작가의 사람들을 만나기 위해 온 것이다.

이를 아는지 모르는지 슈는 지금도 공주의 방문을 모른 채
뜨거운 햇살 아래에서 땀을 뻘뻘 흘리며 죽을 둥 살 둥 기초
체력 훈련에 열심을 내는 중이었다. 그리고 이날은 새로운 슈
가 된 지 딱 백 일째 되는 날이었다.

3

"헉! 공주님께서……."

사람이 거의 찾아오지 않는 오후. 레비안또 공작가의 도서
실을 지키고 있던 사서는 책 한 권을 펴둔 채 꾸벅꾸벅 졸고

있다가, 갑자기 찾아온 인물을 보고 놀라 헛숨을 들이켰다. 졸고 있던 그의 앞에, 도도한 고양이 같은 올리비아 공주가 왼손 검지를 입술에 대며 다가와 있었다.

"쉿! 조용히 하세요. 저는 단지 책을 보러 온 것뿐이니 그냥 조용히 맞이해 주셨으면 좋겠네요."

"아! 네, 네, 알겠습니다. 그런데 어떤 책을 보려고 오신 건가요? 차, 찾아드리겠습니다."

이전에서도 설명했지만 레비안또 공작가에는 제국 사람들이라면 누구나 감탄하며 이야기하는 엄청난 규모의 도서실이 있다. 공작 가문의 역사와 함께해 왔던 만큼 이곳에 수만 권의 도서가 비치되어 있는 것은 당연지사였다. 책을 좋아하는 사람이라면 꿈에서도 오고 싶어 하는 곳이기에 이미 책벌레로 유명한 올리비아 공주가 오지 않는다면 그게 더 이상할 터였다.

"그냥 찾아볼 책이 몇 권 있어서 와본 것뿐입니다. 제가 구경도 할 겸 알아서 돌아볼 거니까 신경쓰지 마십시오."

냉기가 내려앉을 것만큼 무뚝뚝한 올리비아의 말에 사서는 얼굴을 붉히며 자신의 앞에 펴둔 책으로 고개를 숙였다.

"그, 그러시지요. 혹시 도중에라도 필요한 일이 있으시면 저를 불러주십시오."

원래부터 차갑기로 유명한 공주였다. 이곳 도서실이 제국까지 알려진 만큼 그 규모답게 사서도 그저 평범한 사서가 아니었다. 방금 공주와 말을 나눈 사서 또한 한때 왕립 아카데미에서 역사학을 가르치던 교수 출신이었다. 물론 공주도 이 사실을 알고 있었지만 수만 권의 책들 앞에 서자 마치 오랫동안 기다렸던 임을 만난 기분이 되어버린 그녀 입장에서 이런 고리타분한 노인네의 간섭을 받고 싶은 마음이 들 리가 없었다. 단지 올리비아에게는 도서실의 책들만 눈에 들어올 뿐이었다.

"어머, 이것은 수학자 테세누스의 저서잖아? 이런… 이건 물리학자 벤슨 박사님 책이 분명하네. 아아… 과연 레비안또 공작 가문의 도서실에는 없는 책이 없다더니, 이건 정말로 소문보다 더하구나."

유명한 학자들이 쓴 희귀한 도서를 연이어 발견하게 되자 공주의 눈빛은 몽롱해져 갔다. 그녀는 아직 소녀임에도 아름다운 보석보다는 이처럼 귀한 책을 더 좋아했다. 그녀는 외모와 웃지 않는 점 때문에 '아이스 프린세스' 라는 별칭으로 불렸다. 하지만 그녀에게 또 하나의 별칭이 있었는데 그것은 '북 웜(책벌레) 프린세스' 였다.

'앗! 사람이 또 있었구나. 대체 누구지?'

올리비아가 방대한 도서실의 이곳저곳을 구경하는 동안 내내 조용하기만 했었다. 하지만 동쪽 끝에 있는 커다란 책장을 끼고 도는 순간 갑자기 부스럭거리는 소리가 들려왔다. 이에 그녀는 눈을 동그랗게 뜨더니 발걸음 소리마저 죽이며 조용히 그쪽으로 걸어가기 시작했다. 분명 책장을 넘기는 소리였기에 그 사람이 누구인지 궁금해졌던 것이다.

"그렇지, 바로 여기에 있었구나. 어디 보자……."

팔라라라라… 척!

"그래, 바로 이 대목이로군. 가만있자, 이 내용하고 아까 그 책 내용하고 비교를 해보아야겠군. 끙차."

누군가의 목소리를 들은 올리비아가 살금살금 다가가서 살짝 고개를 내밀어 책장과 책장 사이를 살펴보았다. 그곳에는 금발의 멋진 청년이 이마에 잔뜩 브이 자를 그리면서 책을 읽고 있었는데, 그 속도가 어찌나 빠른지 저게 과연 책을 읽는 것인지 아니면 페이지 수를 세는 것인지 분간이 가지 않을 정도였다. 또한 그를 벽처럼 둘러싼 책들. 청년은 다른 아닌 슈였다.

게다가 그는 오른손으로는 허벅지 위에 올려놓은 책의 책장을 넘기고 있었고, 왼손으로는 또 다른 책을 들고 있었으며, 어처구니없게 머리 위에도 책을 한 권 올려놓고 있었다. 그런데다 바로 옆 빈 공간에 수북히 쌓인 책은 보는 사람으로 하여금 신기한 느낌을 주고 있었다. 올리비아 공주는 이 희귀한 광경에 놀라 손으로 입술을 가린 채 한동안 가만히 지켜보고 있었다.

바로 그때 슈가 페이지를 넘기던 책을 이빨로 물고 머리에 있는 책을 내리려던 순간, 수북이 쌓아 올린 책 무더기를 실수로 건드는 바람에 책들이 휘청거리는 사태가 발생했다. 이에 올리비아가 자신도 모르게 소리를 질렀다.

"어머! 조심해요!"

"헉! 누구요? 아, 이, 이런!"

올리비아의 목소리에 화들짝 놀란 슈가 그만 책 더미를 후려쳤다. 책 무더기가 와르르 쏟아지며 청년을 덮치면서 사방으로 흩어지는 사태가 벌어지고 말았는데,

와르르르~ 와장창~! 쿵쾅!

"호호호호, 아… 죄, 죄송해요. 풉풉!"

책 속에 파묻힌 채 헝클어진 슈의 모습이 어찌나 우스꽝스러운지 그 도도하고 냉정하기로 소문난 공주마저 웃음을 참지 못하고 그만 파안대소를 하고 말았다.

"아니! 당신은 대체 누구… 신가요?"

껌벅껌벅.

슈가 눈을 끔뻑거리며 올리비아를 바라보았다.

"아, 전… 풋… 올리… 힛… 음음, 정말 미안해요. 전… 올리비아라고 해요. 푸풉!"

원래 누구라도 웃음보가 한번 터지면 자제하기 힘든 법이다. 게다가 그 사람이 생전 잘 웃지 않았던 사람이라면 워낙 웃음에 대한 면역성이 약하기 때문에 더 그럴 것인데 지금 올리비아 공주가 바로 그러했다.

첫 번째 웃음이 슈의 엉뚱한 사고 때문에 터진 것이라면 연

이어 터진 두 번째 웃음은 그런 그녀에게 멍청하기 짝이 없는
표정으로 말을 거는 그의 맹함 때문이었다.

"올리비아라고 하면 제가 어떻게 알… 가만. 설, 설마… 공
주마마?"

끄덕끄덕.

고개를 끄덕이는 올리비아를 보고 나서야 슈가 자리에서
벌떡 일어나 몸가짐을 바로 하며 인사했다.

"슈 부르셀라 폰 레비안또가 영명하신 공주마마를 뵈옵니
다!"

척!

"호호호! 정말 반가워요. 당신이 바로 렉시의 셋째 오빠 슈
로군요?"

올리비아는 괜히 유쾌했다. 정말 몇 년 만에 웃은 걸까. 자
신을 웃게 만든 사람을 만난 것도 기분 좋은 일이었지만, 그
상대가 바로 렉시가 그렇게 잘 지내라고 이야기한 셋째 오빠
라는 사실이 이상할 정도로 그녀를 즐겁게 했다.

"네, 그렇습니다. 그런데 어쩐 일로 공주님께서 이 시간에
이곳까지 오셨는지 여쭤봐도 될까요?"

"아, 워낙 공작가의 도서실이 유명하다기에 저녁을 먹기
전에 구경 삼아 왔던 것이지요."

올리비아가 슈를 보며 살짝 수줍은 듯 말했다. 그러자 이런
올리비아를 보자 슈는 칙칙한 분위기의 도서실이 갑자기 환

해지는 것만 같았다. 그는 조심스럽게 올리비아 공주를 살펴보았다.

그 또한 왕국 내에서 떠도는 그녀의 소문 정도는 들은 적이 있었다. 애초 육체의 주인이던 슈의 마음 깊은 곳에 이 얼음 공주를 유혹해 보겠다는 비장한 결심을 했던 것을 알고 있던지라 그녀에 대한 호기심 정도는 있었던 것이다. 아름다운 올리비아 공주의 얼굴을 보고 있자니 가슴이 살짝 두근거렸다.

"언니! 리비 언니! 대체 어디 계세요? 저녁 만찬 준비가 끝났으니 어서 나오세요!"

"이런, 렉시가 절 찾으러 왔나 보네요. 저 먼저 나가 볼게요. 다음에 또 만나요."

꾸벅.

"아… 네? 네."

꾸벅.

가벼운 목례를 하고 자리를 떠나는 올리비아를 바라보며 슈 또한 그녀를 따라 고개 숙여 인사했다.

워낙 예측할 수 없었던 장소에서 갑작스럽게 만났던 두 남녀는 이처럼 어리바리하게 헤어지고 말았다. 하지만 이것은 만남의 시작일 뿐 끝은 아니라는 것을 알기에, 슈는 진한 아쉬움을 달래며 엉거주춤한 자세로 잔뜩 흩어진 책들을 한 권씩 주워 올렸다.

'이거 참, 체면이 말이 아니로군. 꼴사나운 모습을 보였어.

정신 차리자, 슈야. 아직 할 일이 많지 않은가. 겨우 여자 때문에 정신을 흩뜨리는 것은 전혀 나답지 않은 모습이다. 휴우, 하지만 정말로 예쁘긴 예쁘구나.'

산전수전 다 겪은 제갈수의 기억을 가지고 있는 슈이지만, 그는 이제 겨우 열일곱 살의 몸을 가진 건강한 청년일 뿐이었다.

4

식당을 향해 걸으며 알렉시스가 올리비아 공주를 향해 물었다.

"아니, 대체 저녁 시간에 거긴 왜 갔어요? 내일 아침에 저랑 같이 가서도 될 텐데……."

"그냥… 알다시피 난 책이 있으면 참지를 못하잖니. 내가 얼마나 그 유명한 레비안또 공작가의 도서실을 보고 싶었는데……."

"아무튼 못 말린다니까. 어련하시겠어요. 왕성 최고의 책벌레인데. 대학자이신 스승님들마저 고개를 숙이게 만드신 천재 미녀답네요. 어서 가요. 오늘은 특별히 큰오빠랑 작은오빠도 오셔서 언니를 기다리고 있거든요. 하긴 '누구나 사랑에 빠질 수는 있지만 그 누구도 꺾을 수는 없다'는 언니가 오셨다는데 우리 잘난 오빠들이 오지 않을 리가 없었겠지요."

렉시가 두 손을 살짝 들고 연극을 하듯 과장된 몸짓을 하며 말했다.

"너 자꾸 놀리면 진짜 나 화낸다."

"호호, 알았어요. 그러니 어서 가기나 해요."

렉시와 올리비아 공주는 이렇게 재잘거리며 식당 문을 열고 들어갔다. 그곳에는 렉시의 말대로 공작 내외는 물론 기품과 엄숙함이 넘치는 젊은 청년 둘도 앉아 있었다.

"죄송해요. 도서실에 갔다가 조금 늦었네요."

올리비아 공주가 인사를 하며 사과했다. 이에 공작이 웃으며 공주를 맞이했다.

"아닙니다, 공주님. 어느 정도는 짐작하고 있었습니다. 허허. 참, 오늘은 마침 두 아들 녀석이 오는 바람에 합석을 하게 되었습니다. 어서 인사 드려라. 올리비아 공주님이시다."

"소문대로 너무나 눈부시게 아름답군요, 올리비아 공주님. 신 아론 부르셀라 폰 라비안또, 영명하신 공주님께 인사 올립니다."

"신 벡스터 부르셀라 폰 라비안또 역시 인사 올립니다."

"두 분 오라버니 모두 다 너무 반가워요. 올리비아예요."

공작은 애초부터 이 올리비아 공주를 며느리 삼고 싶어 했다. 왕가에서 외사촌지간끼리의 혼인을 전혀 문제 삼지 않을 뿐더러, 그녀만큼 똑똑하고 아름다운 며느리 감이 없으니 당연한 생각이었다. 때문에 우연인 듯 보였지만 사실은 공작이 두 아들을 일부러 불러들였다. 아들들의 입이 벌어져 잽싸게 뛰어온 것은 물론이었다.

아무리 서로 오간 적이 없다 하나 아론과 벡스터는 언제인가 왕궁에 들어갔다가 우연히 올리비아 공주를 본 적이 있었다. 그 이후로 그들은 수많은 혼담들을 밀어내며 버티게 되었다. 어쨌든 그렇게 잠시 동안 인사가 오고 가자 모두 다시 자리에 앉아 식사 준비를 하기 시작했다.

"그런데 슈 공자님이 안 보이는군요. 그분도 식사를 해야 하지 않나요? 아까 도서실에서 잠깐 뵈었었는데……."

"네? 슈가 도서실에 갔다고요? 설마 그럴 리가요. 뭔가 잘못 보셨겠지요."

"맞습니다. 그 녀석이 도서실에 갈 리가 없습니다. 책이라면 아주 몸서리를 치는 녀석인데 도서실에 갈 일이 있겠습니까?"

올리비아는 아론이나 벡스터의 반응을 보고 의외라는 표정으로 뭔가 말하려다가 옆에 앉아 있는 렉시를 슬쩍 건들며 살며시 물어보았다.

"너희 셋째 오빠는 원래 책을 안 좋아하시니?"

끄덕끄덕.

렉시마저 그녀의 질문에 이렇게 긍정을 하자 올리비아는 실망한 기색이 역력했다. 아까 슈가 눈에 광채까지 보이며 책에 열중해 있는 모습을 보고 은근히 가슴이 두근거렸는데 이제 보니 그가 무척 무식한 인간 같았기 때문이다. 올리비아는 자신이 똑똑해서인지 몰라도 멍청한 남자는 거의 혐오 수준으로 싫어했다. 물론 이성으로 바라볼 때 말이다.

"와아~! 오늘은 다들 모였네요? 큰형님께서도 오시고… 이런, 기사단 야외 훈련을 떠나셨던 작은형님도 오셨네!"

"식사를 하려는 좌석에서 왜 그리 경망스럽게 말을 하느냐. 오늘은 공주님도 와 계신데… 어서 조용히 자리에 앉아라."

평소보다 밝아진 표정으로 슈가 들어서자 두 형의 얼굴이 일그러졌다. 그들에게 슈는 수치나 마찬가지였기 때문에 공주가 있는 자리에 나타난 그가 기꺼울 리가 없었던 것이다.

"오늘은 저녁 식사가 그야말로 만찬이로군요. 다들 보여서 식사를 한 게 얼마만인지 모르겠네요. 이게 다 올리비아 공주님 덕분인 것 같으니 감사를 드리지 않을 수가 없군요. 감사합니다, 올리비아 공주님."

찡긋~!

슈가 뻔뻔하게 윙크까지 하며 이렇게 말하자 올리비아 공주는 얼굴이 새빨개지고 말았다.

"별말씀을요. 다시 뵙게 돼서 반가워요."

그러자 큰형 아론과 작은형 벡스터의 눈에서는 무서운 질투의 불꽃이 일어나기 시작했다. 평상시 제일 우습게 생각했던 슈가 함부로 윙크를 하며 말을 하는데도 그 차가운 올리비아 공주가 화를 내기는커녕 오히려 반갑다는 듯 아는 체를 해서 더 그랬다.

그렇게 소리없는 식사가 시작되었다. 훌륭한 귀족은 무릇 식사 할 때 소리를 내지 않는 법. 레비안또 공작 가문은 왕국 최고의 귀족 가문답게 이 점을 철저히 지키고 있었다.

"슈, 오늘은 공주님께서 계셔서 그런지 몰라도 실수없이 잘 하는구나. 지난번 볼 때만 해도 실수투성이더니……."

"쯧. 그러게. 하긴 아직까지도 자신이 귀족임을 모르고 망나니 짓거리를 계속한다면 심각한 일이겠지."

사실 원래의 슈는 식사를 하는 자리에서조차 늘 다른 사람들의 눈총을 받곤 했었다. 워낙 먹는 것에만 열중하다가 실수를 많이 했기 때문이다. 그는 아버지의 눈 밖에 벗어난 이후로 무엇 하나 진지하게 하는 법이 없었던 것이다.

하지만 최근의 슈는 달라져도 한참 달라져 있었다. 아직 다들 쉽게 그 점을 인정하지 않는 것이 문제이긴 하지만 말이다. 때문에 그는 형들이 은연중에 이런 식으로 자신을 깎아내려도 그다지 화난 표정조차 짓지 않은 채 태연하게 식사에만 열중했다.

'후후, 일부러 날 도발시키려고 하는군. 물론 예전의 슈였다면 이런 경우 발끈해서 화부터 냈겠지만 지금은 어림도 없지. 그냥 좋게 식사하고 나가려 했더니 먼저 시비를 건다 이

거지? 그렇다면 어디, 날 건든 대가를 받아내 볼까?

펄럭~! 슈우욱―

털썩! 쏴아아―

"어머나! 큰 오라버니! 이게 대체 무슨 일이에요?"

"헉! 이, 이게 갑자기 왜 넘어졌지?"

공작 가문의 차기 가주답게 아론은 전형적인 귀족의 모습 그대로였다. 그는 엄숙하고 경건했으며 말 한마디, 행동거지 하나 실수하는 법이 없는 사람이었다. 그러나 슈가 왼손 검지를 슬쩍 튕기자 아론의 앞에 놓여 있던 샤르몽주 잔이 그대로 엎어졌다. 그 탓으로 잔에 남아 있던 샤르몽주가 바로 옆자리에 있던 렉시의 치마로 튀는 사건이 벌어진 것이다. 비록 아직 미천한 정도의 내력에 불과하지만, 이 정도 위력을 가진 지풍(指風)을 쓰는 것은 이미 익숙해진 슈였다.

멀쩡하게 있던 샤르몽주를 엎지르다니……. 이것은 대공작 가문의 만찬석에서 절대 일어나선 안 되는 사건이었다. 하물며 손님을 접대하는 자리이니 오죽하랴. 물론 사고를 저지른 아론은 뭔가 변명을 하고 싶었지만 자신이 보아도 변명거리가 전혀 없었다. 누가 옆에서 친 것도 아닌데 샤르몽주 잔이 혼자 저절로 쓰러질 리는 없는 것 아닌가. 때문에 볼이 시뻘개져서는 어쩔 줄을 몰라 했던 것이다.

하지만 이는 차남 벡스턴에게 일어난 재앙에 비하면 아무것도 아니었다.

슈슉~! 샤락, 샤락~!

"으으읍… 푸풉~ 파,하하하!"

파파팟~!

"꺄아~악! 오빠들 갑자기 미쳤어? 이게 대체 무슨 짓이
야!"

아론이 샤르몽주 잔을 엎지르던 바로 그때, 한창 식사를 하
며 입에 음식을 문 채로 형을 놀란 얼굴로 보던 벡스터의 겨
드랑이가 갑자기 간지러워졌던 것이다. 어찌나 심하게 간지
러운지 참으려고 애를 썼지만 결국 터져 나오는 웃음을 막을
수 없었다. 그로 인해 식탁에는 때 아닌 음식물 폭풍이 휘몰
아친 것이다. 그러니 깔끔함의 대명사로 불리던 렉시의 입에
서 비명이 터져 나올 수밖에.

만찬상은 한순간에 아수라장이 되었다. 하지만 올리비아
공주는 이런 소동 속에서 한쪽에 조용히 앉아 장내를 바라보
는 슈가 마음에 걸렸다. 그의 눈동자는 뭔가 음모를 꾸미고
있는 사람마냥 희미한 빛을 띠우고 있었지만, 자신은 아무런
상관도 없다는 듯 표정만큼은 태연했다. 그런데 바로 그때,

씨익~!

"풉! 호호호!"

그녀와 슈의 눈이 어느 순간 딱 마주치고 말았다. 그러자
슈는 장난스러운 미소를 지었고, 올리비아는 그런 그의 표정
을 보자 도서실에서 목격했던 장면이 떠올랐다. 그리고 연이

어 지금 소동의 중심에 슈가 있음을 예측했다. 그의 눈동자가
이를 말하고 있었다. 자신을 매번 놀라게 만드는 남자, 슈. 그
리고 사육제가 열린 시장바닥처럼 혼잡해진 풍경. 공주로서
도 웃지 않을 수 없는 상황이었다.

이 사실을 깨달은 그녀가 크게 웃고 말았다. '아이스 프린
세스' 인 그녀가 하루에 무려 두 번이나 웃는 기적이 벌어진
것이다. 하지만 그 누구도 그녀에게 벌어진 이런 기적에는 관
심을 갖지 못했다.

"아론! 그리고 벡스터! 둘 다 내 방으로 따라와라!"

"네, 아버지……."

"네……."

공주에게 관심을 갖기엔 다른 사람들의 상황이 여유롭지
못했다. 레비안또 공작의 몸에서 발산되고 있는 분노의 오러
가 그 어느 때보다도 섬뜩했기 때문이다. 그리고 단단히 화가
난 공작의 엄명에 그의 뒤를 따라가는 두 형제의 모습은, 실
로 석양녘에 구슬피 울며 도살장으로 끌려가는 소들을 연상
시키고 있었다.

5

살짝.

도서실을 살며시 비집고 들어온 올리비아 공주가 저녁 식

사 전에 슈를 보았던 곳에 모습을 드러내었다. 그곳에는 어제와 크게 다르지 않은 모습을 한 슈가 책을 보고 있었다.

"역시 여기 계셨군요. 지독하게 책을 싫어하는 사람이라 들었는데, 전 묘하게도 도서실에서만 만나게 되네요?"

"아, 이 시간에 여긴 또 어쩐 일이십니까?"

어제저녁 식사 전, 이곳에서 처음 본 사이였지만 올리비아 공주는 슈에게 묘한 친밀감을 느끼고 있었다. 평소 그녀의 성격을 생각해 본다면 말도 안 되는 일이 벌어지고 있는 것이다.

"그냥… 저도 책을 좋아하다 보니 온 것뿐이에요. 그런데 당신은 원래 그렇게 책을 빨리 읽으시나요? 제가 알고 있기로 '테세로키안의 전쟁론' 은 그렇게 만만한 내용의 책이 아닐 텐데요?"

"아, 공주님께서도 이런 책을 읽으십니까? 이 책은 기사들이나 읽을 법한 내용이던데……."

"테세로키안님께서 그렇게 말했더군요. '가장 좋은 병법은 전쟁에서 승리하는 것이 아니라 전쟁을 피하는 것이다'. 이렇게 말이에요. 그런데 저는 이 말이 마음에 들지 않아요."

처음 만날 때처럼 슈는 사방에 책을 늘어놓은 채 책장을 넘기고 있었다. 그러나 그녀가 보기에 그는 책을 읽는 것이 아니라 그저 책장이 몇 장이나 되는지 세는 것으로만 보였기에 일부러 지금 그가 팔랑이는 책의 내용을 꺼냈던 것이다. 일종의 테스트였다. 하긴 책장을 파라락거리면서 넘기는데 그걸 보고 읽는다고 생각할 사람은 아무도 없을 터였다.

"공주님, 그 말을 한 사람은 테세로키안이 아니라 비네딕트 경이겠지요. 방금 읽어보니 테세로키안은 전쟁을 피하는 쪽이기보다는 오히려 전쟁을 적극적으로 활용할 것을 주장했더군요."

"정말… 그 책을 지금 읽으신 건가요?"

"부끄럽지만 그렇습니다. 저는 얼마 전까지는 책에 취미가 없었거든요. 요즘 들어 재미를 붙이는 바람에 읽는 것이다 보니 지식이 형편없습니다."

슈가 살며시 뺨을 붉적이며 고개를 살며시 숙였다. 이런 슈의 모습을 보며 어이없다는 표정으로 올리비아 공주가 말했다.

"형편없다는 분이 비네딕트 경이 했던 말을 알아요? 비네딕트 경의 저서를 알고 있는 사람부터가 정말 극소수에 불과하거든요? 게다가 겨우 몇 분도 안 돼서 책 한 권을 다 읽는 사람이 있다니……. 보면서도 믿기가 힘들군요."

사실 슈가 공작가의 도서실 출입을 시작하지는 이제 겨우 한 달이 채 안 되었다. 하지만 원래부터 책을 빨리 읽었던 제갈수의 천부적인 재능을 고스란히 가지고 있었기 때문에 그 짧은 시간 동안 그가 읽고 기억한 책의 분량은 상상을 초월하고 있었다.

"잘 안 읽어서 그렇지, 어릴 때부터 책을 빨리 읽는 재주는 있었습니다. 그렇게 신기할 일은 아닙니다. 하하."

"어쨌든 한 가지만 더 물어봐도 될까요? 제가 워낙 병법에 관심이 많아서요."

"제가 알고 있는 범위 내에서라면 성의껏 대답을 해드리지요."

세간에는 올리바아 공주가 다른 학문에도 상당한 지식을 가진 천재로 알려져 있었지만, 그녀가 정말로 깊이 알고 있는 분야는 놀랍게도 병법이었다. 지금 그녀가 알고 있는 병법에 대한 지식은 어쩌면 왕국 최고 수준일지도 몰랐다. 즉, 지금 그녀는 자신이 가장 자신있는 분야로 슈의 그릇을 판단하려고 하고 있었다.

올리비아 공주가 입을 열었다.

"저는 방금 전 등장했던 비네딕트 경처럼 전쟁을 피하는 것에는 반대하는 입장이에요. 오히려 적극적인 사고를 가졌던 테세로키안의 이론을 더 높이 쳐주고 있지요. 이 점에 대해서 어떻게 생각하시나요?"

"그 어떤 경우에도 전쟁만이 능사는 아닙니다. 어쩔 수 없는 경우에는 피할 수 없겠지요. 하지만 전쟁이 벌어지면 일반 백성들이 가장 큰 피해를 입게 됩니다. 물론 귀족들이야 전쟁 동안에 오히려 더 큰 이득을 얻기도 하겠지요. 전리품이나 전리금, 영토 등을 얻을 수도 있으니까요. 그러나 장기적으로 볼 때 백성들의 피해가 커지게 되면 아무리 부강했던 왕국이라 해도 결국 무너지게 됩니다.”

“어째서 그렇지요? 실제로 자유민이나 평민, 농노들의 피해가 커지는 것은 당연합니다만 그렇다고 왕국이 무너진다는 말씀은 동의할 수가 없어요.”

올리비아 공주가 평민들을 우습게 여기는 것은 아니었다. 단지, 이 시대의 귀족들이나 왕족들은 태어날 때부터 평민들을 이용해 군주로서의 삶을 먼저 배우기 때문에 그녀가 이렇게 말을 하는 것도 이해가 될 만했다.

“그렇다면 생각해 봅시다. 우선 전쟁이 터지게 되면 수많은 평민들이 죽게 되겠지요?”

“그거야 당연하겠지요.”

“많은 평빈이 전쟁으로 죽게 되면 귀족들을 먹여 살리는 일손이 줄어드는 것이고, 그리되면 경제가 침체하게 되고 왕국 전체가 힘들어지지 않을까요? 그럼 자연히 군비 역시 줄게 될 겁니다. 그 결과 병력도 줄어들 게 분명하고요. 만일 이런 현상이 일어난다면 주변 국가들은 얼씨구 좋다 하고 또다시 쳐들어오겠지요.”

슈는 잠시 말을 끊었다가 다시 이어 나갔다.

“결국 두 왕국이 오랜 시간 전쟁을 벌이게 되면 설혹 승리를 한다 해도, 두 왕국 모두 주변 국가들에게 좋은 먹잇감이 된다는 겁니다. 실제 역사에서도 그렇게 망해간 국가들이 한

둘이 아니라는 것 정도는 공주님께서도 아실 것입니다."

"그, 그건 그래요. 당신은 생각보다 사고가 깊으시군요. 혹시 좀 더 병법에 관한 당신의 의견을 들려주실 수는 없나요?"

올리비아가 슈의 곁으로 가까이 다가와서 호기로운 눈망울로 이렇게 말했다. 슈는 심장이 떨리는 기분을 맛보며 자신도 모르게 입을 열기 시작했다.

"적군을 다치게 하지 않고 이기는 것이 상책이고, 적군을 죽이고 다치게 하여 이기는 것은 차선입니다. 적의 부대를 온전하게 두고 이기는 것이 상책이고, 적의 부대를 깨뜨려 이기는 것은 차선이지요."

"아……."

"적병이 많더라도 피를 흘리지 않고 이기는 것이 상책이고, 피를 흘려 이기는 것은 차선입니다. 비록 다섯 명으로 이뤄진 소규모 부대라도 다치지 않고 이기는 것이 상책이고, 그들을 쓰러뜨려서 이기는 것은 차선이지요. 백 번 싸워 백 번 이기는 것은 최선이 아니요, 싸우지 않고 적을 굴복시키는 것이 최선입니다. 따라서 최상의 병법은 적의 계략을 미리 알아 깨뜨리는 것이고, 차선은 적의 외교를 봉쇄하는 것입니다. 이도 저도 할 수 없는 부득이한 경우에만 적의 성을 공격하는 것이지요. 해설해 드리자면……."

시간이 흐를수록 올리비아 공주의 눈빛은 몽롱해져 갔다.

사실 지금 제갈수가 읊조리는 이야기들은 모두 손자병법에
적혀 있는 이론이라 할 수 있었다. 중원에서야 병법을 배우는
사람이라면 누구나 알 만한 이야기였지만, 전쟁이 귀족들의
이권으로만 연결되는 이곳에서는 그야말로 획기적인 이론이
라 할 만했다. 제갈수 자신이 만들어낸 병법도 많지만, 아무
리 설명해도 다른 이들이 쉽사리 이해할 수 있는 것이 아니었
다. 그래서 이처럼 보편적이기는 해도 이곳의 패도적인 전쟁
흐름과는 대비되는, 손자병법의 이론을 활용했던 것이다. 꽤
긴 시간 동안 손자병법에 대한 강론이 한차례 정리 되었을 무
렵, 올리비아 공주가 깊이 갈무리되었던 숨을 내뱉으며 말했
다.

“굉장히 흥미로운 이야기네요. 미처 생각지 못했어요. 이
외에도 말씀해 주세요. 그나음 이야기가 너무 궁금해요.”

“하하. 공주님의 학구열이 정말 대단하시군요. 미천한 지
식이지만 그렇게 말씀하시니 조금 더 해드리도록 하지요.”

“미천하다니요! 전혀 그렇지 않으니 부탁드립니다.”

공주가 슈를 재촉하며 말했다. 그런 그녀의 눈망울은 초롱
초롱하였고, 오직 관심이 슈에게 쏠려 있었다. 잔뜩 기대에
찬 눈으로 자신을 바라보는 공주가 한없이 귀엽고 사랑스럽
게 느껴진 슈는 잠시 넋을 잃고 공주를 바라보았다. 그러나
곧 정신을 추스르고 이야기를 풀어 나갔다.

“이번에는 지휘관에 대한 이야기를 해볼까 합니다. 언젠가

군주가 되실 테니까요. 만약 지휘관이 노여움을 이기지 못하고 준비가 덜된 상태에서 병사들에게 적의 성을 공격하게 한다면 군사의 30퍼센트 이상을 잃고서도 뜻을 이루지 못할 수 있지요. 이것은 스스로의 재앙을 부르는 것으로…….”

멍—

시간이 흐를수록, 또 슈의 이야기가 길어질수록 올리바아 공주는 그의 이야기에 푹 빠져서 헤어 나올 수가 없었다. 그녀는 지금까지 수많은 논쟁을 해보았던 대단한 여성이었지만 슈처럼 자신의 주장을 억지로 내세우지 않으면서도 조용하게 상대를 끌어들이는 사람은 만나본 적이 없었다. 조용히, 그리고 천천히. 하지만 그 누구의 목소리보다 빠르게 공주의 마음 속으로 한마디 한마디가 스며들었다. 그녀가 바라본, 병법을 이야기하는 슈의 모습은 밝게 빛나고 있었다.

“이제 결론을 내리자면 이처럼 병법이란 무조건 적을 섬멸하는 데 있는 것이 아니라 아군은 물론 적군까지도 포용해 주는 것에서부터 출발해야 합니다. 그 위에 승리를 예측할 수 있는 방법까지 알게 된다면 그때서야 비로소 병법을 안다고 할 수 있는 것이라 봅니다.”

“적까지 포용한다니… 적을 포용함으로 적을 다스린다는 논리로군요. 지금까지 스스로 무척이나 뛰어난 병법가라고 생각했었어요. 하지만 이제 보니 아직 멀었네요. 그런데 방금 말씀하신 승리를 예측할 수 있는 방법은 또 무엇인가요?”

이쯤 되자 공주는 이제 슈가 하고 있는 언어의 마술에 빠져서 헤어 나올 수가 없었다. 저도 모르게 그의 뒷말을 듣지 못하면 아무것도 할 수 없을 것 같은 지경이 된 것이다. 그만큼 그의 언변은 공주를 사로잡는 무엇이 존재했다. 하기사 중원에 있던 시절, 기라성 같은 무인들을 설득하고 감복시켰던 언변 실력이니 오죽하겠는가.

"병법에는 승리를 예측할 수 있는 다섯 가지가 있습니다."

"다섯 가지나 된다고요? 그게 무엇 무엇입니까? 어서 말씀해 주세요."

"…정말로 궁금하십니까?"

"네, 선생님!"

공주는 의식하지 못한 채 슈에게 학문을 하는 사람이 상대에게 보여줄 수 있는 최고의 경의가 담긴 호칭을 붙여주고 말았다. 그만큼 지금 그녀는 슈의 이야기에 빠져들어 그를 인정하고 있었던 것이다. 물론 아직 그렇게 긴 시간을 대화한 것은 아니었지만 원래 천재는 천재를 알아보는 법.

"그 첫째는 싸워야 하는지 싸우지 말아야 하는지를 아는 것이요, 둘째는 많은 병사건 적은 병사건 효과적으로 운용하는 것이며, 셋째는 장수와 병사의 뜻이 같은 것이라 할 수 있습니다.. 그리고 넷째는 만반의 준비를 갖춘 채 미처 준비치 못한 적과 맞서 싸우는 것이요, 마지막으로 다섯째는 장수가 뛰어난 능력을 발휘하도록 군주가 간여하지 않는 것이지요.

바로 이 다섯 가지가 전쟁에서 승리할 수 있는 비결입니다. 적을 알고 나를 알면 백 번 싸워도 위태롭지 않을 것이며, 적을 모르고 나만 알면 한 번 이기고 한 번 패할 것이며, 적을 모르고 나도 모른다면 싸울 때마다 패할 것입니다. 이 말을 꼭 명심하십시오."

"……."

'이런, 내가 너무·어렵게 이야기를 한 건 아닐까? 그래서 공주가 이해를 하지 못했다면 괜한 헛수고를 한 것인데……. 나는 지금 겨우 공작가의 셋째일 뿐이기 때문에 강력한 우군을 만들어야 한다. 그 가운데 이 올리비아 공주는 정말로 든든한 우군이 될 수 있는 사람이라 일부러 그녀의 호기심을 자극했건만… 마음을 얻지 못한 걸까?

그랬다. 사실 슈는 일부러 그녀로 하여금 자신에게 호기심을 갖게 만들어 자신의 이미지를 강력하게 부각시키는 작업을 하려 했던 것이다.

이전부터 제갈수는 원래 육체의 주인인 슈에게 계속 미안한 마음이 가지고 있었다. 그래서 원래 주인인 슈를 이 왕국에서, 아니, 대륙에서도 우뚝 서는 존재로 만들어주기로 결심하고 있었다. 그러기 위해서는 무엇보다도 자신에게 힘이 되어줄 사람이 필요했고, 올리비아는 바로 그런 사람으로 선택된 여성이었다. 아무것도 하지 않으면 아무리 대단한 공작가라고 해도 겨우 셋째 아들이라는 자리로 할 수 있는 일은 너무나 뻔했다.

주르륵.

한동안 말없이 슈를 바라보고 있던 올리비아의 눈에서 눈물 한방울이 흘러내렸다. 당황한 슈가 어쩔 줄 몰라 하고 있을 때 올리비아가 허리를 숙여 슈에게 인사했다.

"정말… 정말로 대단해요. 선생님을 진심으로 존경합니다. 저는 오늘날까지 이렇게 훌륭한 병법 이론을 들어본 적도, 읽어본 적도 없어요. 만약 선생님의 이야기를 오래전에 사람들이 알았다면 어마마마도 돌아가시지 않았을 것 같네요. 무엇보다 '적을 알고 나를 알면 위태롭지 않다' 라니… 진심으로 존경합니다."

꾸벅.

"헉! 이, 이러지 마십시오, 공주님. 어찌 공주마마께서 고개를 숙이십니까?"

"이것은 공주라는 신분을 떠나 오로지 병법을 공부하는 한 사람으로서, 국민을 다스려야 할 책임이 있는 자로서, 전쟁으로 소중한 사람을 잃어본 적이 있는 자로서 드리는 예입니다. 앞으로도 틈틈이 가르침을 받고 싶습니다."

올리비아가 침묵한 것은 이해하지 못해서가 아니라, 너무 크게 감격해서 말을 잃었던 때문이었다.

제갈수의 원래 기억과 슈의 기억을 둘 다 가지고 있는 제갈수는 사실 이 대륙의 누구보다도 현명한 사람으로 행세할 수

있었다. 손자병법의 말을 인용한 것은 조금 양심에 찔렸지만
슈가 항상 생각하던 방향과 크게 다르지 않았기 때문에 개념
치 않았다. 그렇게 슈는 가장 확실한 아군 한 명을 이처럼 몇
마디의 말로 간단하게 얻고 있었다. 그것도 너무나도 아름답
고 매력적인 그런 아군을 말이다.

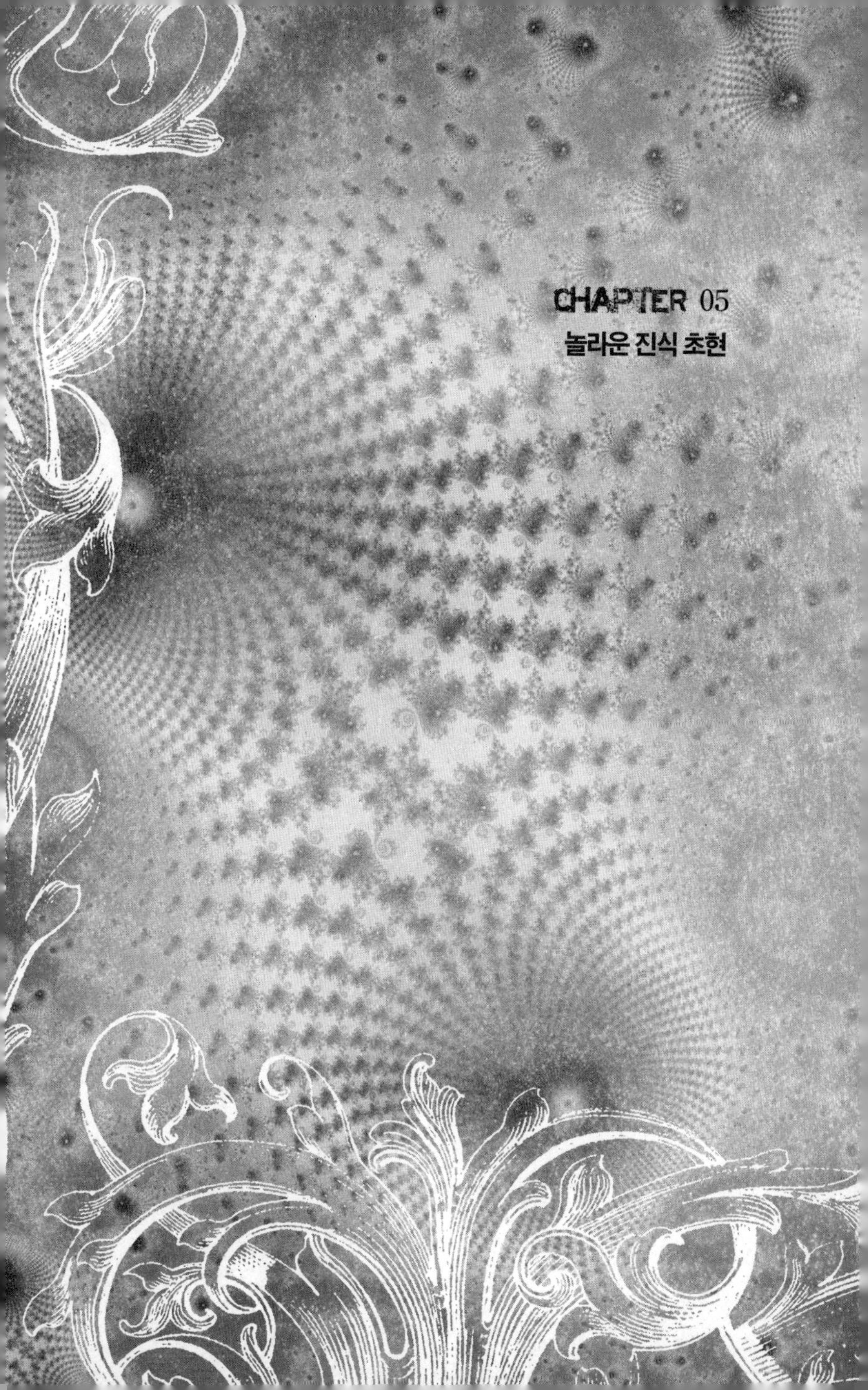

CHAPTER 05
놀라운 진식 초현

Miracle

1

　올리비아 공주와 알렉시스가 다시 왕성으로 돌아가고 난 이후에도 슈는 바쁜 나날을 보내고 있었다.

　낮에는 여전히 체력 단련 훈련 및 검술 훈련에 매진했으며, 저녁부터는 도서실에서 살다시피 하면서 필요한 지식을 마치 솜이 물을 빨아들이듯 그렇게 흡수해 나갔다. 그는 새롭게 얻은 삶을 헛되이 보낼 마음이 없기에, 단 일 분 일 초도 이처럼 아까워하고 있었다.

　"후아~ 후아~ 이것참… 운기행공 없이 하는 체력 훈련은 역시 힘들구나. 하지만 그렇다고 처음처럼 그렇게 할 수는 없지. 어쨌든 근력을 키워놓아야 나중에 상승검술에 들어설 수 있을 것 같으니 말이야. 이것을 깨닫지 못했다면 정말로 헛수고만 할 뻔했어."

슈는 지금 한참 체력 단련에 힘을 쏟고 있었다. 두 달 전부터 슈는 체력 훈련을 하는 동안에는 절대 심법을 연공하지 않았다. 편하기는 했지만 자기 발전에 전혀 도움이 되지 않는다는 사실을 깨달았기 때문이다.

원래 제갈수는 인체에 관해서도 모르는 게 없는 사람이었다. 그는 자신을 치료하기 위해 수많은 시행착오를 거치면서 노력해 온 사람답게 인체가 어떨 때 어떻게 반응을 하는지를 너무 잘 알고 있었다. 그렇기 때문에 지금 이런 원시적인 체력 훈련을 하는 동안에도 다른 사람보다 몇 배에 해당하는 훈련 효과를 보고 있었다.

"공자님! 단장님께서 오셨습니다."

"응? 보나프 경께서요?"

"네, 여기로 오고 계십니다!"

"안녕하십니까, 공자님."

"안녕하세요, 보나프 경. 저를 찾으셨다고요?"

"네. 이제 며칠 후에는 멕란드 영지로 부임해 가셔야 하는 것으로 알고 있습니다만?"

"그렇습니다. 아버지께서 정확히 닷새 후에 출발하라고 하시더군요. 그날 보나프 경도 함께 가는 것 아닙니까?"

보나프 드 프리데릭 경은 원래 가난한 평민 출신이었다. 하지만 워낙 타고난 심력과 담대한 용기를 가지고 있었기에 크누센스 왕국에서 삼 년마다 벌어지는 무술검투대회에 출전한 바 있었다. 그 당시 무식하게 크고 무거운 투 핸드 소드를 한 손으로 쥐고 휘둘러대는 그의 앞에 그 누구도 적수가 될 수 없었고, 그렇게 그는 전승 무패로 우승까지 차지하는 기염을 토하면서 정식 기사가 될 수 있었다.

그뿐 아니라 그 이후 앙리에트 공주를 따라 레비안또 공작 가문으로 오게 된 그는 공작의 머리를 아프게 했던 산적과 약탈자 등을 단숨에 토벌하는 공을 세워 공작으로부터 친히 남작의 작위를 받게 되었고, 끝내는 울프 기사단을 이끄는 단장 직까지 올라선 놀라운 사람이었다.

"그 말씀 때문에 뵈려고 한 것입니다. 제가 그날 함께 출발하시 못할 것 같습니다. 이달 말쯤에 폐하께서 이곳을 방문하신다는 소식이 어제 내려왔습니다. 다른 분도 아니고 폐하께서 오시기 때문에, 모든 기사단들이 영접 준비는 물론 열병식도 해야 합니다. 그래서 그 행사가 끝난 다음에나 출발해야 할 것 같습니다."

"그렇군요. 그런 일이 있으시면 당연히 그 일부터 보셔야지요. 사실 그날 부임을 한다고 해도 어차피 인수인계를 받아야 하는 시간이 필요하니 여유는 있습니다. 그러니 일부터 잘 보시고 천천히 오셔도 괜찮습니다."

"우하하하! 역시 슈 공자님은 화끈하다니까! 알겠습니다.

그러면 그렇게 하지요."

퍼억!

'윽! 이, 이거 장난 아닌데? 진짜 오우거가 때린 것 같군그래. 인사 정도인데 화를 낼 수도 없고… 끄응……'

키가 2미터는 족히 되는데다가 덩치마저 상당한 보나프는 이미 왕국 내에서 오우거만큼 힘이 센 기사로 소문이 나 있었다. 그런 그가 아무리 기꺼운 마음으로 슈의 어깨를 슬쩍 친 것이라고 해도 그 여파는 장난이 아니었다. 오죽하면 슈의 눈에서 눈물이 다 쏙 빠질 정도였겠는가.

그로부터 오 일 후 정오 무렵.

"레비안또 가문의 셋째 아들 슈 부르셀라는 앞으로!"

공작가의 연무장으로 레비안또 공작의 목소리가 울려 퍼졌다. 지금 이곳에는 레비안또 공작가가 통치하는 여섯 개의 봉작 가문 가운데 멕란드 봉작 가문을 제외한 다섯 개의 봉작가문 주인들을 비롯해 슈의 큰형 아론과 작은형 벡스터 등이 참석한 상태였다. 어쨌든 새로운 작위 수여식이 열리는 중요한 자리였기 때문에 이처럼 공작가의 주요 인사들이 모인 것이다.

"네, 각하!"

"오늘부로 슈 부르셀라를 빛의 신이신 아서시스님의 뜻에 따라 남작으로 봉하며 새로이 가누비엔이라는 성을 부여한다. 이에 맞추어 멕란드 영지를 가누비엔 영지로 엄숙히 선포

하노라!"

"신 슈 부르셀라 폰 레비안또 가누비엔, 거룩하신 아서시스님의 은혜에 감사드리며, 아울러 공작 각하의 믿음에 어긋나지 않는 훌륭한 영주가 될 것임을 맹세합니다."

짝! 짝! 짝! 짝!

이것으로 슈는 공자라는 칭호 대신 가누비엔 남작이라는 칭호를 받게 되었다. 그는 어차피 공작 가문의 셋째 아들이기 때문에 작위를 받아 영지의 로드가 된 이상 새로운 성을 가질 수밖에 없는 것이다.

"이제 가누비엔 남작은 지금 즉시 그대의 영지로 떠나라! 가서 앞으로 더욱 우리 가문과 왕국에 충성을 다하는 영지로 발전시키도록!"

"알겠습니다, 각하!"

빰, 빠라라빰~! 빰빠빠빰~!

화려한 군악대의 연주를 들으며 슈는 마침내 오늘따라 더욱 눈부시게 느껴지는 백색의 말에 올라탔다.

원래대로라면 그런 슈의 양 옆에 울프 기사단장 보나프와 두 명의 기사가 위용을 부리며 따라야 했지만 사정에 의해서 어쩔 수 없이 빠지게 되는 바람에 영지에 부임하는 로드치고는 그 일행이 조금 초라해 보였다. 기사는 없었고 병사들만 일곱 명에, 시종 그란텔을 비롯해 짐꾼으로 따라가는 하인 다섯 명이 일행의 전부였던 것이다.

사실 영지에 부임을 하는 입장이기 때문에 굳이 많은 병력을 데려갈 필요는 없었지만, 설혹 데려가려고 해도 두 형의 심술 때문에 데려갈 수조차 없는 상황이었다.

"이거 정말 꿈만 같습니다. 슈 공자님께서… 아니지 참, 우리 남작님께서 이렇게 빨리 로드가 되실 줄은 몰랐습니다. 하하하!"

슈의 곁에 있던 그란텔이 털털하게 웃으며 말했다.

"녀석. 그게 그렇게 좋아할 만한 일도 아니다. 너도 들어봤겠지만 우리가 가는 영지는 그야말로 촌구석인데다가 가난하기 짝이 없는 심각한 곳이라고 하더라. 그런 곳에 로드로 가면 생고생일 텐데 좋을 게 무엇이 있겠느냐?"

"그래도 저는 좋습니다. 일단 남작님께서 그렇게 원하시던 자유를 얻은 것 아닙니까?"

사실 기사의 시종이나 귀족 가문 자제의 시종 자리는 아무나 앉는 자리가 아니었다. 일단 작위를 받아 지금처럼 영지가 생기게 되면 통상 시종들이 시종장으로 승격하기 때문이다. 그란텔 역시 겨우 하급 귀족으로 치는 남작가의 시종장이 되겠지만 그것만으로도 확실히 그에 대한 사람들의 대우는 달라질 터였다.

"자유라……. 자유… 좋지. 하하하……."

"헤헤헤."

슈는 아직 그란텔에게 대법을 걸지 않았다. 아직은 굳이 대법을 쓸 필요가 없었다. 그리고 사실 그동안 겪어본 그란텔의 충성심이라면 대법을 쓰기보다는 시기적절할 때 차라리 설득하는 편이 낫다고 판단했다. 어쨌든 비록 조촐한 행렬이긴 했지만, 신분 고하를 막론하고 여기에 참여한 모든 이들은 매우 유쾌한 기분으로 최소 보름 이상 걸리는 장거리 여행을 시작하고 있었다.

2

아무리 치안이 잘 되어 있는 영지라 해도 노력하며 사는 사람들에게 빌붙어서 기생하는 인간들이 있는 법이다. 게다가 그곳이 영지 간에 걸쳐 있는 미묘한 산을 끼고 있는 지역이라면 거의 산적이니 약탈자 무리들이 숨어 있곤 했다.

특히, 레비안또 공작령 내에는 그다지 험하지는 않지만 원시림이 깊은 '올베인 산맥'이 동서를 가로지르고 있어서 산적과 약탈자들에게 유리한 은신처를 제공해 주고 있었다.

"잘 들어라. 오늘 접수된 정보에 의하면 지금 테센 마을을 지나고 있는 귀족 일행이 곧 우리 영역을 지나간다고 한다. 그러니 모두 철저하게 전투 준비를 하도록!"

"네, 두목님!"

그런 약탈자와 산적의 무리 가운데 '몽키스'는 발군의 실력을 자랑하는 최고의 조직 가운데 하나로 손꼽히고 있었다.

그들은 훈련을 받은 군인마냥 산맥 줄기를 뛰어다닐 수 있는 날렵함과 강인한 체력을 지녔으며 비싼 무기와 방어구까지 착용하고 있는데다가 무려 팔십 명이나 되는 인원이 모여 있었기 때문에 어지간한 토벌대로는 상대하기가 까다로운 자들로 유명했다. 지금 바로 그들이 새로운 먹잇감을 발견한 모양이었다.

"보스! 그들이 지금 막 테센 마을에서 떠났다고 합니다."

"그래? 그렇다면 이제 반나절 후면 만나겠군. 그런데 그들의 전력은 파악했느냐?"

약탈자 몽키스의 보스 '갈퀴손 젠슨'은 검술 실력보다는 조직을 장악하는 능력이 뛰어난 자로 더 유명했다. 그는 냉혹했으며 수하들을 철저하게 다루었기 때문에 몽키스의 대원들은 자신들의 보스를 존경하면서도 무척 두려워하고 있었다.

"네! 우선 그 무리의 대표로 보이는 귀족 청년 한 명과 그의 젊은 시종, 그리고 일행을 보호하기 위해 따라온 병사들이 일곱 명에 짐꾼 다섯이 그들 일행의 전부라고 합니다."

"마차를 탔거나 가문을 상징하는 깃발은 보이지 않더냐?"

"네, 귀족 청년의 복장으로 보아서 귀족가의 자제임은 분명한데 어느 귀족 가문 출신인지 알 수 있는 표식은 보이지 않았습니다. 그런 것으로 보아 대단한 가문은 아닌 듯싶습니다."

아무리 막가는 약탈자라 하지만 이들에게도 원칙이 있었

다. 일단 병권을 행사할 수 있는 귀족들은 절대 손대지 않는다는 것과 벗겨 먹을 것도 없는 평민들 역시 건들지 않는다는 것이다. 사실 알고 보면 이들도 영주들의 횡포 때문에 고향을 버리고 떠도는 평민 출신들이 대부분이기 때문에 최소한의 양심은 지키면서 약탈을 하고 있었다.

그리고 이 일대에서 병권을 쥐고 있는 귀족이라면 대부분 영주 급들이거나 왕국 직속 치안대를 관할하는 고위급 귀족이라 할 수 있기 때문에 절대 그들을 함부로 건들지는 않는다.

만에 하나 그런 귀족들이 화가 나서 몽키스를 토벌하려고 나선다면 아무리 그들이 용빼는 재주가 있다 하더라도 살아남기 힘들다는 것을 알기 때문이다.

이들이 가장 딜어 먹기 좋은 대상은 바로 돈으로 작위를 산 정신 나간 귀족들이거나 아니면 돈 많은 상인들이라 할 수 있었다. 지금 다가오는 목표물은 분명 첫 번째 유형이라 판단할 만했다. 모처럼 후환을 걱정하지 않아도 되는 만만한 사냥감이 등장한 것이다.

"흐흐… 오늘 일은 정말 마음에 드는군. 그렇지 않아도 식구가 늘어나서 고민이 많던 차였는데 말이야. 좋았어. 그 정도의 전력이라면 번잡하게 너무 많이 몰려갈 필요도 없겠지. 물론 병사들이 포함되어 있으니 너무 적어도 안 되겠지만… 너는 어서 가서 4조, 5조, 6조 대원들을 집결시켜라. 오늘은 삼 개 조를 동원한다!"

"네, 보스! 즉시 준비시키겠습니다."

약 한 시간 정도의 시간이 흐르자 작은 언덕 위로 대략 서른여섯 명쯤 되는 건장한 사내들이 집합했다. 이들이 바로 몽키스 대원들이었다. 이로 보아 이들은 일 개 조에 각 열두 명의 인원이 편성되어 있음이 분명했다.

"4조 조장 뭉크와 조원 열두 명 모두 집합했습니다!"

"5조 조장 칼릭스와 조원 열두 명 전원 집합했습니다!"

"6조 조장 커널드와 조원 열두 명 전원 집합했습니다!"

과연 이들이 한낱 약탈자 무리인가 싶을 정도로 이들의 움직임은 절도가 넘쳐흘렀다. 이는 평상시에 그만큼 많은 훈련을 통해 사기를 진작시켜 왔다는 반증이기도 했다.

"모두 조용히 그 자리에서 철저하게 전투 준비를 한 채 대기하고 있다가 내 명령이 떨어지면 그때 일제히 공격한다.. 알겠나!"

"네, 보스!"

그들은 마치 한목소리인 양 똑같이 대답했다. 이 정도의 군기와 단결된 행동 양식을 가진 자들이라면 이미 집단 전투에 능할 것이 분명했다. 긴장감 넘치는 시간이 조금씩 흘러가고 있었다.

다그닥— 다그닥—

슈 일행은 지금 한창 능선에 접어들고 있었다.

"봄 날씨인데도 대낮에는 햇살이 무척 따갑구나. 휴우, 다행히 여기만 지나가면 숲길로 들어설 수 있을 것 같군."

"그러게 말입니다. 오늘로 집을 나선 지가 벌써 십여 일은 넘은 것 같은데 도무지 가누비엔 영지가 어디쯤인지 아직도 모르겠네요."

"가만… 그렇구나, 참! 숲으로 들어가게 되면 지도 보기가 힘들어지니 이쯤에서 먼저 봐야겠구나."

슈가 지도를 꺼내 들고 위치를 확인했다. 그리고 지금 자신들의 위치가 올베인 산맥 줄기 중 하나인 파도타기 능선을 앞두고 있음을 확인했다.

"어디… 오호, 저 능선만 넘어가면 곧 우리들의 목적지가 나올 것이 분명하다. 그러니 조금만 더 힘을 내자."

"네, 로드!"

슈가 영지에서 유일하게 신경 써서 챙겨 가지고 나온 것이 바로 지도였다. 그는 이미 중원에서부터 지도의 중요성을 잘 알고 있었기 때문에, 도서실을 몇 번이나 뒤적거리면서 가장 정확도가 높아 보이는 '카르테르의 지도'를 챙겨서 나온 것이다.

"그런데 이 산줄기는 그다지 높지는 않은 것 같은데 어쩐지 음산한 기운을 풍기네요. 거참……."

"기운만 그런 것이 아니라 뭔가가 있는 것 같은걸? 가만있자… 그란텔!"

"네, 로드!"

"내가 출발할 때 맡겨두었던 가방은 잘 챙기고 있겠지?"

"물론입니다. 제가 타고 있는 말 옆구리에 매달려 있지 않습니까? 한데 갑자기 그것은 왜요?"

"가방을 이리 다오, 어서!"

그란텔은 그저 음산한 기운만을 느꼈지만, 태극무상심법을 연성한 지 육 개월이 넘은 슈는 이미 이 일대에 사람들이 숨어 있음을 감지하고 있었다. 그것도 꽤나 많은 사람들이 말이다.

그것을 감지하자마자 슈는 그란텔을 독촉해서 그가 가문을 나설 때부터 챙겨두었던 가방을 받아서 열더니 그 안에서 무엇인가를 꺼내기 시작했다. 예감이 심상치 않았던 것이다. 그리고 바로 그때,

"모두 덮쳐라!"

"와아아아! 어서 잡아라!"

요란한 함성과 함께 갑자기 숲속에서 섬뜩한 무리들이 뛰쳐나와 순식간에 슈의 일행들을 포위하기 시작했다.

3

"대, 대체 너희들은 누구냐!"

"클클클. 어르신들이 누구인지는 알 필요 없다. 그냥 좋게 말할 때 가지고 있는 짐을 모두 놔두고 잽싸게 사라져라! 그렇지 않으면 크게 후회할 일이 생길 것이다."

"호호호."

"낄낄낄."

순식간에 장내를 가득 메우며 건장한 사내들이 제각기 병장기를 들고 줄줄이 등장하자 그란텔은 잔뜩 긴장한 표정을 지은 채 앞으로 나섰다. 어느 정도의 인원이라면 병사들까지 함께 있는 이상 꿇릴 게 없었다. 하지만 지금 기습적으로 등장해서 낄낄거리는 자들은 얼핏 헤아려 보아도 최소 삼십여 명은 넘어 보였기에 아무리 그란텔이라 해도 목소리가 떨리지 않을 수 없었다.

"이놈들! 이분이 누구신 줄 알고 함부로 말을 하는가! 어서 당장 비키지 못하겠느냐!"

"그란텔, 됐으니 뒤로 물러서라."

"하, 하지만……."

"물러나라 했다."

"네."

아무리 무도한 작자들이라 해도 이들을 이끌고 있는 사람이 이 일대의 주인인 레비안또 공작의 셋째 아들임을 알았다면 애초에 나타나지도 않았을 것이며 이처럼 함부로 대할 리도 없었다. 그러나 이들은 그런 사실을 전혀 모르고 덤벼들었으며 이제는 엎지른 물처럼 된 상황인지라 오히려 그러한 사실을 알게 되면 후환이 두려워 모두를 죽여 살인멸구할지도 모른다.

주인을 위해서라면 목숨도 바칠 수 있는 각오가 되어 있는 그란텔이지만 이런 상황을 직감했기 때문에 함부로 도박을 할 수는 없어서, 일단 뒤로 물러서서 상황을 지켜보기로 했다.

"이것 보시오. 정말 물건을 모두 놓고 가면 우리를 보내줄 거요?"

"흐음… 역시 귀족가의 도련님이다 이건가? 물론이다. 대신 타고 있는 말과 하인들까지 모두 두고 가라."

이 대륙에서는 하인들 역시 재산으로 여겼기 때문에 통상 약탈자나 산적들은 하인들도 납치해 가곤 했다.

어쨌든 몽키스의 보스는 의외로 겁을 먹지 않고 침착하게 말을 하는 슈를 보고 속으로 은근히 감탄했다. 그가 수많은 귀족들을 약탈해 본 경험상 자신들을 만나고도 이 정도로 침착한 귀족가의 아들 녀석은 본 적이 없었던 것이다.

그만큼 슈는 지금 너무나도 태연했다. 당연한 것이 그는 지금 생각보다 빨리 등장한 적들을 물리치기 위해 약간의 시간이 필요했고, 그 시간을 벌려면 최대한 적의 허점을 이용해야 했다. 절대 당황한 모습을 보여서는 안 되는 것이다.

"말과 하인까지라… 그건 너무 심한 게 아닐까요? 뭐, 말까지는 내줄 수도 있지만 하인들은 내 소중한 가족이라 버리고 갈 수는 없지요."

"주, 주인님……."

여태껏 정말로 비천한 삶을 살아온 하인들이었다. 재산 취급을 당할 정도니 얼마나 하찮은 존재들이겠는가. 하지만 그런 하인들까지 소중한 가족이라 말하는 슈를 보고 그들은 실로 감격하고 말았다.

바보가 아닌 이상 지금 상황에서 슈가 취할 수 있는 최고의 선택은 하인들까지 버리고 잽싸게 도망가는 길 외에는 없다는 사실을 알기에 이들이 느끼는 감동은 더했다.

스윽— 꾸욱—

스스슥— 꾸욱—

"너, 지금 뭘 하는 깃이냐?"

슈의 행각은 여기서 그치지 않았다. 이 젊은 귀족가의 도련님은 침착한 태도뿐 아니라 조금씩 괴상한 짓을 하기 시작했다.

몽키스들이 막 도착할 무렵 시종에게 건네받은 가방을 열더니 그 속에서 작은 말뚝과 막대기 등을 꺼내서는 느릿느릿하게 인근을 오가며 땅바닥에 박아 넣기 시작한 것이다. 그것이 너무나도 천연덕스러운 움직임인지라 몽키스의 보스는 물론 다른 일행들까지 잔뜩 호기심이 생겨 멍하니 지켜보았다. 어찌 보면 참 순진한 녀석들이었다.

"아, 사실은 아까부터 제가 이곳에서 뭔가를 발견해서요. 여기는 굉장히 희귀한 지세가 펼쳐져 있기 때문에 어쩌면 평생 한 번 볼까 말까 한 것을 찾아낼 수 있을 것 같으니 잠시만 기다려 보시지요."

"뭐가 희귀한 지세라는 것이냐? 이곳은 우리가 자주 다녀봐서 잘 알지만 전혀 이상한 것을 발견한 적이 없다. 뭔가 허튼수작을 부리려는 게 아니냐? 괜히 엉뚱한 짓을 벌이면 절대 목숨을 보장할 수 없으니 각오해라."

말은 여전히 거칠고 협박을 하는 것 같지만 몽키스의 보스는 슈의 행동을 제지하지는 않았다. 일단 한번 일어난 호기심을 이대로 덮어버리기에는 자신들의 입장이 워낙 유리한 것이다. 게다가 사실 겨우 땅바닥에 막대기나 꽂는 행위로 인해 큰일이 일어나거나 사고가 벌어질 일은 없지 않겠는가. 때문에 네까짓 게 해봤자 뭘 하겠냐 싶어서 그들은 우선 호기심부터 충족시키려고 했는지도 몰랐다.

"당신이 그 무리의 대장인가요?"

"그래. 내가 바로 몽키스의 보스 갈퀴손 젠슨이다!"

"헉! 갈, 갈, 갈퀴손 젠슨이라니… 우린 이제 죽었다. 으으……."

슈는 그게 누구인지 잘 몰랐지만 병사들과 하인들은 이미 소문을 통해 잘 아는 것 같았다.

올베인 산맥의 수많은 약탈자들과 산적들 가운데서도 이

미 명성이 자자한 몽키스의 보스이니 어쩌면 모르는 것이 더 이상할지도 몰랐다.

"뭐 어쨌든 그렇게 많은 사람들을 먹여 살리려면 무척 힘이 들겠지요? 그런데다가 이제 날씨마저 더워져서 영업하려면 짜증도 날 테고 말입니다."

"음… 그래도 뭔가를 좀 아는 놈이로군."

툭! 꾹꾹!

"그래서 제가 지금 이곳의 특이한 지세를 이용해서 당신들을 서늘하게 만들어주려는 겁니다."

꾸욱! 쿡!

슈의 언변은 교묘해서 그가 하는 행동에는 아무런 제약을 받지 않으면서 모두를 점점 더 깊은 호기심을 느끼게끔 끌어들이고 있었다.

그러는 가운데 그의 가방 속에 있던 말뚝과 막대기들은 거의 다 사라져 갔다. 서른두 개나 되는 말뚝 가운데 벌써 서른한 개는 땅에 꽂혀 버렸고 마지막 하나만 슈의 손에 들려 있게 되었다. 하지만 그 누구도 어째서 슈가 시원하게라는 표현보다 서늘하게라는 표현을 쓴 것인지 그 이유를 알 수 없었다. 알 이유도 없었겠지만 말이다.

"대체 뭘 어떻게 해서 우리를 서늘하게 해준다는 것이냐?"

"젠슨이라 했었나요?"

툭… 툭……

서른 한 개째의 말뚝까지 꽂아놓고 난 슈는 허리를 한 번 쭉 펴더니 마지막 하나 남은 말뚝으로 자신의 손바닥을 장난스럽게 쳐댔다. 슈가 갈퀴손 젠슨을 똑바로 쳐다보더니 갑자기 그의 이름을 다시 물었다.

"그렇다. 한데 갑자기 내 이름을 왜 다시 묻는 것이냐?"

"그래도 명색이 귀족인 나는 내내 존댓말을 하고 있는데, 너는 왜 자꾸 아까부터 반말지거리지? 자신이 무식하다는 것을 티내는 것인가, 아니면 내가 그렇게 만만해 보였던 겐가?"

"뭐, 뭣이! 이런 죽일 놈이 나를 가지고 노는구나! 다들 이것들을 모조리 잡아서 혼내주어라!"

"알겠습니다, 보스! 모두 잡아라!"

원래대로 따져 본다면 평민인 젠슨이 슈에게 존대를 쓰고 슈가 그에게 반말을 하는 것이 옳다. 하지만 애초부터 세의 불리함 때문에 먼저 존대를 쓴 사람은 슈였고, 상황이 상황인만큼 누구 하나 이것을 그다지 이상하게 생각하지 못하고 있었다. 무엇보다 이 상황에서 그것을 따진다는 것부터가 우스운 일이었다. 그렇기 때문에 슈의 태도가 갑자기 확 바뀌자 젠슨이 분노하는 것은 어찌 보면 당연한 일이라 할 만했다.

"잠깐!"

우뚝.

"또 뭐냐, 이 사기꾼 같은 놈아!"

불같이 화가 난 젠슨이 내린 공격 명령에 와르르 달려들던 몽키스들은 슈의 예고없는 큰 소리에 무의식적으로 또다시 멈추고 말았다. 일종의 반사신경에 의한 행동이라 할 수 있었다.

"그란텔, 모두 내가 있는 쪽으로 모이게 해라. 아아, 이제부터 정말로 재미있는 일이 벌어질 것이니 기대해 보라고."

"으드득. 좋다. 지금부터 딱 오 분을 기다려 주겠다. 만일 그 오 분 안에 뭔가 보여주지 않으면 날 희롱한 대가를 톡톡히 받아낼 것이니 명심해라!"

"오 분까지도 필요없어. 딱 이 분만 기다려 봐."

웅성웅성.

"저기, 어떻게 하려고 그러십니까? 그냥 물건을 주고 떠나는 게 현명한 방법 아닐까요?"

"후후, 너도 아직 날 믿지 못하는구나. 명색이 새로운 영지를 받고 부임을 하는 몸인데, 겨우 약탈자 무리들에게 당하고 꽁무니 빠져라 도망치고 싶은 마음은 없다. 후우, 준비는 다 끝났으니, 그럼 지금부터 신나는 놀이를 즐겨보자고."

그란텔은 물론이고 슈를 중심으로 한쪽에 모여 있던 병사들과 하인들은 도대체 자신들의 주인인 슈가 무엇을 믿고 이렇게 당당하게 행동을 하는지 알 수가 없었다. 심지어 몇몇 병사들은 행여 슈가 미친 것이 아닐까 싶은 불경한 생각까지 할 정도였다. 그런데,

"자, 이제부터 시작해 볼까? 열려라, 풍수뢰환영진(風水雷

幻影陣)!"

꾸욱.

"……"

"……"

드드드드… 콰르르릉…….

슈가 마지막으로 들고 있던 그 작은 말뚝 하나가 외침 소리
와 함께 슈의 발 앞에 꽂히는 순간, 실로 상상을 초월하는 일
이 벌어지기 시작했다.

4

원래 진식(陣式)이란 주역, 팔괘나 기타 성복서가 지닌 원
리로 물건을 배치하여 조화를 부리는 방법이라 할 수 있다.
즉, 신묘한 진식은 만물의 변화를 스스로 만들어내서 사람들
의 시각과 청각을 현혹해 정신마저 오락가락하도록 만들 수
있는 것이다. 이는 대륙의 고위급 마법사나 만들 수 있다는
마법의 진과 약간 비슷한 면도 있기는 하지만 그 성질은 완전
히 다르다고 할 수 있다.

마법의 진이 여러 가지 수식과 도형에 마나라는 특별한 기
를 주입해 작동시키는 것이라면, 진식은 오묘한 음양오행의
원리와 팔괘를 포함한 우주 만물의 운행법을 대입해서 만들
어낸 것이다. 이는 하찮은 물건을 이용해 설치한다 해도 정확

한 방위에 따라 놓게 되면 저절로 발동이 되는 것이라 어떻게 보면 마법보다 더 조화로운 것이라 할 만했다. 단지 그 방위를 정하는 것과 필요한 효과를 발동시키려면 마법사의 수식은 저리 가라 할 정도의 복잡한 공식을 외워야 하며 그것을 완전히 응용할 줄도 알아야 발동이 가능하기 때문에 기본적인 진식의 원리를 알고 있는 중원인이라 하더라도 쉽게 배울 수 있는 것은 아니었다.

하지만 슈의 육체를 차지하고 있는 제갈수는 이러한 진식을 거의 통달하다시피 한 천재였다. 그는 중원에서도 근 천 년 만에 처음 등장한 진식의 명인이라 할 만했는데, 사물을 이용하는 진식뿐 아니라 병사의 움직임을 신묘하게 만들어 주는 기문둔갑술(奇門遁甲術)에도 정통한 사람이라 할 수 있었다. 이런 그가 펼쳐 놓은 풍수뢰환영진(風水雷幻影陣)이니 그 위력은 실로 무서웠다.

휘이이잉~!

펄럭— 펄럭!

쏴— 솨솨솨!

"후읍! 보, 보쓰으~ 빠, 빠람이 너무 부… 붑니다!"

휘잉, 휘잉, 휘위잉~!

콰르르릉~! 콰콰쾅!

쏴—아아아아!

"으악~! 이, 이게 대체 무슨 일이냐? 갑자기 마른하늘에서 날벼락이 떨어지더니 소나기가 내린다. 어서 피해라!"

아아… 땅과 하늘이 미쳤을까.

처음에는 슈의 말처럼 정말 시원한 바람이 불기 시작했다. 그러나 그 시원한 바람은 금방 옷자락을 마구 날리는 강풍으로 돌변했고, 곧 제자리에 가만히 서 있지도 못할 만큼 무서운 바람으로 커져 갔다. 그뿐만이 아니었다. 그 살벌한 바람에 이어 천둥 번개가 미친 듯이 치기 시작하더니 한 치 눈앞도 구별하지 못할 만큼의 소나기가 쏟아지는 것이 아닌가.

하늘에 구멍이 뚫린 것이 아닐까 싶을 정도로 퍼붓는 소나기는 순식간에 몽키스들이 모여 있던 자리를 물바다로 만들어 버렸다.

콰쾅! 콰르르릉!

쏴쏴쏴!

"큰, 큰일… 허푸~ 허푸풉! 큰일 났습니다. 물이… 물이 차오릅니다!"

"어서 높은 곳으로… 허업! 퉤퉤퉤! 피해라! 어서~!"

쉴 새 없이 몽키스들의 입안으로 물줄기가 쳐들어와서 말도 제대로 못할 정도로 그렇게 비는 퍼붓고 있었다. 게다가 더 황당한 것은 사방이 트인 산자락 아래쪽인데도 불구하고 너무나 순식간에 물이 차오른다는 점이었다. 그러나 이들은 지금 한 치 앞도 분간할 수 없는데다가 너무나 무서워서 그런 생각을 할 겨를이 아예 없었다.

"저기… 남작님. 저 사람들이 갑자기 미친 거죠? 왜들 저러는 걸까요?"

"후후… 글쎄, 내가 너무 서늘하게 해줘서 그런 것일까?"

"네에? 그, 그렇다면 조금 전 로드께서 말뚝 등을 박은 이유가 저것과 관련이 있는 것입니까?"

"역시 그란텔은 똑똑하구나. 저것이 바로 진식이라는 것이다. 잘 보아둬라. 너도 배울 기회가 생길지 모르니 말이다."

"네? 찐식… 이요?"

방금 전만 해도 코앞에서 잔뜩 무게를 잡으며 겁을 주던 일당들이다. 그것도 한두 명이 아닌 무려 서른일곱 명이나 되는 악당들이 갑자기 단체로 미친 것인지 그야말로 발광을 하기 시작한 것이다.

바람 한 섬 없는 따듯하다 못해 덥기까지 한 늦봄, 이 맑은 날씨에 머리카락과 옷자락을 자신들의 손으로 정신없이 흔들면서 마구 소리를 지르는 것처럼 보이는데다가—진 밖에 있는 슈의 일행들에게는 그들의 소리가 전혀 들리지 않았다—주변의 나무를 미친 듯 부여잡고 눈물을 줄줄 흘리는 놈이 있지를 않나 옆 사람의 바짓가랑이를 부여잡고 울부짖는 놈 하며 근처에 있던 바위틈에 고개만 처박고 달달 떨고 있는 놈까지……

그야말로 미친놈들의 전시장이라도 된 것처럼 그들은 그렇게 날뛰고 있었다.

이것이 바로 풍수뢰환영진(風水雷幻影陣)의 무서움이었다.

지금 몽키스들은 지독한 환영에 걸려 모든 것이 실제로 일어나고 있는 일처럼 그대로 겪고 있는 것이다. 하지만 그 진에서 겨우 한 발자국만 벗어나도 조금도 이상이 없는 것이니 얼마나 신기한 일인가.

"그란텔."

"네, 마이 로드!"

"저들이 진 안에 갇힌 지 얼마나 지났지?"

"네! 아까 로드께서 마지막 말뚝을 박으신 지 약 십 분 정도 지났습니다."

"흐음… 아직 앞으로 십 분 정도는 더 두어도 죽지는 않겠군. 하지만 내 의도를 정확히 깨달으려면 잠깐 휴식을 주는 것도 괜찮겠지?"

쑤욱~!

뚝!

"비, 비가… 그쳤다……."

"천… 천둥 번개도… 그리고 바, 바, 바람도 다 멈췄다. 와아아~! 이제는 살았다!"

"살~았~다~! 와~아아아!"

겨우 말뚝 하나를 뽑았을 뿐인데 몽키스들에게 퍼붓던 재앙이 감쪽같이 사라졌다. 그러자 그들은 처음에는 멍해져서 말도 더듬거렸다. 그러나 곧 그 무섭던 상황이 사라졌음을 깨닫자 목청이 터져라 환호했다. 그런데 그들의 기쁨도 잠시,

처음 들었을 때만 해도 그렇게 조용하고 공손했던 한 사람의 목소리가 다시 들려오자 그들은 왠지 갑자기 오한이 드는 기분이 들었다.

"하하하! 어때? 다들 약간이라도 서늘했나?"

"그, 그게 무슨 헛소리냐? 그렇다면 네가 방금 천지조화라도 부렸다는 말이냐!"

"후후후, 물에 빠진 생쥐 꼴을 해서도 큰소리는 여전하군. 아직 정신이 덜 들었구나. 그렇다면 조금 더 서늘하게 해줄게."

꾸욱.

"뭐라고! 이놈이 정말 죽고 싶구… 허업!"

위잉~ 위잉~ 위잉~ 휘유유융~!

펄럭, 펄럭~!

슈의 말에 갈퀴손 젠슨이 발작을 하려던 순간, 또다시 그 얄미운 말뚝이 땅에 꽂히고 말았다. 작고 볼품없었던 바로 그 말뚝이 말이다. 그리고 그렇게 또다시 몽키스들에게는 섬뜩하고 무서운 예의 그 재앙이 시작되었다.

"으아아아아~! 이, 이게 대체 무슨 일이란 말이냐!"

"으악! 날… 날아간다~!"

척!

"조금만 더… 조금만 더 힘을 내라, 친구야~!"

한 사람이 나무를 부둥켜안은 채 마치 실제로 날아갈 것처

럼 몸을 들어 올리며 발버둥을 치자, 그자의 친구로 보이는
사내가 그런 그의 팔을 움켜잡으며 실로 눈물 없이 볼 수 없
는 친구 간의 의리를 보여주었다. 그러나 세찬 소나기와 바람
세례에 몽키스들은 결국 급격한 체온 저하로 점차 의식마저
잃어가고 있었다.

조금만 더 지나면 죽을지도 모를 만큼 힘겨운 바로 그때,

뚝!

"흐음… 어때? 이제는 서늘하겠지?"

"도, 도대체… 네, 네놈의 정체는 무엇이냐?"

기세등등하기만 하던 갈퀴손 젠슨도 무지막지한 자연의
위력 앞에서는 어쩔 수 없었는지 입술까지 새파래져서는 달
달 떨며 간신히 말을 이어갔다.

"네놈? 역시 덜 서늘한 게지. 암."

우르르릉, 쾅~!

"으아아악! 보스 이 개새끼야~! 똑바로 좀 하자! 우릴 몽
땅 수장시킬 셈이냐!"

그렇게 세 번 정도 더 진이 발동하자 결국 약탈자 몽키스
단원들 사이에선 엄청난 반란이 일어나기 시작했다. 보스고
나발이고 더 이상 진식의 공포를 견딜 수가 없었던 것이다.
그리고 또다시 진식의 발동이 멈추었다.

털썩.

"제발……."

“응?”

“살… 려… 주십시오.”

뒷짐을 진 채 싱그러운 미소를 보이고 있는 슈 앞에 올베인 산맥 최고 약탈 집단 몽키스의 보스 갈퀴손 젠슨은 그렇게 무릎을 꿇었다.

CHAPTER 06
최악의 영지

Miracle

1

"휴우, 이것참… 듣기로 무척이나 외지고 낙후된 영지라
해서 그러려니 하긴 했지만 어째 해도 너무한 것 같군. 이건
완전히 첩첩산중 안에 있는 마을이네."
"와아~! 정말 조용해 보이기는 하네요."
지난 이틀 동안 고생해서 산길을 탄 슈의 일행은 어째서 이
곳이 파도타기 능선이라고 불리는지 이해할 수 있었다. 그만
큼 보기보다 험난한데다가 산을 타는 것인데도 꼬불거리며
길이 나 있어서 마치 파도를 타는 것만큼 어지러웠던 것이다.
그러나 그런 산 위에서 내려다보는 풍경은 실로 아름다웠다.
하지만 이제부터 이 지역을 다스려야 하는 슈의 입장에서

는 저 멀리 아득하게 보이는 마을의 정경이 그저 아름답게만 보일 리 없었다. 사방이 산으로 막혀 있는 영지라니……. 그것도 수도 쪽으로 연결되어 있는 길조차 능선으로 이어져 있는 이런 곳을 어떻게 발전시켜야 할지 벌써부터 막막하기만 했다.

"그런데 마이 로드."

"응?"

"어째서 그 약탈자 무리들을 그냥 돌려보내신 것입니까? 수하가 되겠다고 그렇게 애원을 했는데 말입니다."

그란텔은 이곳까지 오는 동안 내내 궁금했던 것을 결국 물어보고 말았다. 보통 사람 같으면 무려 팔십 명이나 되는 수하가 생기는데 거절할 리가 없는 것이다.

"그란텔… 한 가지만 물어보자."

"네, 로드!"

"너… 지금 저 아래 보이는 마을이 부자 마을로 보이니?"

절레절레, 그란텔이 고개를 저었다.

"그래, 맞다. 내가 이곳으로 오기 전 수집한 정보에 의하면 앞으로 내가 다스려야 할 영지의 일 년 총 세수입이 겨우 이천팔백 골드라 하더구나. 그것도 풍작일 때. 그저 그런 수확을 했을 경우에는 그나마도 안 돼서 이천 골드가 조금 넘는다더군. 그런데 이처럼 가난한 영지로 부임하면서 팔십 명이나 되는 불청객들을 데려가면 먹이고 재우는 일을 모두 어떻게 감당하겠느냐? 그것도 일반인이 아닌 병사로 써야 하는 인원이 그 정도라면 보통의 비용이 들어가는 것이 아니지. 물론 원래 내가 아버지께 받았던 한 달 용돈이 백 골드쯤 됐었으니 어느 정도 손을 벌리면 될 수도 있겠지. 하지만 영지를 발전시킨다고 큰소리까지 치고 나온 마당에 그런 일이 생겨서야 쓰겠느냐?"

"그, 그렇군요. 제 미천한 머리로는 거기까지 생각할 수 없었습니다. 죄송합니다, 로드."

"하하, 그렇다고 그렇게 기가 죽을 필요는 없다. 어차피 영지를 발전시키려면 많은 사람이 필요한 법. 인수인계가 끝나고 어느 정도 영지가 안정되면 그때쯤 그 녀석들도 불러들이기로 약속했다. 과거가 어떻든 이후 나에게 진심으로 충성을 바친다면 일부러 내칠 필요는 없겠지."

그란텔은 슈의 이야기를 수긍하면서도 벌린 입을 다물 줄 몰랐다. 그가 지금까지 알던 슈는 절대 이런 세세한 부분까지 생각할 수 있는 사람이 아니었다. 미리 부임할 영지의 세수입까지 파악해 온 것도 그렇고, 누구라도 무조건 덥석 받아들일 만한 막강한 전력감을 놓고 이렇게 깊이 생각하는 것도 그렇고… 확실히 이런 면은 본래의 슈에게 전혀 어울리는 모습이 아니었기 때문에 잠시 멍해질 수밖에 없었다.

'도대체 그날 거의 죽음 직전까지 갔던 슈 공자님에게 무슨 일이 벌어졌던 것일까? 물론 되살아나신 이후로 미친 듯이 독서를 하거나 예전에는 볼 수 없었던 사색의 시간이 길어진 것은 사실이지만 설마 이렇게까지 현명해지실 줄이야……. 정녕 불가사의한 일이로구나.'

"어서 서둘러 가자니까 무슨 생각을 그리 하느냐!"

"헉! 죄, 죄송합니다, 로드! 자, 모두 출발합시다!"

"네!"

어느 정도 휴식이 끝나자 일행은 다시 길을 재촉하기 시작했다. 이곳은 지역적으로 사방에 산이 가로막혀 있는 답답한 지형이기는 했지만 의외로 안은 상당히 넓은 편이었다. 슈는 성을 향해 가는 동안 내내 조용하고 공기도 맑은 이곳이 조금씩 마음에 들기 시작했다.

'후읍… 여기는 수도 르웬슨보다 기의 흐름이 더 충만하구나. 게다가 무척이나 정순한 것 같아. 그래, 내가 수련을 하려면 복잡한 곳보다는 이런 환경이 훨씬 나을 것이다. 영지를 발전시키는 일은 쉽지 않겠지만 시작부터 고민할 필요는 없겠지.'

그는 이런 생각을 하면서 오히려 마음에 여유를 갖기 시작했다. 알고 보면 지금의 슈는 그 거대했던 정도맹을 이끌던 최고 수뇌부 중 한 명이었고 무려 이 년 이상을 최전선에서 혈맹과 끊임없이 크고 작은 전투를 경험해 본 사람이 아니던가. 비록 나이는 어렸지만 그런 경험은 그에게 엄청난 배짱과 배포를 심어주기에 충분했다.

“그런데… 뭔가 이상하군. 분명 내가 오는 것을 알고 있을 텐데도 사람들의 태도가 그런 일을 전혀 모르는 것 같아 보여. 이상한걸?”

“성에 들어가시면 좀 따져 봐야 할 것 같습니다. 감히 로드께서 오시는데 환영식은커녕 이런 푸대접을 보이다니… 기본이 되어 있지 않은 작자들입니다.”

확실히 영지민들의 반응은 생각과 달랐다. 그저 그런 이방인을 대하는 태도라고나 할까. 물론 영지민들에게 초면부터 겁을 주기가 싫어서 신분 노출을 하지 않고 입성하려고 하기는 했지만 아무리 그렇다고 한들 확실히 이상했다.

아무리 조촐하게 왔다고는 하지만 멀리서 누가 보아도 분명 귀족의 행차가 분명해 보였다. 이런 촌구석에 올 낯선 귀족이 흔할 리도 없으니 생각이 있는 영수였다면 진작 영지민들에게 뭔가 이야기를 했어야 정상인 것이다. 하지만 지금 슈의 일행이 지나가는 동안에 마주쳤던 사람들은 슈와 눈이 마주치면 그저 고개만 슬쩍 까닥하는 것으로 귀족에 대한 예의만 간신히 차리는 정도였지, 새로운 영주가 오고 있다는 태도가 절대로 아니었다.

한 영지에서 영주란 영지민들의 완전한 주인, 즉 로드를 뜻한다. 바로 그들의 생사를 움켜쥐고 있는 절대자라는 말이다. 때문에 만일 지금 슈가 새로운 영주로 부임을 하기 위해 온 것을 안다면 절대 저런 식으로 대할 수 없는 것이다. 아마도

발아래까지 달려와 굽실거리는 것이 지극히 정상이라 할 만
했다.

슈가 원래 그 정도의 격식을 바라던 것은 아니었지만, 그것
이 대륙의 상식인 이상 지금 이곳 영지민들의 태도가 이상하
게 여겨지는 것은 당연했다.

"아무래도… 지금 영주가 일반 영지민들에게 알리지 않은
것이 분명하군. 내가 정식으로 영지를 인수받는 날짜가 아직
두 달이나 남기는 했지만 이런 일은 의외로군. 어쨌든 만나보
면 알겠지. 어서 가자꾸나."

"네, 로드!"

중원에서는 비록 제갈수가 천재라 일컬어지고 또 당시 몸
이 허약해 뭐든지 이론만 밝을 것이라 생각하는 이가 많았다.
하나 그것은 그야말로 오판이었다. 그는 그 어떤 문제이든지
그저 앉아서 생각만 사람이 아니라 오히려 직접 부딪쳐서 해
결을 하는 행동가 스타일이었던 것이다. 궁금하면 당사자에
게 듣는 것이 가장 빠른 법이고, 슈 역시 이런 간단한 방법을
두고 쓸데없는 생각을 할 이유는 없었다.

2

파도타기 능선에서 내려와 서너 개의 마을을 지나고 나자
마침내 성이 눈앞에 나타났다. 멀리서 볼 때는 그래도 볼만

했는데 막상 가까이에서 보게 된 성은 실로 금방이라도 쓰러질 것처럼 부실해 보였다. 성을 축조한 이래 단 한 번도 보수 공사를 하지 않은 게 분명했다.

'휴우… 이거 말만 성이지 완전히 개방의 거지들 수용소 같군그래. 가난한 영지라는 말은 들었지만 설마 이 정도의 거지 영지일 줄이야……'

슈가 속으로 깊은 한숨을 쉬며 이런 생각을 하고 있는 동안에 그들은 마침내 가누비엔 성 앞에 도착했다. 성문 앞에는 의외로 꽤 많은 사람들이 안으로 들어가기 위해서 줄을 서서 기다리고 있었다. 아무래도 오늘은 성내에서 장이라도 열리는 날인 듯싶었다.

"정지! 여기는 멕란드 성입니다. 어디서 오신 누구신지 정확한 신분을 밝혀주십시오."

"어허! 이분이 누구신지 정말 모르시오?"

"처음 뵙는 분을 우리가 어찌 안단 말이오!"

일반 영지민들이야 모를 수도 있겠다 싶었지만 명색이 성문을 지키고 있는 영지군들마저 새로운 영주가 온다는 사실을 모르고 있다니… 실로 기가 막힐 노릇이었다. 그렇기 때문에 그란텔은 결국 화가 나서 점점 언성을 높이기 시작했다..

"이런 발칙한 작자들 같으니라고! 이분으로 말씀드릴 것 같으면 빛의 신 아서시스님께서 인정하신 왕국의 단 한 분밖에 없는 공작 각하이시자 총리이신 티엘론 부르셀라 폰 레비안또님의 귀하신 세 번째 아드님이시다. 아울러 이번에 이곳 영지를 다스리게 되셔서 새롭게 작위를 받고 오신 슈 부르셀라 폰 레비안또 가누비엔 남작님이시니 어서 모두 엎드려 경배하라!"

"허억! 새, 새로운 영주님이시라고요?"

"그럴 리가… 그런 지시는 받은 적이 없는데……."

"당신들은 지금 이분을 인정하지 않겠다는 것이오! 어서 당장 경배드리지 않는다면 목숨이 두 개라도 모자랄 것이니 그리 아시오!"

움찔.

주춤주춤.

"귀하신 가누비엔 남작님께 인사 올립니다!"

듀란달 왕국 내에서 감히 레비안또 공작 가문 사람들을 사칭하고 다닐 만큼 엄청난 간담을 가진 사람은 없었다. 이 점은 아무리 변방의 병사들이라 하더라도 모를 리가 없었기에 결국 병사들은 새로운 로드를 맞는 예를 올리지는 못해도 고위급 귀족임을 인정하는 예를 올렸다.

"됐다. 어서 일어나서 성문부터 열어라!"

"네, 남작님! 성문을 열어라!"

지금 일반 영지민들은 큰 성문 옆에 나 있는 작은 문을 통해서 들어가고 있었다. 하지만 귀족들은 주로 말을 타고 움직이기 때문에 통상 지금처럼 중앙의 문을 열었다.

"이봐, 방금 들었어? 저 귀족 분이 분명 새로 온 영주님이시라고 했지?"

"그러게… 원래 새로운 영주님이 오시게 되면 영지 전체에 먼저 알리는 게 관례일 텐데 어째서 우리는 아무것도 모르고 있었지? 거참, 이상하네."

"그러게 말일세. 게다가 그 고귀하신 공작 각하의 셋째 아들이 이런 촌구석까지 오다니 희한한 일이네."

워낙 높으신 분들의 사정을 이런 무지렁이 평민들이 헤아릴 수는 없지만 그들도 귀가 있기 때문에 공작 가문이 얼마나 대단한 가문인지 정도는 알고 있었다. 그렇기에 지금 이런 대화를 속닥거리고 있는 것이다.

방금 성안으로 들어간 귀족이 정말로 새로 부임하는 영주리면 이깃은 엄청난 사건이라고 할 만했다. 영주란 영지 내에서는 거의 신과 동급의 권력을 지닌 존재이다. 그가 죽으라고 하면 자신들은 그 자리에서 죽어야 할 정도로 대단한 사람이니 누가 새로 영주가 되느냐는 이곳 영지민들에게 당연히 엄청나게 중요한 일이 될 수밖에 없는 것이다.

"휴우… 하긴, 누가 오든지 간에 지금 영주님보다야 낫지 않을까?"

"쉿! 이 사람이 지금 미쳤나! 여기가 지금 어디인지 잊었는가? 당장 경비병들 귀에 그 말이 들어가면 자네는 물론 자네 가족들까지 죽을 것이네. 그러니 입 조심하게."

"그, 그렇군. 휴우… 설마 듣지는 못했겠지?"

그러나 자신이 들어갈 차례를 기다리고 있던 영지민들의 이런 속삭임은 고스란히 슈의 귀에 들리고 있었다. 그는 그들의 이야기를 더 듣기 위해 일부러 말의 속도를 늦추면서 가고 있었기에 이곳 영지민들이 현재의 영주를 무척이나 두려워하고 또 그다지 좋아하지 않음을 알 수 있었다.

'으음… 내가 듣기로 현재 이곳 영지의 후계자는 여성이고 그녀가 영지를 다스린 지는 이제 고작 일 년이 채 안 되었다는데 그 짧은 시간에 무슨 일이 있었기에 영지민들은 이처럼 그녀에 대해 좋지 않은 감정을 가지고 있을까? 그리고 그녀는 어째서 내가 오는 것을 지금까지 숨기고 있었을까? 여러 가지로 의문스러운 부분이 많구나. 이제 다 왔으니 만나보면 알겠지만 점점 더 궁금해지는군.'

슈는 이런 생각을 하면서 영주가 기거하는 관사 쪽으로 다가갔다. 그사이에 놀란 병사 하나가 이상한 귀족이 나타났다는 보고를 하기 위해 그쪽으로 먼저 뛰어갔음은 물론이었다.

"흐음… 이제야 나타나네. 표정으로 보아하니 그녀만큼은 내가 온다는 사실을 분명히 알고 있었군그래."

"그러게요. 무척 당황한 모습이 역력합니다."

슈의 일행들이 영주 관사 앞에 거의 다 도착할 즈음, 화려한 원피스에 여기저기 조잡한 액세서리로 치장을 한 여자 한 명이 관사 안에서 바쁘게 걸어나왔다. 그녀는 화장도 어찌나 진하게 했는지 아직 슈 일행과의 거리가 상당했는데도 지분 냄새가 코를 찌르고 있어 모두의 인상을 찡그리게 만들었다.

"가누비엔 영지의 영주 대행 카스란 드 멕란드가 아서시스님의 영광스러운 은총을 받으신 가누비엔 남작님께 인사 올립니다!"

"그대가 이곳의 영주 대행이 맞소?"

"그렇습니다."

"흐음… 내가 슈 부르셀라 폰 가누비엔이오. 일단 들어갑시다. 할 이야기가 많으니 말이오."

"아, 네… 어서 이쪽으로 오시지요."

슈의 표정을 부지런히 살피던 카스란은 그의 얼굴에서 아무것도 발견할 수가 없자 약간은 당황한 모습으로 그를 안내히기 시작했다.

사실 원래의 영주가 죽고 딸이 그 자리를 이어받을 때는 바로 정식 영주로 임명하지 않는다. 우선 만 일 년 동안 영지를 다스릴 수 있게 해놓고 일 년이 지난 다음에야 정식 영주로 인정하는 것이다. 어쨌든 아직까지는 여자의 권리가 그다지 크지 못하기 때문에 아들이 영지를 세습받을 때와는 차별을 하는 것이다. 때문에 그녀는 자신을 영주 대행이라고 소개할 수밖에 없었다.

"그란텔은 모두 쉬게 해준 다음 따라오너라. 이것 보시오, 레이디 멕란드."

"네, 남작님."

"먼저 저 병사들과 하인들이 쉴 수 있도록 해주시오. 먼 길을 오느라 고생한 사람들이니 각별히 신경 써주어야 할 것이오."

"그, 그러겠습니다. 무엇들 하느냐. 어서 그자들이 편히 쉴 수 있도록 안내해라!"

"네, 영주님!"

누구의 명인데 거절하겠는가. 카스란은 여전히 슈의 눈치를 살피며 곁에 있던 시종장에게 그들을 안내하게 하고서는 다시 슈와 함께 관사 안으로 들어갔다. 과연 그녀는 어째서 슈가 올 것이라는 사실을 감추었던 것일까? 아직은 아무것도 알 수가 없었다.

3

"여기가 성주 집무실입니다. 이쪽으로 들어가시지요."

"흠… 내부는 그래도 밖에서 보는 것보다는 조금 낫군. 고맙소."

카스란의 안내로 성주 집무실까지 따라 들어간 슈는 관사에 들어서자마자 사방을 유심히 살펴보다가 이렇게 한마디 했다. 밖에서 볼 때는 바람만 강하게 불어도 폭삭 쓰러질 것처럼 보였는데 그나마 안은 고풍스럽고 깔끔한데다가 의외로

단단해 보였다. 오래되고 관리가 소홀해서 전체적으로는 부
실해 보였었는데 안에서 보니 건축 구조물 자체는 앞으로 백
년이 더 지나도 끄떡없을 정도로 잘 만들어져 있었다.

'흐음… 위를 아치 형태로 만들어 하중을 더 견딜 수 있게
만들었군. 게다가 건물의 골격을 이루고 있는 것은 분명 화강
암 같구나. 이런 구조물이라면 조금만 손보면 훨씬 괜찮은 성
으로 거듭날 수도 있겠군.'

그는 진식뿐 아니라 기관학에도 조예가 깊은 사람답게 한
눈에 성의 구조를 파악했다. 아니, 아예 앞으로 어떻게 손을
봐야 할 것인지까지 벌써 머릿속에 설계도를 그리고 있었으
니 확실히 괜히 천재 소리를 들은 것은 아닌 듯했다.

딸깍, 쪼르륵~

"이 지방에서만 양조되는 '퐁카수'예요. 한잔 드셔 보세
요."

"퐁카… 주?"

"네, 이 지역은 보셨다시피 사방이 산지인데다가 워낙 높
은 지대가 많아서 퐁카가 지천으로 널려 있지요. 그 퐁카의
열매를 따서 만든 술인데 마실수록 감칠맛이 있고 빨리 취하
지만 뒤끝이 없어서 이 지역 애주가들에게는 상당히 인기가
있는 술입니다."

제갈수는 거의 술을 즐기지 않았지만 슈는 술이라면 자다
가도 벌떡 일어날 만큼 좋아했다. 이는 나이를 감안해 본다면

진짜 무척이나 빨리 까졌다고 말할 수도 있겠지만 사실 가르
텐 대륙에서는 만 16세가 되면 성인식을 치르기 때문에 꼭 그
런 것만도 아니었다. 게다가 슈의 외모는 무척이나 귀티가 나
고 잘생겼지만 확실히 나이가 들어 보이는 스타일이었기에
그가 술을 마시는 것은 그다지 어색하게 느껴지지 않고 있었
다.

　"향이 그렇게 강하지는 않지만 은은하게 풍기는 것이 좋은
술이라는 것을 짐작하게 하는군. 어디……."

　꿀꺽— 꿀꺽—

　'호호… 그래, 어서 마셔라. 네놈이 그러면 그렇지. 역시
망나니라는 소문이 틀리지 않은 것 같군. 술에 저렇게 쉽게
넘어가는 것을 보니 말이야. 그렇다면 요리하기가 훨씬 편하
겠어.'

　슈가 아무 망설임 없이 술을 들이마시자 카스란의 입술이
묘한 비틀림을 보였다. 뭔가 득의양양한 표정을 지으며 그런
생각을 했던 것이다. 사실 애초 공작가의 셋째 아들이 이곳의
후임 영주로 온다는 소리를 듣는 순간부터 그녀는 그에 관한
정보를 끌어 모으기 시작했다. 그것을 알아야 자신이 계획하
고 있는 일을 어떻게 진행시켜야 할지 방향을 잡을 수 있었기
때문이다. 그렇게 모은 정보를 토대로 내린 그녀의 결론은 슈
라는 인간은 배경만 엄청난 망나니 도련님이기에 다루기가
별로 어렵지 않을 것이라는 판단이었다.

그래서인지 그녀는 점점 더 도발적인 자세를 취하면서 슈에게 자꾸 술을 더 마시게끔 유도하기 시작했다.

"캬아아~! 과연… 애주가들이 좋아할 만하네. 한 모금에 속이 찌르르해지는 것이 진정 술이란 이런 것이구나, 하는 기분을 단번에 느끼게 해주는군. 남은 게 있으면 한 잔 더 부탁하오."

"호호호, 그러세요. 업무는 내일로 미루시고 오늘은 편안하게 한잔 드시고 푹 쉬세요. 그래야 장거리 여행의 피로가 좀 가실 거예요."

"그럼 그렇게 할까요?"

하지만 이미 카스란의 유혹적인 태도에서 뭔가 이상함을 느낀 슈는 이미 슬쩍 태극무상심법을 운용하고 있었다. 원래 모든 정종 심법은 제내에 탁한 기운을 몰아내는 효능이 있게 마련이지만 이 태극무상심법은 아예 처음부터 탁한 기운이 인체에 들어오게 되면 그것을 바로 분해해서 정순하게 만드는 효력까지 있었기 때문에 이렇게 운용을 하면서 마시면 아무리 마셔도 취할 일이 없었다.

"벌컥벌컥~! 캬하~ 이것참… 마실수록 더 당기는 술이라니……."

"여기 더 드릴게요……."

쪼로록.

"딸꾹~ 한 잔 더~!"

쪼르륵.

"딸~꾹! 더~!"

쪼륵쪼륵~ 똑, 똑.

'이런 빌어먹을 자식! 망나니 소리가 괜히 붙은 게 아니네. 이 퐁카주는 무려 오십 년이나 묵은 거라 나도 아까워서 못 마셨던 것인데… 게다가 장정들도 한 병만 마시면 이틀 동안 일어나지 못할 만큼 독한 술을 세 병이나 처먹다니… 이제 겨우 다섯 병도 안 남았을 텐데 더 줘야 하나… 젠장 맞을 놈, 어디 취하고 나서 보자…….'

한 잔 더가 어느새 큰 병으로 세 병이나 마시는 결과를 초래했다. 원래 이 '퐁카주'는 무척 독한 술이었다. 이 지역은 대부분 산악 지역인만큼 한겨울에는 워낙 추운데다가 사냥꾼들이 많아서 대체적으로 술이 독할 수밖에 없는 것이다. 그런 술을 무려 세 병이나 마신 사람은 카스란의 기억 속에서는 슈가 유일했다. 그녀는 애초부터 슈를 취하게 할 목적이긴 했지만 그의 주량을 너무 만만하게 생각한 것을 후회했다.

"이런, 집무실에 있던 술을 모두 마셨네요. 잠시만 기다리세요. 몇 병 더 꺼내오게 해야겠네요."

"얼마 마시지도 않았는데… 그… 새… 떨어지… 다… 니… 흠냐……."

쿵!

하지만 그녀가 술을 더 가져오게 하려고 일어나는 순간, 황소처럼 마시던 슈가 결국 만취가 되어서 탁자에 머리를 처박고 엎어지고 말았다.

"그러면 그렇지. 퐁카주를 세 병이나 마시고도 더 버텼다면 사람새끼도 아니지. 휴우, 이렇게 되면 일이 너무 싱겁게 끝난 것 같네. 하긴 원래 이 작자를 호위하기 위해 따라왔어야 할 기사들이 빠진 것도 알고 보면 내게는 천운이라 할 수 있었지. 공작가의 기사들이 따라붙었으면 정말 힘든 상황이 되었을 텐데 말이야. 도슨, 어서 들어와라!"

"네, 성주님!"

그렇게 슈가 쓰러지자 카스란은 문을 열더니 도슨이라는 자를 불러들였다. 잠시도 망설임없이 이렇게 움직이는 것으로 보아 이미 이 일은 사전에 계획했던 것이 분명해 보였다.

"이자를 어서 옮겨라. 그리고 참, 이자의 일행은 모두 잘 처리했느냐?"

"물론입니다. 케인과 부르웰라가 은밀히 불러내서 함정에 빠뜨렸으니 일이 끝날 때까지는 나오기 힘들 것입니다."

"알았다. 다른 영감탱이들이 돌아와서 눈치채면 안 되니 매사에 조심해서 움직여야 한다. 어서 가라."

"네! 걱정하지 마십시오. 어서 저자를 옮기자."

"알겠습니다, 도슨 기사님!"

끙차～!

도슨은 함께 들어온 두 명의 사내에게 슈를 들게 하더니 어디론가 데리고 갔다. 그러자 카스란은 갑자기 테이블에 놓인 빈병과 유리컵까지 모두 양손으로 쓸어버리면서 신경질을 부렸다.

와르르르~ 와장창!

"빌어먹을! 공작이 시간을 조금만 더 늦추었어도 이런 일을 벌일 필요가 없었을 텐데… 뭐가 그렇게 급하다고 벌써 보낸 것인지… 이런 가난한 거지 같은 영지를 인수하는 데 무슨 두 달씩이나 필요하냐고! 썅!"

그녀는 애초부터 이 영지를 인수받을 사람이 오는 날짜를 최소한 한 달 후로 생각했다가 낭패를 당한 것이다. 설마 공작도 속으로 믿지 못하는 아들을 보내게 되는 바람에 인수인계 시간을 훨씬 길게 잡을 것이라고는 전혀 생각하지 못했기 때문이다. 그녀는 대체 무슨 꿍꿍이속이 있는 것일까?

4

"그러므로 '콰론 강의 전투'는 완전히 최악의 병법을 선택함으로 인해서 패한 전형적인 예라고 할 수 있습니다. 그 당시 메조힌 왕국의 사령관이 강의 특성을 이용할 줄만 알았다면 충분히 승리했을 텐데 적군을 너무 쉽게 생각하는 바람에 대패를 당했다고 할 수 있지요. 이런 예를 보아서도 알겠지만 이처럼 가장 최고의 승리 공식은 치밀한 전술 전략을 미리 세워서 싸울 때 가능하다는 것입니다. 에, 또…….”

“언니, 대체 수업에 열중하지 않고 무슨 생각을 그렇게 열심히 하는 거예요?”

“아, 생… 생각은 무슨… 그냥 지금 교수님 강의 내용에 대해서 생각하고 있는 거지. 잠깐만 나 질문 좀 하나 할게.”

“알았어요.”

왕립 아카데미의 병법 학부의 강의실에는 지금 모두 스물여섯 명의 학생들이 강의를 듣고 있었다. 하지만 이 가운데 여학생은 단 두 명뿐이었다. 특이할 정도로 검술과 병법에 관심이 많은 올리비아 공주와 그녀를 너무 좋아해서 함께 수강 신청을 한 공작가의 영애 알렉시스가 바로 그녀들이었다.

“저기… 교수님, 질문 있는데요?”

“아, 네. 어서 하십시오, 공주마마!”

“정말로 승리 공식 가운데 가장 좋은 방법은 전술 전략을 세워놓고 싸우는 건가요? 만일 싸우지 않고도 적을 굴복시킬 수 있다면 그것이 더 나은 것 아닐까요?”

“네? 아니, 싸우지도 않고 어떻게 적을 굴복시킵니까? 저로서는 공주마마의 말씀을 이해하지 못하겠군요. 허허허.”

현재 열심히 강의를 하던 교수는 한때 듀란달 왕국의 작전 사령관을 맡았던 비하인드 백작이었다. 그는 이미 왕국 내에서 병법의 일인자라는 명예로운 호칭을 듣던 사람이었기에 나이가 들어 은퇴를 하면서 아카데미의 병법 학부 총장을 맡게 된 것이다.

즉, 누구도 그의 앞에서는 병법을 함부로 논하지 못할 만큼 이 분야의 최고 권위자인 것이다. 그런 사람이 올리비아의 질문을 듣고 고개를 절레절레 저으며 이렇게 말하자 다들 공주의 얼굴을 뚫어지게 바라보며 의아한 표정을 짓고 말았다. 올리비아 공주처럼 똑똑한 사람이 어떻게 저런 멍청한 질문을 할 수 있을까 싶은 얼굴로 말이다.

"그렇군요. 하긴 싸우지도 않고 적이 굴복한다는 말 자체가 뭔가 이상하기는 하네요. 저는 단지 문득 그런 엉뚱한 생각이 들어서 갑자기 궁금해졌거든요. 죄송합니다."

"…별말씀을요. 요즘 공주마마께서 너무 학업에 열중하시다 보니 많이 피곤하셨던 것 같군요. 허허……."

땡! 땡! 땡!

"이런, 오늘 수업은 여기까지 하겠습니다. 모두 내일 다시 만납시다. 이상."

올리비아 공주는 지난번에 슈가 이야기해 주었던 병법이 떠올라서 질문을 했던 것이다. 하지만 여기서 더 떠들어보았자 아무 소용이 없음을 깨닫고는 그냥 질문 내용을 흐지부지 얼버무리고 말았다. 그녀는 원래부터 남의 생각이나 시선을 신경 쓰는 성격이 아니었던 것이다. 때문에 비하인드 교수 역시 뭔가 이상했지만 자신이 더 물고 늘어지면 고귀한 공주의 체면이 손상될 것 같아서 그쯤에서 수업을 마무리 지어버렸다.

"언니! 저와 잠시 이야기 좀 해요."

"응? 왜?"

"아까 그 질문… 대체 무슨 뜻으로 하신 거지요?"

"무슨 뜻은……. 그냥 엉뚱한 생각이 들어서 해본 거라니까."

수업이 끝나고 기숙사로 돌아가려던 순간, 렉시는 리비(올리비아의 애칭) 공주의 앞을 가로막더니 그녀와 함께 아카데미 정원을 걸으며 질문을 하였다. 그녀가 알기로 이 리비 공주님은 절대 허튼 질문을 할 사람이 아닌 것이다. 게다가 자신의 가문에 함께 다녀온 이후로 그녀는 뭔가 달라졌기 때문에 더욱 궁금한 점이 많았다.

"다른 사람에게 그렇게 말한다면 다 넘어가겠지만 전 언니의 웃는 모습까지 아는 유일한 사람이에요. 속일 사람을 속이라고요. 어서 말해봐요. 대체 그 질문을 한 의도가 무엇이었는지 말이에요."

"너 말고 내가 웃는 모습을 본 사람이 또 있단다."

"네? 그, 그게 누군데요?"

"바로 너의 셋째 오빠… 슈님이라고 했었지?"

"네에에? 우리 슈 오빠 앞에서 정말 웃었어요? 이런 맙소

사! 그 인간 이제는 상사병까지 걸리게 생겼네. 이를 어쩐
담."

리비 공주는 정작 렉시의 질문 요점에서 벗어난 대답을 먼
저 했다. 하지만 그 대답의 내용이 워낙 충격적인 것이라 렉
시는 입을 딱 벌리며 안절부절못했다. 슈에 대해 잘 아는 그
녀의 입장에서는 비록 슈를 좋아하기는 하지만 그가 얼마나
단순한 인간인지 잘 알고 있었기에 이런 걱정이 들었던 것이
다. 그만큼 리비 공주의 웃음은 그 자체만으로도 살인적인 유
혹이었고, 이 사실을 국왕과 렉시만큼은 너무 잘 알고 있었
다.

"그게 무슨 소리지? 상사병까지 걸리다니?"

"휴우… 이렇게 된 이상 뭘 더 숨기겠어요. 사실 우리 가문
의 잘난 오빠들 가운데서 슈 오빠가 제일 못난이거든요. 어릴
때는 똑똑했다는데 어느 날부터인가 바보가 됐다고 엄마가
그러시더라고요. 하지만 전 누구보다 슈 오빠를 사랑하고 좋
아해요. 문제는 그 인간은 죽었다 깨어난다 해도 언니의 반려
자 감이 될 수는 없다는 데 있지요. 그런 인간 앞에서 언니가
웃었다면 보나마나 그 인간의 평상시 성격으로 봐서 상사병
이 걸릴 게 분명한데 그걸 누가 고쳐 주겠어요?"

"뭐라고? 그, 그건 너무 비약적으로 생각하는 것 아닐까?
그리고 그분에 대해서 너도 모르는 게 하나 있는 것 같구나."

렉시의 말에 리비 공주는 어처구니가 없어졌다. 하긴 본인

스스로야 자기 웃음이 얼마나 매력적인지 알 리가 없었겠지
만 그것보다는 그녀가 만나보았던 슈의 이미지로 볼 때 그는
겨우 그 정도로 쉽게 넘어갈 남자는 절대 아니었던 것이다.

"제가 모르는 거요? 그게 뭔데요?"

"그분은… 알고 보니 무척이나 똑똑한 사람이더구나. 아까
네 질문의 답이 되기도 하겠지. 너니까 솔직히 말하는 거지만
그날……."

결국 리비 공주는 렉시에게 그녀가 공작가를 방문해 도서
실에서 슈를 만났던 상황을 이야기하기 시작했다. 그가 책에
푹 빠져 있을 때 만나게 된 이야기부터 그와 나누었던 대화까
지…….

"그래서 아까 싸우지 않고 적을 굴복시키는 방법에 관해
혹시 비하인드 교수님께서도 알고 세신지 궁금해서 질문을
했던 거란다. 그렇지만 예상대로 모르더구나. 이것만 보아도
슈님께서 알고 있는 지식이 얼마나 대단한 것인지 알 수 있
지. 더 솔직히 말한다면… 그분은 이미 내 마음속의 선생님이
되어버렸다. 그런데 우리 선생님은 잘 계시겠지?"

"헤에, 선… 선생님이라고요? 그것도 리비 언니의? 말… 말
도 안 돼!"

길고 긴 리비 공주의 이야기가 끝났지만 렉시는 뭐라고 대
답하지 못하고 있었다. 지금 공주가 거짓말을 하는 것이 아님
은 누구보다 그녀가 잘 알 터였다. 그녀가 리비 공주를 만나

가까이 지낸 세월이 벌써 칠 년인데 설마 그 정도도 모르겠는가. 그렇기에 더 멍청해진 것이다. 그 말썽쟁이 슈 오빠가 왕국 최고의 브레인인 올리비아 공주로부터 선생님이라는 칭호를 받다니… 이건 꿈이 분명했다.

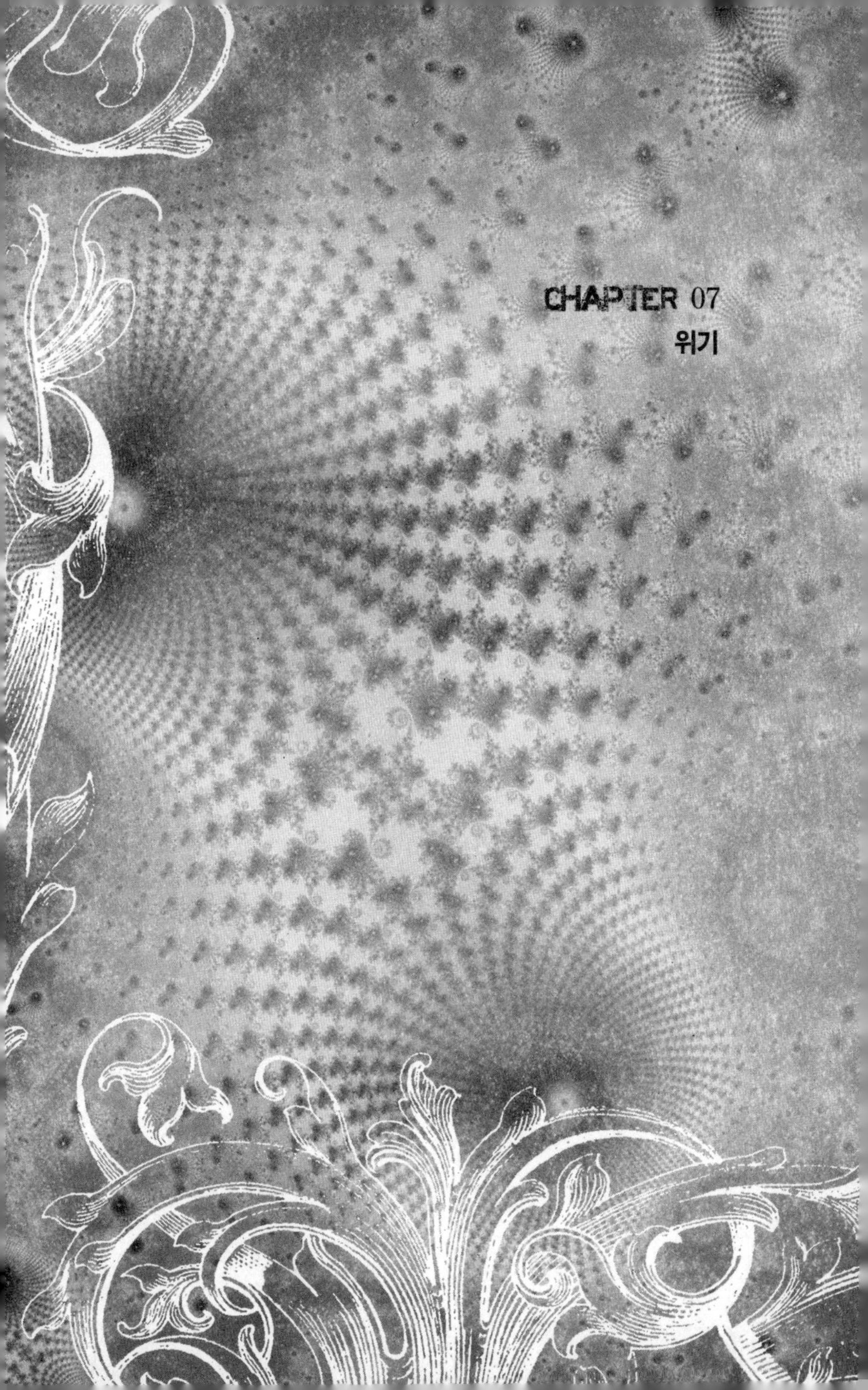

CHAPTER 07
위기

Miracle

1

덜커덩 ~ 덜컥.

'흐음, 이것들이 아주 성 밖으로 끌고 가는군. 대체 어디로 가는 것일까?'

아예 취해서 쓰러졌다면 몰라도 말짱한 정신에 팔이 묶인 채 마차에 실려 어디론가 끌려가고 있는 슈는 약간 겁을 먹고 있었다.

그가 새로운 육체를 얻어 그동안 충실하게 심법을 연공하면서 육체 훈련을 병행했다고는 하지만 아직 그 능력이 대단하다고 보기에는 무리가 많았다. 물론 슈의 육체를 얻은 이후 지난 7개월 동안 꾸준히 심법을 연공해서 얻은 내력이 무려

20년이 조금 넘고 있어서 일반인과는 비교도 할 수 없을 정도의 힘을 길렀다고 할 수는 있겠지만 그 정도 가지고 초인이 된 것은 아니기에 불안감이 드는 것은 당연했다.

"워어어어~! 어서 짐을 내리고 성주님을 기다려라!"

"네, 도슨 기사님!"

"끙차~ 이거 보기보다 왜 이리 무거워. 젠장!"

"끙끙……."

털썩!

'윽, 이것들이 사람을 정말 짐짝 취급을 하네. 아이고오, 꼬리뼈야. 그나저나 나를 성 밖으로 일부러 끌고 온 것으로 보면 이 일에 성안의 모든 자들이 단합한 것은 아닌 것 같군. 보아하니 그 소름 끼치게 징그러운 계집애와 몇몇 기사들만 한통속인 게 분명해. 으음… 취한 척 따라온 보람은 있지만 과연 어떤 일을 벌이려는 것인지는 여전히 궁금하군.'

슈는 살며시 실눈을 뜬 채 주위를 살폈다.

'가만있자, 이곳은 오래된 창고 건물 같은데……. 횃불을 걸어놓게 되어 있는 고리가 있는 것으로 보아 전시에는 전초기지 비슷한 용도로도 쓰이는 건물 같구나. 일단 횃불걸이가 사방 네 곳에 있고 문고리라……. 흐음, 동서남북 사방과 천원까지 있으니 잘하면 억지로 끼워 맞출 수 있을 것 같구나. 그나저나 그란텔과 다른 사람들은 어떻게 되었을까?'

사내 두 명은 슈의 양팔과 두 다리를 묶은 채 들어 올리더니 컴컴한 건물 안으로 집어 던지고는 다시 밖으로 나갔다. 그러자 내내 정신이 없는 척 눈을 감고 있던 슈가 눈을 번쩍 뜨곤 사방을 조심스럽게 살펴보기 시작했다. 그나마 다행인 것은 이 건물은 성처럼 워낙 오래돼서 천장 사방에 구멍이 나 있어 별빛이 조금씩 스며드는데다가, 심법을 연공하면서부터 슈의 눈이 좋아져서 주변 사물을 구별하는 데는 큰 불편함이 없다는 점이었다. 특히, 그는 횃불을 걸어둘 때 쓰는 쇠로 된 걸이와 문고리 등을 꼼꼼히 살펴보며 알 수 없는 소리를 중얼 거렸다. 그런데 바로 그때,

다그닥, 다그닥.

"어서 오십시오, 성주님!"

"그자는 안에 잘 가두어놓았는가?"

"네, 아마 아직두 정신 못 차리고 있을 것 같긴 합니다만… 일단 들어가 보시지요."

철커덕.

"이런, 아직도 술 냄새가 진동을 하는군. 어서 저자를 깨워 라."

"네!"

카스란의 명령에 두 사내는 애초 준비해 왔던 것인지 나무 물통에 들어 있던 물을 슈의 머리에 그대로 쏟아부었다.

"푸우! 풉풉! 앗 차가! 이게 뭐야~!"

"호호호! 이제 정신이 좀 드나요? 이 술주정뱅이 공자님아."

"너, 너는… 카스란……. 이게 지금 무슨 짓인가. 나랑 지금 장난을 치자는 것이냐? 하지만 장난 치고는 너무 심하군. 좋게 말로 할 때 어서 당장 이것을 풀어라!"

"장난이라… 공자님께서는 이게 장난으로 보이십니까? 아무리 망나니라 해도 명색이 공작가의 도련님이신데 설마 이런 장난을 칠 리가 있나요. 저는 목숨이 여벌로 하나 더 있는 사람이 아니랍니다."

아까 술자리를 함께할 때와는 완전히 다르게 카스란은 싸늘한 분위기를 풍기며 이야기했다. 그녀도 사실 공작가의 셋째 아들을 이런 식으로 다루고 싶을 리는 없을 것이다.

그녀가 이런 일을 저지르는 이유는 둘 중 하나였다. 목숨을 내걸 정도로 절박한 일이 있거나 아니면 슈를 처치해 버리고 아예 어디론가 사라질 생각이거나.

만에 하나 그녀가 계속 듀란달 왕국에 살아가야 한다면 절대 이런 일을 만들지 않았을 게 분명했다. 듀란달 왕국 내에서 감히 레비안또 공작 가문과 척을 지려는 멍청한 자는 없을 것이기 때문이다.

"그렇다면 어디 이유나 들어보자. 나를 이렇게 핍박해서 이득될 일이 대체 무엇이냐? 아버지의 정적이 시킨 것이냐? 아니면 이곳 영지에서 더 취할 것이 있는데 내가 너무 빨리 와서 그런 것이냐?"

"아! 당신이 정말로 망나니라고 불리는 슈 공자 본인이 맞나요? 설마 이렇게 정곡을 찌르는 질문을 할 줄이야. 솔직히 감탄했어요."

"그렇다면?"

"당신의 예측은 놀랍게도 맞았어요. 물론 둘 중 어느 것이라고 짚어서 대답할 수는 없지만요."

"으음… 어느 것인지 대답할 수 없다는 이야기는 둘 다 해당된다는 이야기로군. 그리고 아버지의 정적이라면 바로 콘웰 마르시앙 후작이 사주를 한 것 일 테고……."

"다, 당신 누구야! 내가 알고 있는 슈 공자라면 절대 이렇게 똑똑할 리가 없다. 어서 정체를 밝혀라!"

카스란은 장난식으로 대꾸하다가 소스라치게 놀라고 말았다. 자신도 모르게 슈의 유도심문에 넘어가고 만 것이다. 그녀 역시 두뇌가 비상한 여자였기 때문에 이처럼 추리만으로 진실을 바로 파악해 내는 것이 얼마나 힘든 것인지는 충분히 알 만했다. 그리고 똑똑한 사람일수록 자신보다 훨씬 뛰어난 존재를 대하게 되면 속으로 두려움이 생기게 마련이다.

"큭큭, 뭘 그리 놀라지? 그 정도쯤은 잠깐만 생각해 보면 금방 알 수 있는 일인데. 그리고 내가 슈인 것은 분명하다. 설마 우리 듀란달 왕국에서 공작가의 아들을 사칭할 정도로 간이 부은 인간이 있을 거라고 믿고 있는 것은 아니겠지? 그것도 광고라도 하는 양 공범들까지 줄줄이 끌고 다니면서 말이야."

"그, 그건……."

"카스란! 잘 들어라. 네가 무엇 때문에 감히 나를 이렇게 대하는 것인지는 모르겠다만 지금이라도 늦지 않았다. 어서 나를 풀어주고 네 사정을 이실직고한다면 내 친히 너의 죄를 덮어주고 없었던 일로 해줄 수도 있으니 잘 생각해 보아라! 기회는 지금뿐이다."

여전히 팔다리가 묶여 있어서 몸도 제대로 가누지 못하고 있는 젊은 애송이일 뿐이었다. 하지만 지금 슈가 내 보이는 위엄은 실로 아무나 흉내 낼 수 있는 수준이 아니었다.

이것은 현재 슈가 과거의 정의맹 군사였던 제갈수의 영혼을 담고 있기 때문이기도 했다. 그 위에 비록 망나니처럼 살아오긴 했지만 속으로는 늘 레비안또 공작 가문에 대한 자부심이 강했던 슈 본래의 모습과 겹쳐져서 이런 엄청난 위엄을 보일 수가 있는 것인지도 몰랐다.

"으음… 하지만… 하지만… 아악! 아니, 안 돼! 난 할 수 없다. 그분의 명령을 거역할 수 없단 말이다. 그리고 그러기에는 네 녀석이 너무 빨리 왔다. 한 달만 더 늦게 내려왔어도 굳이 그분의 도움을 받지 않아도 되었을 것을……. 일단 그분과 손을 잡은 이상 거역할 방법은 없다. 그분은… 너무나… 두렵다."

'설마 그 콘웰 마르시앙 후작이 이처럼 무서운 존재였나?

그가 아버지와 유일하게 비견되는 권력자이기는 하지만 설마 그 멀리서 이 여자를 두려움에 떨게 할 정도였다니… 뭔가 비밀이 있는 게 분명하다. 그게 대체 뭘까?

카스란의 도가 지나친 반응에 슈는 뭔가 점점 더 미궁 속으로 빠져드는 기분을 느꼈다. 그녀는 지금 자신의 제안에 마음이 순간 흔들린 것이 분명했지만 알 수 없는 두려움 때문에 힘겹게 그 유혹을 뿌리치는 것처럼 보였다. 그녀라고 해도 공작가의 아들을 죽이고 싶지는 않았을 것이다.

2

"당신이 생각보다 훨씬 똑똑하다는 것은 알겠어요. 덕분에 이야기가 더 잘 통할 것 같아 오히려 다행이네요. 방금 이야기했듯이 나를 설득할 생각은 버리세요. 그러기에는 이미 늦었으니까요. 이제 길은 오직 하나뿐이에요. 내 제안을 따른다면 살 것이고, 거절한다면 어쩔 수 없이 죽일 수밖에 없다는 것만 미리 알아두세요."

"정말로 나를 죽일 작정이군. 좋아. 그렇다면 그 제안이라는 것을 들어보지. 아참, 그리고 괜찮다면 나를 좀 앉게 해주겠나? 그래도 어여쁜 레이디랑 대화를 하는 자리인데 이런 꼴로 누워서 이야기를 나누려니 기분이 영 별로군."

"세간에서는 공작가 셋째 도련님을 개망나니라고 놀려대

더니 사실은 전혀 그렇지 않군요. 당신은 내가 두 번째로 보는 진짜 남자의 향기를 가진 사람 같아요. 무엇들 하느냐. 저 분을 앉혀 드려라. 정중하게 다루어야 한다.”

“네!”

카스란은 솔직히 감탄을 하고 말았다. 그녀는 어릴 때부터 제법 많은 남자들을 만나보았기 때문에 남자를 보는 눈이 무척 까다로운 편이다. 아니, 어지간한 남자는 남자로 여기지도 않는다고 해야 옳을 터였다. 그런데 원래대로라면 가장 싫어할 타입인 공작가의 망나니 셋째 아들이 지금 보여주는 여유는 남자다운 배짱이 없고서는 절대 불가능한 일이었다. 특히 귀하게 자란 최고의 귀족 아들이라면 덜덜 떨면서 애원을 해야 맞을 텐데 저 인간은 그런 예상을 완전히 뒤엎어 버렸던 것이다.

“끙차~! 이제 한결 낫군. 아직 불편하기는 하지만 아주 꼴사나운 모습은 면했으니 고맙다고 해야 하나?”

카스란의 수하들에 의해 의자에 앉은 슈가 한숨 돌린 후 말했다.

“저도 아까보다는 이야기하기가 훨씬 낫군요. 진작 앉혀 드릴 걸 그랬어요. 포박도 풀어드리고 싶지만 그것만큼은 곤란하니 양해해 주세요. 자, 그럼 본격적인 이야기를 나누어볼까요?”

“기대가 되는군. 그런데 그전에 한 가지만 더 물어보자. 우리 애들은 어떻게 되었지? 설마 죽이지는 않았겠지?"

"제가 나쁜 여자인 건 인정하지만 아무나 막 죽이지는 않아요. 당연히 모두 살아 있지요. 물론 잠시 동안 격리된 채로 있어야 하겠지만요."

가만 보니 시간이 흐를수록 카스란이 그렇게 나쁜 여자 같지는 않다는 느낌이 들었다. 슈는 그녀가 어쩌면 스스로의 의지보다는 어떤 사연 때문에 이런 사건을 저지른 것인지도 모른다는 생각을 했다. 물론 아무리 그렇다고 해도 그녀가 지금 저지르고 있는 일은 쉽게 용서할 성질은 아니었지만.

"그건 참 잘했군. 만약에 그들에게 어떤 이상이라도 생겼다면 당신은 무척 후회하게 되었을 거야. 그런데 나에게 할 제안은 무엇이지? 결코 좋은 제안은 아닐 것 같은데?"

"이 영지를 인수하고 나면 콘웰 마르시앙 후작님께 양도를 한다는 문서를 작성해 주세요. 물론 본인 친필로 써야 해요."

"뭣이라고? 아니, 그걸 지금 말이라고 하는 거야? 내가 그 작자한테 왜 영지를 양도해야 하지? 그것은 나의 아버지를 배신하는 행위라는 것을 모르나? 내가 비록 왕국 내에서 망나니라고 소문나기는 했지만 아버지를 배신할 만큼 천하의 나쁜 놈은 아니라고!"

너무나도 황당무계한 제안이라 그렇게 침착하던 슈도 결국 소리를 지르고 말았다. 이것은 제안이라기보다는 완전히 정신 나간 협박이었던 것이다. 물론 이 영지의 접경지대에 콘웰 마르시앙의 영지가 붙어 있기는 했다. 하지만 이 문제는 겨우 이곳처럼 낙후된 영지 하나를 먹자고 부리는 수작이 분명 아니었다. 왕국 최고 귀족인 레비안또의 셋째 아들이 자신의 영지를 콘웰 후작에게 바쳤다는 소문이 나게 되면 졸지에 레비안또 공작은 비웃음거리가 될 것이며 자칫하면 콘웰 마르시앙 후작이 그런 레비안또 공작보다 그릇이 더 큰 영주로 비춰질 터였다. 절대 그런 일이 일어나서는 안 되는 것이다.

"물론 당신의 기분은 이해해요. 하지만 정말로 콘웰 마르시앙 후작은 무서운 사람입니다. 내가 당신을 살려준다 해도 그가 분명 당신을 해칠 거예요. 그러기 전에 차라리 먼저 항복을 하세요. 그게 현명합니다. 우선 살아남아야 복수도 할 수 있고 명예 회복도 할 수 있는 것이니까요. 거부하시면 후작이 아니더라도 어차피 제 손으로 죽일 수밖에 없으니 알아서… 결정하세요."

그녀는 그렇게 말을 하면서 뒤를 의식하는 듯한 모습으로 눈을 찡긋거렸다. 슈는 갑자기 그녀가 그런 태도를 보이자 그녀 뒤에 서서 여전히 자신을 노려보는 기사 도슨과 두 명의 사내를 살폈다. 그리고 뭔가를 알았다는 듯 그녀를 유심히 바라보며 한마디 했다.

"후우… 좋소. 당신 말대로 살아남아야 복수든 뭐든 할 수 있겠지. 당신 뜻대로 할 테니 우선 나에게 물을 한 잔 주시오. 술이 깨려는지 갈증이 지독하군."

“그에게 물을 가져다 줘라.”

“알겠습니다.”

다시 사내 하나가 물을 가지러 나간 사이 슈는 몸을 슬쩍 틀더니 손가락을 가볍게 튕겼다. 그러자 방금 사내가 서 있는 바람에 가려져 있던 문고리가 살짝 움직였다. 그는 그렇게 몇 번을 더 손가락으로 은밀하게 지풍(指風)을 날려 횃불걸이를 하나씩 건들다가 사내가 물을 가지고 들어오자 멍청해 보이는 표정으로 물을 마시려고 버둥거렸다.

“미안하지만 물을 좀 먹여달라. 양손이 묶여 있으니 무척 답답하군.”

“자, 마셔보시오.”

“허푸~ 켁켁! 이, 이런…….”

땡그랑~!

슈는 사내가 내민 물그릇에 입을 대고 마시려는 자세를 취하다가 그만 그대로 물그릇을 엎고 말았다. 워낙 자연스러워서 그 누구도 그가 고의로 그런 것이라고는 생각할 수 없었기에 또다시 사내는 투덜거리면서 물을 가지러 나갔다. 아마 근처에 우물이 있는 모양이었다.

‘흐음… 됐다. 방위에 맞게 모두 방향을 틀었으니 내 계산이 정확하다면 이제 물그릇만 저 지점에 던져 놓으면 될 것이다.’

그는 이런 생각을 하면서 천천히 심호흡을 했다. 단 한 번에 물그릇을 제대로 놓지 못한다면 꼼짝없이 사내 세 명에게 잡혀서 진짜로 카스란의 말에 따라야 할지 모르는 것이다. 그는 겉으로는 여전히 태연해 보였지만 어느새 등으로 식은땀이 주르륵 흘러내리고 있었다.

"아, 이거 진짜 미안한데 손을 한 번만 풀어다오. 아무래도 너무 불편해서 마실 수가 없네. 나는 지금 비무장인데다가 다리까지 풀어달라는 것은 아니니 위험할 것도 없지 않은가."

"그건 안 된다!"

슈가 자신의 두 손을 몸짓으로 가리키며 말하자 도슨 경이라 불린 사내가 단호한 목소리로 거절했다.

"도슨 경, 그의 말대로 해주어라. 어차피 그는 도망갈 방법도 없으니. 설마 도슨 경은 무기도 없이 다리까지 묶여 있는 애송이 공자가 두려운 것은 아니겠지?"

"으음… 물론입니다. 그자의 포박을 잠깐 풀어주어라!"

결국 카스란의 말에 도슨 경은 사내들에게 명령했다. 그렇게 팔의 포박이 풀리자 슈는 허겁지겁 물을 마시기 시작했다. 물이 흘러내리는 것도 아랑곳하지 않고 단숨에 모두 비우더니 물그릇을 든 채 갑자기 웃기 시작했다.

"하하하! 세상은 참으로 재미있다니까. 누구도 바로 앞에 다가올 불행조차 알 수 없으니 말이야."

"저자가 갑자기 미쳤나?"

"후후, 도슨 경이라 했나? 이제부터 그대가 얼마나 뛰어난 기사인지 견식해 봐야겠군. 이렇게 말이야."

슈는 그렇게 도슨 경을 약 올리더니 그대로 물그릇을 창고 중앙 쪽으로 집어 던졌다. 물론 정확한 힘을 분배해서 말이다.

3

"제기랄~ 여기가 대체 어디지? 아우, 머리가 깨지는 것 같네."

"이제 일어나셨습니까, 그란텔님."

그란텔은 뒤통수를 만지작거리면서 간신히 눈을 떴다. 아까 분명히 하녀를 따라나선 것까지는 기억이 나는데 모퉁이를 도는 순간, 별이 번쩍하면서 쓰러진 이후로는 이제야 성신을 차렸기 때문에 이곳이 어디인지 도무지 알 수가 없었던 것이다.

"자네들은 모두 무사한가?"

"네, 그란텔님이 제일 심하게 당하신 것 같습니다."

"끄응… 그래? 꽤나 아프군. 그런데 우리 주인님께서는 어떻게 되신 것일까? 다들 일어나게. 어서 이곳을 나가야겠어."

"그, 그런데 그게 그리 간단한 것 같지 않습니다요. 나갈 방법이 여의치 않거든요."

그란텔은 정신이 돌아오자마자 슈가 몹시도 걱정스러웠

다. 물론 얼마 전 몽키스들을 혼내 주는 것을 보며 크게 감탄하기는 했다. 하지만 그것은 슈가 어쩌다 우연히 알게 된 일종의 마법진이라고만 생각했지, 그의 많은 능력 가운데 하나라고 여기지는 못했던 것이다. 물론 이런 이야기조차도 슈가 그렇게 설명한 것이지만…….

어쨌든 자신들이 이 지경이 되었다면 그의 주인 역시 비슷한 곤란을 겪고 있을 것은 불 보듯 뻔했다. 그렇기에 충실한 시종 그란텔이 안절부절못하는 것은 당연했다. 그란텔이 사방의 벽을 만져 보며 말했다.

"이런… 철저하게 막아놓았군. 보아하니 여기는 전시에 전초기지로 쓰이는 건물이로구나. 어이, 거기 다들 이리 모여 봐!"

"네, 그란텔님."

"우선 다들 이인 일조로 붙어서 포박부터 풀자. 저놈들이 언제 들어올지 모르니 최대한 빨리 풀어야 한다. 내가 하는 것을 잘 보고 따라 하면 될 거야."

"알겠습니다."

부스럭, 부스럭.

이들은 모두 불의의 기습을 당한데다가 모두 이처럼 포박을 당한 채 갇혀 있었던 것이다. 그란텔은 탈출을 하기 위해서는 우선 손발이 자유로워야 함을 깨닫고 병사 하나를 불러서 이빨로 결박을 풀어준 뒤 자신의 결박을 풀게 했다. 그 후

둘이서 나머지 인원의 결박을 풀었다. 그래도 다행인 것은 애초부터 건물 안에 가두어 놓을 생각이라 그랬는지 포박은 생각보다 쉽게 풀렸다.

"자네 이리 와서 잠시 허리를 굽혀보게. 밖을 우선 살펴봐야 할 것 같으니……."

"네."

비록 시종이기는 해도 공작가의 셋째 아들을 모시는 시종이면 통상 일반 병사들보다는 높은 신분이라 할 수 있었다. 기사들의 시종 노릇만 해도 보통은 기사가 될 가능성이 많은 법이고, 지금처럼 공작가의 아들이 영지를 다스리게 되면 그 시종은 최소한 시종장은 될 것이니 준귀족 정도에 해당될 터이기 때문이다. 그렇기에 그란텔의 지시에 다들 조금도 망설이지 않았던 것이고, 지금도 지적을 당한 병사는 잽싸게 다가와서 허리를 숙였다. 그 허리를 밟고 올라선 그란텔은 꽤나 높은 곳에 조그마하게 붙어 있는 창문을 통해 밖을 살펴보기 시작했다. 창문 밖에는 무려 여덟 명의 병사들이 경계를 서고 있었다.

"끙차! 이런… 경계병들이군. 이것들이 할 일이 그렇게 없나. 이런 상태라면 탈출이 쉽지만은 않겠구나. 에휴, 그렇다고 포기할 수는 없지."

"어떻게 하시려고요?"

"속닥속닥… 중얼중얼… 다들 알겠지?"

“알겠습니다.”

“좋아, 그럼 어서 시작하자.”

그란텔이 무엇인가 지시를 내리자 병사 두 사람은 문 쪽을 가운데 두고 양옆에 섰으며 나머지 병사 다섯 명은 그 근처에 엎드렸다. 그리고 하인들은 모두 손을 등 뒤로 돌린 채 무릎을 꿇고 앉았다. 다들 각기 그렇게 자리를 잡자 이번에는 그란텔이 문 앞으로 가서 서더니 마구잡이로 떠들면서 문을 두들기기 시작했다.

“문 열어라! 배가 고프다는 말이다. 어서 문을 열라니까!”

쾅! 쾅! 쾅! 쾅!

“이놈들 조용히 안 해! 시끄럽게 떠들면 혼을 내줄 테다!”

“우리에게 빵을 달라 이 말이다, 이 나쁜 놈들아! 여기까지 잡아왔으면 책임을 져야 할 것 아니냐!”

“빵을 달라!”

“빵을 달라!”

“에잇 씨팔!”

벌컥!

하인들까지 가세해서 빵을 달라고 난동을 부리자 결국 건물 주위를 지키던 병사들 가운데 두 명이 성질을 부리면서 문을 활짝 열고 들어섰다. 그러자 문 옆에 서 있던 병사 둘이 잽싸게 문을 닫았고, 동시에 그란텔은 어느새 그들의 코앞으로 다가가 덩치가 큰 사람의 인중에 강한 펀치를 날렸다.

쉬익~ 빠악!

"끄억!"

"억! 이놈이… 컥!"

챙그랑~!

비록 아무런 무기도 없었지만 그 큰 덩치의 사내와 단단해 보이는 사내를 순식간에 땅에 눕힌 그란텔은 그들이 떨어뜨린 검을 주워 들어 그중 한 자루를 병사 한 명에게 던져 주었다. 이후 조용히 하라는 듯 모두를 향해 얼굴을 돌리며 입술에 손가락을 가져다 댔다. 그렇게 조용한 시간이 약 오 분 정도 지나자 밖에 있던 또 다른 병사들은 뭔가 이상함을 느꼈는지 한소리 하였다.

"어이! 안에서 대체 뭘 하는 거야? 응?"

"……."

그들은 시종과 말단 병사, 그리고 하인들로 이루어진 이 집단을 너무 무시하고 있었다. 하긴 겨우 아직 시종인 주제에 설마 그란텔처럼 대단한 실력을 지닌 자가 있으리라고는 전혀 예측을 하지 못했겠지만 말이다. 어쨌든 그 덕분에 이번에도 안쪽에서 아무런 반응이 없자 또다시 두 명의 병사가 안으로 들어섰다.

"이것들이 장난하나! 뭐야!"

"뭐긴, …이런 거지."

슈우욱! 빠가각!

"끄억!"

퍼억!

"끄륵!"

그들이 들어서자마자 그란텔의 주먹은 둘 중 한 사람의 급
소를 때려 상대를 쓰러뜨렸다. 이와 비슷하게 일전에 검을 챙
겼던 병사가 뒤쪽에서 나머지 한 사람을 검의 손잡이로 힘껏
내려쳐서 역시 기절을 시켰다.

"어서 저들의 무기도 챙겨서 나가자!"

"네!"

휘이익~!

감옥의 문을 박차고 빠져나온 그란텔 일행은 경계병들이
서 있는 곳을 향해 빠르게 뛰어갔다. 이를 본 경계병들이 소
리쳤다.

"앗! 놈들이 탈출한다! 어서 막아라!"

"신호를 올려서 지원병을 불러라!"

"이야압~!"

"흥! 어림없다. 타핫!"

쉬이익! 서격!

"커헉!"

털썩!

원래 기사 한 명이면 병사들 열 명까지는 충분히 감당할 수
있다고 한다. 물론 실력의 고하에 따라 결과는 많이 달라지겠

지만 최하 그렇다는 말이다. 지금 그란텔은 어지간한 기사 이상의 검술 실력을 가졌고, 슈의 병사들 또한 세 명이나 검을 챙겼기 때문에 밖에 남아 있던 네 명의 병사들은 이들을 당할 수가 없었다.

때문에 지원 병력을 부르는 마법 신호탄을 쏴 올렸지만 추가 병력이 몰려오기 전에 이미 경계병들은 전부 쓰러져 버렸다.

"됐다. 일단 저쪽에 보이는 숲으로 달아나자!"

"네!"

그들은 아직도 사방에 깔려 있는 어둠을 이용해 재빠르게 숲으로 도주하기 시작했다.

4

떼구루루~ 탁탁탁, 척!

"응? 대체 무슨 짓을?"

모두가 의아한 표정으로 바라보는 사이 볼품없는 나무로 만든 물그릇이 창고의 중앙으로 굴러가 자리를 잡자 갑자기 창고 바닥에서부터 기이한 현상이 일어나기 시작했다.

꾸물꾸물— 치익치익—

"저, 저게 대체 무엇이냐?"

"그, 글쎄요? 갑자기 흙이 일어나려고 하는 것 같습니다."

물그릇이 놓이게 된 바로 옆쪽의 바닥에서부터 마치 사람의 머리처럼 보이는 형상이 조금씩 올라오기 시작했던 것이다. 처음에는 그 모습이 흙으로 빚은 인형이 아닐까 싶었는데 흙 인형이 일어서기 시작하자 그 크기가 어른보다 목 하나는 더 큰 크기로 화해 버렸다. 이를 지켜보고 있는 사람들의 눈알이 튀어나올 정도로 눈을 부릅뜨게 만들기에 충분했다.

"캬캬캬캬~!"

"꺄아아악~! 괴, 괴물이다! 도망가자!"

"어서 도망가자!"

후다다닥!

투웅!

"켁! 보이지 않는 뭔가가 우릴 막고 있다. 이게 대체 어찌 된 일이냐!"

생각해 보라. 바로 코앞에서 흙더미가 저절로 움직여서 저렇게 거대한 인간으로 화한다면 멀쩡할 수가 있겠는가. 카스란은 물론이고 기사 도슨과 사내 두 명까지, 그렇게 슈를 제외한 모두는 흙 괴물을 보는 순간 비명을 지르며 창고 밖으로 도망가려 했다. 하지만 어떻게 된 일인지 창고 문을 열기는커녕 눈에 보이지도 않는 투명막에 부딪혀 앞으로 나갈 수가 없었다. 그들이 그렇게 발버둥을 치는 사이 거대 흙 괴물은 서서히 그들에게 다가가기 시작했다.

쿠웅! 쿠웅!

"우— 워어어어!"

"으으… 어서 저 괴물을 공격해라!"

"죽어라! 괴물~!"

슈욱! 퍼억! 퍽! 퍽!

사내들이 들고 있던 나무 몽둥이를 마구잡이로 휘둘러 흙 괴물을 때리기 시작했다. 하지만 괴물은 간지럽지도 않다는 듯 기묘한 얼굴을 하면서 그런 사내들을 유심히 바라보다가 냅다 그 큰 팔을 휘둘렀다.

"우웅? ㄲㄲㄲㄲ… 왁!"

뻐억!

"끄악!"

퍼퍽!

"케엑!"

우당탕— 쿵탕!

흙 괴물이 한 번 휘두른 팔에 사내들이 한꺼번에 쓰러졌다.

카스란은 지금 이게 꿈인지 생시인지 분간이 가지 않았다. 세상에 이런 괴사는 듣도 보도 못했던 일이라 넋이 빠질 지경이었다. 그녀는 온몸을 부들부들 떨면서 주위를 살펴보다가 한 가지 중요한 사실을 그때서야 깨닫기 시작했다.

'슈, 슈 공자는 대체 어디로 사라진 것이지? 말도 안 돼. 설마 이 모든 것이 슈 공자의 짓?

자신과 도슨 기사, 그리고 방금 꼴사납게 나동그라진 사내

둘까지 다 지켜보고 있었지만, 도망칠 곳 없는 공간에 다리까지 묶여 있던 슈가 감쪽같이 사라져 버린 것이다.

'그, 그렇다면 그가 조금 전에 한 말뜻이 바로 이것?

그때서야 방금 전에 슈가 어째서 도슨 경에게 얼마나 뛰어난 기사인지 견식해 본다고 한 것인지를 알게 된 것이다. 즉, 이것은 슈가 진작부터 이런 흙 괴물이 등장할 것을 알았다는 것 아니겠는가.

슈의 말대로 사내 둘이 쓰러져 버리자 도슨은 검을 빼들고 미친 듯이 흙 괴물과 싸우기 시작했다. 의외로 마구잡이로 휘두르는 검 같았지만 도슨의 검술 실력은 상당해 한쪽에서 유유히 이 모습을 구경하고 있는 슈를 감탄하게 만들었다.

"오호, 제법인데? 저 정도 실력이면 우리 가문의 기사들과 비교해도 그렇게 많이 뒤처지는 수준은 아니야. 이런 촌구석에 저런 실력의 기사가 묻혀 있다면 내가 모를 리가 없다. 벌써 알려졌을 테니 말이야. 그렇다면 결론은 한 가지로군. 흐음, 그래서 아까 그녀가 그랬던 것인지도… 어디……."

슈는 장내를 바라보다가 이렇게 중얼거리면서 다리에 묶여 있던 끈을 느긋하게 풀었다. 그가 지금 펼친 진식은 다수를 위해서라기보다는 소수를 환각 속에 빠뜨리는 진식이라 할 수 있었다. 원래 모든 진식이 그렇듯 지금 저 안에서 흙 괴물 때문에 발버둥 치는 사람들이 겪는 모든 일은 지독한 환상일 뿐이었다. 그것이 너무 현실 같아서 본인들은 죽어도 환상임을 자각할 수가 없지만 말이다.

어쨌든 슈는 이처럼 자신이 위험에 처하는 어떤 경우에도 냉정을 잃지 않는 이성을 가졌으며, 사람들의 심리를 이용해 위기에서 탈출하는 간교함도 가지고 있었다. 슈는 이제 정말로 완전히 새로운 사람으로 재탄생한 것이다.

"저, 저런 무서운 괴물을 어떻게 처치한단 말인가. 기사 도슨처럼 대단한 검술의 고수도 저런 식으로 간다면 결국 지쳐서 쓰러지고 말 것이다. 아아, 내가 결국 천벌을 받게 되는 것인가?"

[카스란… 내 말이 들리는가?]

"누, 누구?"

[쉿! 조용히 해라. 살고 싶으면 지금부터 내 말을 잘 들어라. 알겠나? 알겠으면 고개만 한 번 끄덕여라.]

끄덕.

카스란이 광란의 검무를 추고 있는 기사 도슨을 바라보며 암담함을 느끼고 있을 때 갑자기 그녀의 귀로 신비한 음성이 들려왔다. 귓전에 바로 말을 하는 것 같기도 했고 애초부터 뇌리로 곧장 의사를 전달하는 것 같기도 한 그런 음성이었다.

'후후, 이거 처음으로 전음을 사용해 보는데 거리가 가까워서 그런지 성공이구나.'

그녀가 신비한 음성에 대해 생각하며 고개를 끄덕이는 모습을 본 슈는, 비록 20년 내공에 불과하지만 전음 정도는 할 수 있지 않을까 싶던 판단이 맞아떨어지자 회심의 미소를 지었다. 그는 간단한 지풍에 이어서 또 하나의 무공을 사용할 수 있게 된 것이다.

물론 그가 알고 있는 상승무학을 사용하려면 아직도 까마득한 일이겠지만 무공을 전혀 흉내조차 낼 수 없었던 지난날에 비하면 그야말로 장족의 발전을 이룩한 것이라 할 수 있었다.

[왼쪽으로 두 걸음을 걷다가 오른쪽으로 한 걸음, 그리고 또다시 왼쪽으로 세 걸음을 걸어라. 절대 한 걸음이라도 틀려서는 안 된다! 알겠지?]

끄덕.

들려오는 목소리에서 느껴지는 카리스마 때문일까? 카스란은 목소리가 시키는 대로 하기 위해서 신중히 몸을 움직였다. 어쩐지 한 걸음이라도 틀리면 큰일이 벌어질 것 같은 불길한 생각 때문에 더 조심을 했다.

사뿐… 사뿐… 화악!

카스란은 소리가 시키는 대로 걷자 같은 창고 안인 것은 분명하지만 갑자기 분위기와 느낌이 전혀 다른 공간으로 나온 것 같은 기분이 들었다. 게다가 그곳에는 방금 전만 해도 없던 슈가 나타난 것 아닌가.

"후후, 생각보다 신중하군. 아무튼 현실로 되돌아온 것을 환영해 주지."

"헉! 다, 당신은… 역시 내 생각대로 이 일은 당신이 한 짓이로군요. 대체 어떻게 한 것이지요? 이런 마법이 있다는 소리는 들어본 적이 없었는데… 으으……."

"마법이 아니라 진식이라는 것이다. 물론 그 복잡한 이론을 내가 다 일일이 설명해 줄 필요는 없겠지?"

그녀는 헛바람을 들이켜며 그에게 어찌 된 일인지를 물어보면서 주변을 돌아보다가 바로 옆쪽에서 여전히 쓰러져 있는 사내 둘과 혼자서 미친 칼 놀이(?)를 하고 있는 도슨을 보고 나서야 온몸을 부들부들 떨기 시작했다. 이런 괴사는 난생처음 겪어보았기 때문이다.

CHAPTER 08
그 시작은 미약했지만(1)

Miracle

1

　"좋아. 낭신이 곤웰 마르시앙의 협박에 어쩔 수 없이 나를
납치했다고 치자고. 그런 거물의 압력에 당신이 거부하거나
대항하기는 힘들었겠지. 하지만 지금 당신의 말대로라면 그
가 그런 압력을 넣기 시작한 것은 기껏해야 열흘이 되지 않았
다는 것인데 어째서 그전에 영지민들에게 새로운 영주가 온
다는 말을 하지 않은 것이지? 설마 그때부터 마르시앙 후작이
접근해 올 것을 알았을 리는 없었을 텐데?"
　"그, 그것은… 말씀드릴 수가 없습니다. 죄송합니다."
　"말할 수가 없다? 너는 지금 네가 저지른 일이 어떤 일인지
아직도 모르고 있는 것이냐? 왕국의 공작께서 후임 영주로 정

한 사람을 납치하는 행위는 주인을 배신하는 일종의 반역행
위와도 같다. 즉, 너는 지금 나를 납치했던 것만으로도 사형
을 당할 수 있다는 말이다. 카스란 드 멕란드! 그대는 반역죄
를 저지른 대가로 그냥 죽고 싶은가?"

털썩!

"제발! 제발 살려주십시오! 저는 지금 죽으면 안 됩니다.
제가 죽으면… 제가 죽으면… 흑~!"

이미 슈의 무서운 능력을 두 눈으로 보고 겪은 카스란은 콘
웰 마르시앙이 어떤 지시를 했는지 순순히 실토를 했다. 그리
고 그녀가 아까 자꾸 뒤쪽을 신경 쓰며 슈에게 뭔가 사인을
보낸 이유가, 지금도 진식 안에서 칼부림을 하며 씩씩거리는
도슨이 바로 콘웰 마르시안 후작이 보낸 기사였기 때문임도
자백했다. 하지만 그럼에도 정작 중요한 문제는 말할 수 없다
며 버티고 있어 슈로 하여금 기이한 느낌을 받게 하였다.

"어허! 울지 마라! 당신은 지금 살고 싶다고 살고, 죽고 싶
다고 죽을 수 있는 몸이 아니다! 하지만 내 질문에 솔직히 대
답을 한다면 살 길을 열어주겠다. 그러니 어서 진실을 말해
라."

"그, 그것은… 아아, 정말로 말할 수 없습니다. 저를… 저
를 용서해 주십시오. 대신 앞으로는 무엇이든지 시키는 대로
하겠습니다. 부디 저에게 자비를 베풀어주세요. 흑흑."

확실히 뭔가 이상했다. 그녀는 이 상황에서 빠져나가기 힘

들다는 것을 깨닫고 있는 것 같은데도 입을 열지 못했다. 마치 자신이 대답을 하면 큰일이 벌어질 것처럼 말이다. 슈는 그녀를 윽박질러도 더 이상 중요한 이야기를 듣기 힘들다는 것을 감지하자 가만히 일어나서 그녀에게 다가갔다.

"그다지 아프지는 않겠지만 잠시 동안 움직이지는 못할 것이다. 하지만 생명에는 지장이 없으니 내가 저들을 다 처리하는 동안 얌전히 있어라."

슈우욱! 툭!

"아흑~!"

"이, 이런… 약간 힘이 과했던 모양이로군. 하긴 처음 써보는 것이니…… 훗."

그는 생전 처음으로 점혈법을 써본 것이다. 비록 처음이라고는 하나 제갈수로 살아갈 때부터 인체의 혈도에 관해서는 눈 감고도 찾아낼 정도로 정통했던 터라 점혈 위치를 잘못 찾을 리는 없었다.

단지, 내력을 사용하는 방법이 익숙한 편이 아니라서 힘 조절을 조금 실수하는 바람에 겨우 마혈(麻穴)을 점하는 것인데도 카스란이 고통을 느꼈던 것이다.

"이, 이게… 어떻… 게… 된 건가… 요……."

"죽을 일은 없으니 그냥 그대로 누워서 앞으로 일어나는 일이나 구경해라."

슈는 비몽사몽간에 말을 하는 카스란에게 냉정한 어조로

대꾸하더니 왼쪽에 있던 횃불걸이를 쓰다듬듯 만져서 약간 비틀었다. 그것으로 진식이 해체된 것인지 그는 곧장 먼저 쓰러졌던 병사 둘에게 다가가 그들마저 점혈을 하더니 도슨도 역시 똑같이 마혈을 짚었다.

슈가 지금 사용하는 점혈법은 과거 중원에서도 해혈이 거의 불가능하다고 알려질 정도로 대단한 수법이기 때문에 그가 직접 다시 풀어주기 전까지 이들은 절대로 움직이지 못 할 터였다.

탁탁!

"흐음… 두어 번 해보는 걸로도 어느 정도의 힘을 줘야 적당한 것인지 알 것 같군. 예전에 그저 머리로만 무공을 익힐 때는 신체만 멀쩡하면 금방 천하제일 고수가 될 것 같았는데, 이런 간단한 점혈법조차 쉽지가 않구나. 휴우, 어서 시간을 내서 좀 더 적극적으로 무공을 익혀야 할 텐데……."

그는 여전히 시간이 아쉬웠다. 그가 겪어본 이 새로운 세계는 과거 중원과 비교해 볼 때 검술은 내공을 쓰지 않으며, 진식에 대한 이해도는 아예 제로에 가까웠다. 즉, 이 이야기는 자신이 만일 현재의 지식에다가 어느 정도의 무공만 익히게 된다면 지금의 이 세계에 상당한 영향력을 끼칠 수 있다는 것을 의미했다.

다른 것은 둘째 치고라도 그는 새로운 육체를 얻은 뒤 이미 두 가지 목표를 세워놓고 있었다. 첫 번째는 과거 중원에서부터 한이 맺혀 있는 것으로 뛰어난 무공을 익혀 최고의 고수가 되어보자는 것이고, 두 번째는 이 육체의 본래 주인인 슈를 이 대륙 최고의 영웅으로 만들어주자는 것이었다.

　목표는 이렇게 두 가지였지만 사실 첫 번째 목표를 달성하면 두 번째 목표는 자연스럽게 달성될 것 아니겠는가. 물론 그러면서도 다시 중원으로 되돌아갈 수 있는 방법을 찾아보려는 생각은 여전했다.

　"일단 모두 제압은 했는데 뒷수습이 문제로군. 우선은 그란텔과 다른 일행을 찾아야 할 텐데… 이봐, 카스란."

　"……."

　"몸 전체에 마비가 와서 움직이지는 못하겠지만 말하는 데는 아무 지장 없으니 엄살 부리지 말고 내 질문에 대답해라. 나를 자꾸 자극하면 네가 레이디라 해도 험한 꼴을 당하게 할지도 모른다. 너도 들어봤겠지? 내가 얼마나 망나니였는가를……. 나는 네가 살아가기 싫을 정도로 치욕스럽게 만드는 방법을 최소한 열두 가지는 알고 있다. 그것을 실험하게 만들고 싶으면 계속 입을 다물고 있던가. 물론 그렇게 되면 나는 물론이고 저기 누워 있는 녀석들은 횡재를 한 기분을 느끼겠지만 말이야. 흐흐흐."

　스으윽—

　"대, 대답할게요!"

　슈가 소름 끼치는 미소를 지으며 서서히 접근하자 카스란은 자신도 모르게 큰 소리를 지르고 말았다. 그녀가 수집한 정보에 의하면 슈는 막나가는 귀족 가문 자제들 가운데서도 망나니 중의 망나니라 할 만한 짓을 숱하게 저지른 작자였고 그 일들은 처녀가 듣기에는 민망한 일이 대부분이었다. 그녀가 비록 스스로 나쁜 여자라고 말하지만 그런 일을 당하고도 살아갈 수 있을 만큼 뻔뻔하지는 않았다.

'참나, 슈의 악명도 쓸모가 있을 때가 있군, 그래. 한심한 노릇이긴 하지만 그의 이런 면 때문에 의외로 가끔씩 재미는 있겠는걸? 풋!'

"좋아… 우리 애들은 어디에 있지?"

"그, 그들은… 여기서 동쪽으로 약 4킬로미터 정도 떨어진 두 번째 전초기지에 있어요."

"생각보다 가까운 곳에 있군. 그곳에는 몇 명이나 있느냐?"

"병사들만 여덟 명이 지키고 있어요."

몸을 아예 옴짝달싹도 못하는 카스란이 이처럼 순순히 대답을 하는 가운데 갑자기 밖에서부터 소란한 소리가 들리기 시작했다.

"아무래도 여기가 수상하다. 모두 조심해서 움직여라!"

"네!"

벌컥!

"꼼짝 마라!"

"그란텔!"

"앗! 마이 로드!"

검을 치켜든 채 창고의 문을 벌컥 열고 들어선 사람은 바로 슈의 충직한 시종 그란텔이었다.

2

"모두 소집했으니 곧 다들 모일 것입니다."

"알겠다. 다시 한 번 말하지만 인수인계가 끝날 때까지 시간을 줄 테니 그 안에 결정을 하도록 해라. 그때까지도 계속 입을 다물고 있는다면 나도 용서해 줄 수가 없다. 명심하도록."

"네."

아침이 되자 카스란과 슈의 일행은 태연하게 다시 성안으로 들어갔다. 성내의 사람들은 그들이 어디를 다녀왔는지 알 수가 없었지만 현재 영주 대행인 카스란이 업무차 영지 주변을 돌았다고 얼버무리자 더 이상 감히 물어볼 자는 없었다. 슈는 여전히 카스란의 비밀이 궁금했지만 우선 덮어두기로 했다. 지금은 영지부터 인수인계를 받아야 하고 그 문제를 간단하게 처리하기 위해서는 그녀의 협조가 필요했기 때문이다.

거기다가 그녀가 굳게 입을 다물고 있는 이상 억지로 알아내려는 것도 뭔가 걸렸기에 일부러 시간을 준 것이다. 당연히 그녀가 다른 마음을 품지 못하게 그녀의 몸에 금제를 가해놓았는데, 이미 점혈법을 당해본 그녀로서는 두려움에 떨며 그의 지시를 따르지 않을 수 없었다.

'생각 같아서는 그냥 광성자의 최면 비술을 사용하고 싶지만… 그것만으로는 진정한 속사정을 알지 못할 것이고 잘못하면 후유증이 생길 수도 있으니 우선은 지켜보자.'

바로 이것이 슈의 지금 속마음이었다. 어차피 카스란은 이제 슈에게 함부로 할 수 없을 것이고 기사 도슨과 그 병사들은 처음 슈가 갇혔던 곳에 점혈법의 강도를 조절해서 반쯤 병신을 만든 채 가두어놓았기에 더 이상 엉뚱한 짓을 저지르지 못할 것이니 시간을 가져 보는 것도 그리 나쁘지 않다는 판단을 한 것이다.

"영주 대행님을 뵈오!"

"조금 늦어서 죄송합니다."

슈가 이런저런 생각을 하며 카스란과 함께 회의실에 있는 사이, 하나둘씩 이곳 영지의 가신들이 모이기 시작했다. 그들역시 새로운 영주가 올 것이라는 것은 알고 있었지만 그 시기가 언제인지, 또 누가 오는지를 모르고 있었기에 처음 보는 슈를 보며 고개를 갸웃거리면서 들어서고 있었다.

"기사 세비앙 경에게는 무슨 연락이 없었나요?"

"피에른 마을에서 벌어진 소동은 이미 무마시켰다 하니 아마 내일 정도면 성으로 돌아올 것입니다. 그런데 옆에 계신 분은 누구십니까?"

보고를 마친 기사가 카스란의 옆에 나란히 서 있는 슈를 가리키며 물었다. 그러자 카스란은 슈를 기사들에게 소개했다.

"아, 정식으로 소개해 드릴게요. 다들 제가 아버지의 뜻을 받들어 외국으로 가야 한다는 것은 아실 것입니다. 해서 제 후임으로 우리 영지를 다스리게 되실 슈 부르셀라 폰 레비안또 가누비엔 남작님이십니다. 바로 레비안또 공작 가문의 세 번째 아드님이시기도 하지요."

"네에? 그 마, 망나니 공자님이요?"

"이런! 말조심하시오, 와일드 경!"

"헉! 죄, 죄송합니다!"

슈의 정체가 밝혀지자 장내에 소란이 일기 시작했다. 특히, 덩치가 곰만 하고 우락부락하게 생긴 기사는 노골적으로 망나니라는 말을 꺼냈다가 다른 사람들의 핀잔을 듣기도 했다. 오지에 가까운 시골 영지까지도 공작 가문의 망나니 아들에 대한 소문은 파다했던 모양이다.

'슈… 이 친구 참 대단하네. 이런 촌구석의 기사들도 자네를 알고 있으니 말이야. 그것참 재미있는 일이로군.'

슈는 이런 생각을 하다가 어느 정도 소란이 가라앉자 가만히 일어서더니 자기소개를 했다.

"내가 바로 여러분들이 알고 있는 그 유명한 망나니 슈 부르셀라 폰 레비안또 가누비엔이고 옆에 이 사람은 나의 시종 그란텔이다. 앞으로 나에 대해서는 서서히 알아가면 될 것이니 다들 본인 소개부터 해보아라."

슈는 짐짓 몹시 거만한 표정을 지으며 말했다. 여기 모인 사람들은 대부분 나이가 많은 가신들이었기 때문에 그의 이런 태도는 누가 보더라도 싸가지없는 개망나니를 연상하게 만들기에 충분했다. 영지의 가신들이라면 대부분 기사들이고, 그들은 명예를 위해 목숨까지 내버리는 사람들 아니겠는가. 때문에 작위나 신분이 낮다 해도 기사들에게 함부로 말하는 귀족은 그리 많은 편이 아니었다.

"저부터 인사드리겠습니다. 저는 영지군의 제반 살림을 맡고 있는 기사 파이론 스웰덴입니다. 앞으로 잘 부탁드리겠습니다, 새로 오신 로드시여!"

파이론 스웰덴은 삼십대 초반쯤으로 보이는 기사였는데 눈빛이 날카롭고 말하는 투가 차분한 것으로 보아 무척 똑똑한 듯했다. 하지만 이런 사람일수록 그 마음을 얻기가 힘들다는 것을 슈는 정의맹의 군사를 해본 경험에 비춰서 충분히 알고 있었다.

중원의 대무림맹 군사 직을 맡으려면 인사 처리도 잘해야 하기 때문에 사람을 만나서 한눈에 그 사람의 됨됨이를 파악할 수 있는 것은 기본 소양이라 할 수 있는 것이다.

"기사 와일드 팩이오! 영지군 돌격대 대장을 맡고 있소. 앞으로 잘 부탁드리겠소. 커험!"

　방금 망나니 소리를 했던 거구의 사내가 바로 와일드 팩이었다. 나이는 대략 삼십대 중반쯤 된 것 같았는데 생긴 것도 우락부락한데다가 어찌나 키가 크고 덩치가 크던지 그가 일어서니 실내가 다 꽉 차는 느낌이 들 정도였다.

　슈는 이 와일드 팩이라는 기사가 비록 거칠고 버릇없이 자기소개를 했지만 첫눈에 마음에 들었다. 이런 사람은 한 번 충성을 맹세하면 목숨까지도 초개처럼 바칠 수 있는 스타일이다. 단지 너무 과격하고 성질이 급해 가끔 문제를 일으킬 소지는 있겠지만 말이다.

　"영지 살림을 맡고 있는 시종장 반 헤르민입니다. 이제부터는 그란텔 씨에게 인수인계를 하겠습니다."

　시종장은 기사들 못지않게 중요한 사람이었다. 특히 영지의 시종장은 성안의 하인들을 관리, 감독하는 일뿐 아니라 기본적인 살림도 신경 써야 하기 때문에 똑똑하고 충성심이 강해야 했다. 그렇기에 통상 한 영지의 로드들은 미리 시종을 데리고 다니면서 많은 것을 가르치기도 하는 것이다.

　"이 지역의 레인저 부대를 이끌고 있는 기사 메멘토 하일리입니다. 사냥을 하고 싶을 때나 이 인근의 산악 지역에 가실 때는 꼭 저를 불러주십시오. 성심을 다해 안내해 드리겠습니다. 하하하!"

다른 그 어떤 영지보다 이곳은 레인저들이 꼭 필요한 곳이라 할 수 있었다. 워낙 주변이 모두 산으로 둘러져 있으니 산악 전투에 용이하고 민첩한 그들의 효용 가치는 백 번 설명해도 부족할 정도인 것이다. 부대의 특성 때문에 그런 것인지 기사 메멘토 하일리는 호방하고 자유로운 성격을 가진 듯했다.

"저, 저는… 이곳의 시, 실용 마, 마법사인 델리슨이, 입니다. 자, 잘, 부탁 드, 드립니… 다. 휴우……."

"아, 여기에도 실용 마법사가 있었다니 놀랍군."

이런 낙후된 시골 영지에 비록 실용 마법사라 하나 마법사가 있다는 사실에 슈는 놀라고 말았다. 아무리 수준이 낮은 마법사라 해도 마법사의 효용 가치를 생각해 볼 때 이것은 거의 횡재한 수준이라 할 수 있었다. 단지, 델리슨이라는 마법사는 심하게 말을 더듬는데다가 나이도 오십은 훌쩍 넘은 것처럼 보여서 약간 불안감을 주기는 했지만 그래도 없는 것보다는 훨씬 나을 터였다.

"아서시스님의 축복이 새로 오신 로드 슈 부르셀라 폰 레비안또 가누비엔님께 함께하시기를……. 저는 이곳 영지의 빛의 신전 담임 사제인 샤베리온이라 합니다. 알 샤오레!"

"알 샤오레! 반갑습니다, 사제님."

다 죽어가다가 신전에서 살아난 슈인만큼 이곳의 담임 노사제인 샤베리온이 벗겨진 머리 쪽부터 시작해 성호를 긋자 자신도 모르게 함께 성호를 긋고 말았다. 원래 중원 출신인 그가 아서시스를 믿는다고 할 수는 없지만 어쨌든 불과 몇 개월 전에 신전에서 그를 치료했던 대신관을 통해서 아서시스가 그저 엉터리 신이 아님은 충분히 겪어보았던 것이다.

"기사 루페인 소로시라 하오."

루페인 소로시라 밝힌 기사는 한마디로 과묵했다. 나이는 대략 삼십대 후반쯤으로 보였는데 처음 등장해서부터 지금까지 눈 한 번 깜박이지 않는 포커페이스로 슈에게 은근히 압박을 가하는 듯했다. 아마 분위기로만 기사들의 실력을 평가한다면 최고 수준의 기사라 해도 무방할 정도로 그의 분위기는 초절정이었다.

"그 밖에 기사 세비앙 마가트 경은 피에른 마을에 오크들이 나타났다는 제보를 받고 급히 출동을 해서 아직 돌아오지 않았습니다. 물론 그 제보는 거짓임이 밝혀졌지만요. 오크들이 마을에 출몰하지 않은 지가 벌써 이십 년인데 갑자기 오크가 나타났다고 해서 무척 긴장했었는데 그나마 다행인 것이지요."

"그런데 영주 대행님, 도슨 경은 어디 갔습니까? 늘 대행님 곁을 따르더니 오늘은 보이지 않는군요?"

"아, 도슨 경은 제 부탁을 받고 '카타리안 왕국'으로 가셨습니다. 아무래도 제가 그곳으로 가려면 준비할 것이 많아서요."

카타리안 왕국은 그녀의 아버지인 멕란드 자작이 여행 중에 죽은 곳이기도 했고 그녀가 결혼해야 하는 아버지의 친구 아들이 사는 왕국이기도 했다. 때문에 그 누구도 그녀의 말을 의심하지 않았다.

'후우… 이제부터 시작인가? 기사가 겨우 다섯 명에 다 죽어가는 마법사 한 명, 거기에 사제 한 명이 전부라니……. 한심한 수준이기는 하지만 이상하게 투지가 생기는구나. 좋아. 어디 한번 해보자구요, 아버지.'

슈는 지그시 아랫입술을 깨물며 이렇게 중얼거렸다.

3

"으음. 그 계집애가 감히 내 명령을 무시했단 말이냐?"

"서, 설마 그럴 리는 없을 것입니다. 게다가 기사 도슨까지 붙여놓았는데 섣불리 행동할 수가 있겠습니까?"

"어쨌든 결과는 마찬가지다. 이번 회의에서 주도권을 잡으려고 했던 것인데 여전히 끌려가게 생겼으니… 에잉, 마음에 드는 일이 하나도 없군."

약간은 긴 머리의 붉은색 곱슬머리를 하고 있고 가늘면서 길게 쭉 찢어진 초록색 눈이 날카롭게 빛나고 있어 그 성격이 단호하고 차갑다는 느낌을 주고 있는 자였다. 그 아래 양쪽으로 뻗은 팔자수염을 쓰다듬으며 그는 그렇게 짜증을 부렸다.
이 사람이 바로 듀란달 왕국의 서열 삼위이자, 정치판에서 레
비안또 공작의 유일한 호적수인 다비드 제슈라인 드 콘웰 마
르시앙 후작 각하였다.

올해로 쉰두 살인데도 아직까지 청년처럼 정정한 그는 네
개의 봉작 영지를 다스리고 있는 하이로드로서 그 영토 역시
거의 레비안또 공작의 영토에 근접할 만큼 광활했다. 하지만
언제나 레비안또 공작의 그늘에 가려진 영원한 삼인자였고
그것이 늘 불만인 사내였다. 때문에 무슨 수를 써서라도 레비
안또 공작을 실권하게 만들어 자신이 최고라는 찬사를 듣고
싶어 했다.

"그러면 어떻게 할까요? 그녀를⋯ 처리할까요?"

"아니다. 아직은 쓸모가 있을 것이니 서두르지 마라. 그보
다는 그쪽 영지를 다스리는 에우비안 자작을 조만간 불러들
여라. 내가 직접 공작가의 아들놈이 다스리게 될 영지를 도발
시켜 영지전을 발발하게 만들어야겠다."

"영지전입니까?"

"그렇다. 물론 에우비안 자작이 무조건 공격을 하게 하면
안 된다. 억울하지만 아직 우리는 레비안또 공작을 이길 수
없으니 공작이 전쟁을 일으키게 해서는 곤란하거든. 어떻게
해서든지 그 애송이가 먼저 영지전을 걸게 만들어야지. 그렇
게만 된다면⋯ 호호, 우리의 의도대로 되는 것은 식은 죽 먹

기일 것이다."

　벌써 삼 대째 콘웰 마르시앙 가문에 충성을 바치고 있는 기사 베오프스 남작은 이미 중년의 나이가 되었음에도 여전히 콘웰 마르시앙 후작이 두려웠다. 이 사람은 언제나 마르지 않는 야망을 가지고 있었으며 자신의 목적을 위해서는 수단 방법을 가리지 않았다. 게다가 대귀족답지 않게 스스로 뛰어난 두뇌를 활용할 줄 알았으며 때에 따라서는 고개를 숙일 줄도 아는, 그야말로 이 시대의 진정한 효웅이었던 것이다.

　"알겠습니다! 곧바로 에우비안 자작을 불러들이겠습니다."

　"그리고 다시 한 번 이야기하지만 레비안또 공작이나 그의 가문은 실로 난공불락의 성과 같다. 하지만 최근 들어 그런 레비안또 가문을 침몰시킬 구멍이 하나 생겼지."

　"구멍… 이요?"

　"그래, 구멍. 비록 아직은 그리 큰 구멍이라고 할 수는 없지만 잘만 넓히게 되면 레비안또 호를 완전히 가라앉게 만들 수도 있는 그런 구멍이라고 할 수 있다."

　"그런 구멍이 있었군요. 그게 대체 어떤 구멍입니까?"

　베오프스는 뭔가 알 듯하면서도 그것이 정확히 무엇인지 알 수 없었다. 자신이 생각하기에도 듀란달 왕국 내에서 레비안또 공작의 입지는 절대적이었다. 그는 현재의 국왕이신 드웨인 3세의 사촌 동생이자 왕을 제외하고는 최고 권력을 휘두를 수 있는 총리 직을 맡고 있었다. 또한 그를 중심으로 형성된 가문의 주요 귀족들만 수십 명인, 그야말로 어디를 공략해야 할지 엄두조차 나지 않는 그런 사람이었다. 그럼에도 불구하고 콘웰 마르시앙 후작은 그를 쓰러뜨리기 위해서 쉬지 않고 틈을 찾고 있었지만 말이다.

"바로 공작 가문의 수치이자 유일한 약점인 망나니 셋째 아들 슈라는 놈이지. 아비의 후광으로 어쩌다가 영지를 다스린답시고 그런 촌구석까지 갔으니 그를 잘 이용한다면 분명 큰 성과를 얻을 수 있을 것이다."

"아… 그, 그렇군요. 각하의 판단은 지극히 옳으신 것 같습니다. 역시 각하십니다."

"그러니 이번 일은 소홀히 생각하지 말고 좀 더 신중히 접근해야 한다. 그 계집애가 생각만큼 일을 제대로 처리하지 못해서 조금 아쉽기는 하지만, 그래도 여전히 그 녀석은 우리의 가장 탐스러운 먹잇감임을 명심해라. 내가 이 일을 너한테 전적으로 맡기는 것도 그만큼 중요한 일이기 때문이다. 알겠느냐?"

"네, 각하! 신 베오프스, 반드시 각하께 영광이 될 수 있도록 더욱 확실하게 처리하겠습니다!"

베오프스 남작은 세속이 가능한 귀족이자 후작령 내에 봉토를 가지고 있는 로드였지만, 영주로서의 역할보다는 이처럼 후작의 어두운 일을 전담하는 사람이라 할 수 있었다. 만에 하나 일이 잘못되게 되면 언제든지 후작 대신 자신이 덤터기를 쓸 각오가 되어 있는 사람이기 때문에 후작은 그를 더욱 신임했다. 이런 일은 단순히 충성심만 가지고 할 수 있는 일이 아닌 것이다.

"각하! 이제 곧 회의가 시작되오니 회의실로 드시라는 전갈입니다."

"알겠다."

두 사람은 지금 왕궁 안에 마련되어 있는 귀빈 접객실에 앉아서 대화를 나누다가 일어섰다. 사실 후작은 지금 근 몇 개월 만에 소집된 귀족회의에 참석하기 위해서 왕궁에 와 있던 참이었던 것이다.

"그러면 그 계집애는 언제쯤 처리할까요?

"오늘 귀족회의의 핵심 골자가 바로 카타리안 왕국의 국경 도발 건 때문이라 할 수 있다. 카타리안 왕국은 바로 그 계집애의 아버지인 멕란드 자작이 죽은 나라이고, 그녀가 결혼을 위해 가야 하는 나라로 알고 있다. 맞느냐?"

"네, 맞습니다."

"오늘 회의 결과가 어떻게 나올지는 모르겠지만 그녀가 아직 쓸모있을 만한 일이 여러 가지 있을 것이다. 그러니 그대로 두고 지켜보도록. 단지, 기사 도슨에게 좀 더 철저히 감시하라고 일러놓아라. 그럼 난 회의장으로 가보겠다."

"알겠습니다, 각하!"

후작보다 훨씬 못한 귀족들도 거들먹거리기 바빠서 사소한 일에 신경 쓰는 법이 거의 없는데 콘웰 마르시앙 후작은 그런 자들과 확연히 달랐다. 그는 겨우 시골 영지의 영주 대행에 불과한 카스란의 인적 사항까지 모두 기억하고 있을 뿐 아니라 그녀를 통해 얻을 수 있는 이익은 전부 얻으려는 지독한 생각을 하고 있는 것이다. 바로 이런 면모 때문에 베오프스 남작이 늘 후작을 두려워하는 것인지도 몰랐다.

4

오늘 따라 바람이 몹시 불고 있었다. 슈는 생각보다 차가운 바람이 불어오자 오히려 기분이 상쾌했다. 게다가 환한 금발이 바람에 날려 그의 얼굴을 살짝 가리는 모습은 같은 남자가 보아도 매혹적으로 느껴질 정도여서 바로 옆에서 말을 몰고 가던 카스란은 잠시 넋을 잃을 정도였다.

'아, 그렇게 수많은 귀족가의 여식들과 그렇고 그런 관계라는 소문이 무성해도 단 한 번도 그를 원망하는 여자가 나타난 적은 없다 하여 이상하다고 생각했더니 오늘에서야 그 이유를 알겠네. 저렇게 매력적인 남자라면 어떤 여자라도 한 번쯤은 안기고 싶어질 게 분명하겠구나. 절대 남자와 사랑을 하지 않겠다고 결심한 나마저도 이렇게 마음이 흔들릴 정도이니… 하아……'

그녀는 여러 가지 문제 때문에 아예 사랑 자체를 포기했던 사람이었다. 외부적으로는 외국 남자와 결혼을 한다고 되어 있지만 진실은 전혀 다른 것이다. 물론 아직은 그녀의 사연을 전부 알 수 없었지만 말이다.

"가만… 저기 저들도 이곳 영지민들인가?"

"아, 네… 저들은 소작농들과 일부 화전민들입니다. 저들은 신분상 일반 평민들과 함께 어울릴 수가 없어서 저렇게 별도로 생활을 하고 있는 것이라 할 수 있습니다."

이곳 영지의 가신들과 인사를 나눈 뒤 저녁 만찬을 함께했던 슈는 날이 밝자마자 영지 시찰에 나섰다. 우선은 자신의 눈으로 직접 영지의 상황이 어떤지 살펴보기 위해서였다. 그런 그를 안내하기 위해서 현재 영주 대행을 맡고 있는 카스란과 영지의 세금 문제와 기타 살림살이를 맡고 있는 기사 파이론 스웰덴, 그리고 황소만 한 몸집을 자랑하는 기사 와일드 팩, 포커페이스 기사 루페인 소로시가 함께 동행을 했다. 시종 그란텔과 호위 병사 십여 명이 함께한 것은 물론이다.

"저기 보이는 마을이 바로 던델 마을입니다. 약 사십여 가호쯤이 살고 있는 제법 번화한 마을이지요."

"호오… 역시 영주성에서 가장 가까운 마을답게 그래도 꽤나 생기가 있어 보이는군."

"이 마을 사람들은 그래도 대부분이 농사를 짓고 살고 있지요. 영지 내에서 이렇게 농사를 짓는 마을은 그리 흔치 않습니다. 그나마 평야 지대에 있는 마을이니 가능한 것이지요."

"그렇군. 그럼 이곳은 어떤 식으로 관리를 하는가?"

슈는 영지를 경영해 본 적이 없었으니 잘 모를 것이고 제갈수 역시 중원의 행정 체계는 잘 알아도 이 세계가 어떤 식으로 돌아가는지는 자세히 알 수가 없었다. 때문에 하는 질문이었다. 그러자 카스란을 제외한 모든 기사들의 눈에 그럼 그렇지라는 빛이 동시에 어렸다.

영지를 다스리겠다고 내려온 작자가 영지 운영 시스템도 제대로 모르고 있는 것을 보면서 망나니가 괜히 망나니겠는가 싶은 생각을 한 것이 분명해 보이는 태도였다. 하지만 아무리 그렇다고 해도 좋든 싫든 곧 사신들의 로드가 될 사람. 노골적으로 불만을 드러낼 수는 없었기에 또다시 기사 파이론 스웰덴이 공손한 어조로 대답했다.

"각 마을에는 그 마을을 이끄는 대표자가 한 명씩 있습니다. 바로 촌장들이지요. 그들은 현재 촌장이 죽거나 특별한 이유로 사임을 할 때마다 새로 선출하는데 새로운 촌장이 선출되면 반드시 영주님께 와서 보고를 합니다. 또 각 마을마다 조금씩 다릅니다만 농사를 짓는 곳은 수확기 때 한 번, 그리고 사냥이나 목축업을 하는 마을은 두 달에 한 번씩 세금을 걷어서 촌장이 직접 가지고 옵니다."

　"그렇군. 그렇다면 마을을 지키는 일은 어떻지? 자경단이라도 있는 것인가?"

　"맞습니다. 원래는 각 마을마다 기사 한 명 정도는 파견해서 병사를 뽑아 지휘를 해야겠지만 보시다시피 우리 영지에는 기사 수가 워낙 적어서 모든 마을의 방어는 자경단이 담당하고 있습니다. 대다수 자경단장들은 퇴역한 병사들이라 할 수 있지요. 그나마 병사 훈련을 받은 노련한 자들이라 그들의 지휘하에 자경단이 돌아가는 것입니다. 현재로서는 이것이 최선의 방법이라 할 수 있지요."

　이야기가 진행될수록 슈는 기사 파이론에게 감탄을 하고 있었다. 그는 기사치고는 생각보다 똑똑했던 것이다. 제갈수가 슈의 육체로 들어온 이래 만나보았던 수많은 기사들은 육체적으로 강하고 뛰어난 검술 실력은 가지고 있었지만, 대부분 머리에 돌덩어리를 얹어놓은 게 아닐까 싶을 정도로 무식했던 것이다. 그러나 기사 파이론은 뭔가 달랐다.

　"흐음, 파이론 경은 무척 세심하게 잘 아는군. 이런 가난한 영지에서 이런 훌륭한 방법을 생각해 내는 바람에 그나마 치안 유지가 가능할 것 같은데… 이런 생각은 대체 누가 해낸 것이오?"

　"바로 지금 설명하신 파이론 경의 생각이었습니다. 당시, 저희 아버지께서도 감탄을 하신 바 있었지요."

　"역시. 좋소. 이제 마을로 들어가 봅시다."

슈는 다시 말을 재촉하면서 이런 촌구석에 저 정도로 똑똑한 기사가 있다는 사실에 무척 놀랐다.

'흐음… 마치 대어를 낚은 기분이로군. 아직 검술 실력은 알 수가 없지만 저런 정도의 행정 능력이라면 쓸모가 무척 많겠어. 게다가 이곳 영지는 특히 행정적인 부분이 중요하니 방향만 잘 잡아준다면 정말 기대 이상의 성과를 보여줄 게 틀림없을 것 같군.'

유능한 리더는 모든 일을 혼자 잘하는 사람이 아니라 뛰어난 인재를 찾아내서 그 인재를 적재적소에 잘 배치할 줄 아는 능력이 더 필요하다. 물론 슈의 육체 안에 있는 제갈수는 중원 정의맹의 군주로 있을 때부터 이런 능력은 최고로 평가받았던 사람인만큼 인재를 발굴하고 효용 가치를 높이는 일에는 그야말로 탁월하다고 할 수 있는 사람이 아니던가.

"아서시스님의 광명된 능력이 영주님께 함께하시기를! 던델의 촌장 막리온이 현명함으로 영지를 다스리시는 영주 대행님과 새로 오신 로드 슈 부르셀라 폰 레비안또 가누비엔 남작님께 인사 올립니다."

털썩… 쪽!

이미 병사들 중 누군가가 먼저 달려가 새로 온 영주에 대해 귀띔을 한 것인지, 던델의 촌장 막리온은 거창하게 인사를 올리더니 곧 바닥에 엎으려 슈의 발등에 입맞춤을 하였다. 이것

은 슈가 자신의 로드임을 인정하는 행위이자 그에게 바치는
최고의 인사였다. 카스란이 비록 그동안 영지를 다스려 오기
는 했지만 단 한 번도 이런 최고의 예는 받아본 적이 없었다.
그녀는 말 그대로 영주 대행이었고 슈는 진정한 그들의 주군
인 것이다.

CHAPTER 09
그 시작은 미약했지만(2)

Miracle

우르르릉~ 콰앙!

쏴— 아아아아~

"이, 이런… 어서 이쪽으로 오십시오. 소나기가 내립니다."

"로드! 어서 저쪽으로 가시지요!"

철벅… 철벅.

다행히 마을 안에 들어설 때를 맞춰서 요란한 천둥소리와 함께 비가 퍼붓기 시작했다. 그러자 촌장은 물론이고 함께 움직였던 기사들까지 서둘러 슈를 마을회관 쪽으로 안내했다. 회관은 바로 보일 정도로 가까운 거리에 있었지만 어찌나 소나기가 세차게 내리는지 그 앞에 도착했을 때는 이미 모든 사람들의 옷이 흠뻑 젖은 뒤였다.

"어서 안으로 드십시오. 당장 목욕물과 갈아입으실 옷을 준비하겠습니다."

촌장이 회관의 가장 안쪽을 가리키며 슈를 안내했지만 슈는 이를 거절했다.

"아니, 괜찮소. 기왕 젖었으니 마을을 더 돌아보고 싶군. 이런 날씨에 마을 주민들이 비를 잘 피하고 지내는지 갑자기 궁금해졌거든."

"하지만 비를 너무 맞으시면 감기에 걸리실지도 모릅니다. 그러니 일단 비가 그치면 움직이시지요?"

"내가 그렇게 허약해 보이나? 오래간만에 비를 맞으니 나는 오히려 기분이 좋다네. 하하하… 자, 그럼 어디 가볼까? 아! 자네들은 회관 안에 들어가서 쉬고 있게. 나는 나의 시종 그란텔만 대동하고 돌아볼 테니."

쏴― 솨솨솨~

이렇게 세차게 비가 내리는데도 슈가 마을을 시찰하겠다고 하니 누구 하나 말릴 생각을 할 수 없었다. 당연히 그가 들어가 쉬라고 했다고 정말로 회관 안으로 들어가는 기사도 없었고 말이다.

어쨌든 자신들의 새로운 로드가 비를 맞으면 다 같이 맞아야 옳은 것이다. 그렇게 촌장까지 모두 십여 명이나 되는 사람들이 철퍼덕거리며 슈의 뒤를 줄줄이 따라가는 모습은 실로 가관이라 할 만했다.

"어라? 저 집은 어째서 홀로 떨어진 채 다 쓰러져 가는 거지? 사람이 살지 않는 집인가? 어디……."

철퍼덕, 철퍼덕.

여전히 세찬 비가 내리는 가운데서도 마을의 곳곳을 둘러보던 슈는 이 마을이 비록 그렇게 부유한 마을은 아니지만 생각보다는 집들이 깔끔하고 정비가 잘 되어 있으며 사람들이 부지런하게 일을 하여 열심히 살아가고 있음을 알 수 있는 흔적이 곳곳에서 발견되어 속으로 꽤나 흐뭇한 기분이 들었다.

그런 가운데 마을과 뚝 떨어진 산기슭 바로 아래에 위치한 낡은 건물만큼은 주변 집들과 전혀 어울리지 않을 만큼 피폐해 있어서 슈의 호기심을 자극하기에 충분했고, 그래서였는지 그는 물이 고였다가 흘러내리는 진흙탕을 아랑곳하지 않고 그 건물로 다가가기 시작했다.

삐이걱―

슈의 손짓에 문이 열리면서 스산한 소리를 냈다. 집 안은 창을 통해 아주 희미한 불빛만 스며들고 있었고, 퀴퀴한 냄새가 났다.

"아무도 없는가?"

"콜록! 콜록! 뉘시오?"

집 구석에 있는 작은 침대에 앉아서 기침을 하는 노인이 슈의 시야에 잡혔다. 슈가 촌장에게 노인을 가리키며 물었다.

"이런, 노인이 있었군. 이것 보게, 촌장. 저 노인은 누구인가?"

쏴아아아—

"아, 저분은 저희 마을의 전전대 촌장이셨던 분입니다. 현재 우리 영지를 통틀어 가장 장수를 하고 계신 분입니다. 원래는 이 집도 엄청나게 화려했던 저택이었는데 이십 년 전 큰 흉년 때 아들 셋이 상단을 만들어서 큰돈을 벌어오겠다고 하자 재산을 모두 처분해 그런 아들들을 밀어주었다가 가세가 기울게 되고 말았습지요. 어르신, 이분은 이번에 새로 오신 우리들의 로드십니다. 어서 인사드리십시오!"

"응? 로드님이시라고? 아이고, 이런⋯ 어, 어떻게 그런 귀하신 분이⋯ 끄응⋯ 미, 미천한 것이 로드님을⋯⋯."

"어허, 위험하네. 인사는 필요없으니 일단 편히 앉게나. 내가 이렇게 더 있으면 이 노인이 힘들 것 같으니 모두 나가자."

"알겠습니다, 로드."

백발이 성성한데다가 허리까지 구부정한 노인은 자신들의 새로운 주군이 왔다는 말에 황송해하며 가까스로 일어나 인사를 하려고 했지만 슈가 말렸다. 워낙 위태로워 보여서 그런 것도 있지만, 이 노인네가 이런 곳에서 혼자 지내는 모습을 보니 갑자기 중원에서 언제나 자신의 건강만을 염원하셨던 돌아가신 아버지 생각이 난 것이다.

"촌장, 이 마을에는 저 노인네가 기거할 집이 그렇게 없소?"

"왜 없겠습니까. 저희도 벌써부터 마을 중심으로 모시려고 애를 써보았지요. 하지만 언제 아들들이 올지 모른다고 절대 떠날 수 없다며 고집을 부리지 뭡니까? 마을에 있다고 아들들이 온 것을 모를 리는 없겠지만 아마 수 대째 살아온 저 집에 대한 미련 때문에 움직이지 않으시는 것 같습니다."

지나가던 소나기였는지 비는 거의 그쳐 가고 있었지만 여전히 지붕이 워낙 부실해 벌어진 틈으로 물줄기가 흘러내리는 것을 바라보며 슈는 그 집을 나서고 있었다.

"그렇다면 아들들은 어째서 오지 않고 있소? 이십 년이나 흐르도록 단 한 번도 아버지를 찾지 않았다는 것이오?"

"아닙니다. 처음 십여 년 동안은 두 달에 한 번 꼴 찾아오곤 했었지요. 그때는 그래도 저 집에 생기가 가득했었습니다. 아들들뿐만 아니라 손자들까지 와서 한참을 있다가 돌아갔으니까요. 하지만 그 이후 외국으로 나가서 큰돈을 벌 기회가 생겼다며 흥분을 하더니 그때부터 소식이 끊겨 버린 것입니다. 다들 그 아들들이 상선을 타다가 가라앉았던가 아니면 약탈자들에게 변을 당한 것이라고 추측을 하고 있지요. 아버지를 두고 소식을 끊을 만큼 모진 사람들이 절대 아니거든요. 사실은 엄청난 효자라고 해야 옳을 것입니다."

듣다 보니 노인의 사연이 어쩐지 남의 일 같지 않다는 생각이 드는 슈였다. 사람이 살다 보면 피치 못할 사연으로 그런 경우가 생길 수도 있는 것 아니겠는가. 게다가 저 노인의 모습과 자신이 관무에 나가 있을 때에도 늘 자신을 생각하며 시름에 잠겨 계셨을 아버지의 모습이 오버랩 되면서 더욱 그의 발걸음을 붙잡고 있었다.

'으음… 아무래도 안 되겠어. 저 노인이 움직이지 않는다면 다른 방법을 쓰면 될 것 아닌가. 저대로 둘 수는 없지. 가만, 여기는 마침 흙이 모두 황토인 것 같구나. 그렇다면……'

"이것 보게, 촌장."

"네, 로드!"

"지금 마을에 당장 동원할 수 있는 젊은 사람이 몇 명이나 되나?"

"약 오십 명은 될 것 같습니다만……."

"그들을 지금 당장 마을회관 앞으로 집합시키게. 내 지시할 일이 있네."

"네, 알겠습니다!"

누구의 명령인데 토를 달겠는가. 궁금함이야 많았지만 촌장은 슈의 명령에 조금의 망설임도 없이 즉각 대답을 하고는 곧장 회관으로 뛰어갔다.

땡땡땡땡!

그리고 마을 내 구석구석 소집종이 힘차게 울려 퍼지기 시작하자 곧 비 온 후 진흙탕으로 변해 버린 마을회관 앞 광장에는 수백 명의 사람들이 모이기 시작했다. 슈는 과연 무엇을 하려는 것일까.

2

슥삭, 슥삭.

"넘어간다!"

슈우우웅~ 쿠웅!

"이, 이런, 조심해, 이 사람아! 다칠 뻔했잖아."

"미안하네. 궁금증 때문에 마음이 급해지다 보니 큰일을 저지를 뻔했군그래."

슈는 마을 주민들이 다 모이자 그 가운데 건장한 청년들만 이십 명을 선출하더니 다짜고짜 나무를 베어오고 진흙을 모아오게 시켰다.

그러자 마을 사람들뿐만 아니라 그의 수행 기사들, 심지어 카스란과 그란텔까지 무엇을 하려고 하는지 물어보았지만 그는 두고 보면 알 거라며 그저 빙그레 웃기만 해서 모두를 궁금증에 빠지게 만들었던 것이다.

"더 두고 보면 알 테니 어서 서둘러 나무들을 옮기세."

"그러지. 다들 어서 어르신의 집 앞으로 출발하자!"

끄응~차—

워낙 많은 인원들이 움직여서 그런지 그 나이 많은 노인네의 외딴집 앞에는 순식간에 수많은 나무 더미와 짚단 더미, 그리고 진흙을 담은 수레들이 쌓였다. 그러자 슈는 그것을 지켜보다가 어느 정도 양이 충분하다고 여겼는지 곧 노인네를 조심스럽게 회관으로 옮기도록 지시를 내렸다. 그러고는 일하던 청년들을 건물 앞에 모이게 하더니 곧 사방에 말뚝들을 꽂기 시작했다. 말뚝을 하나만 남겼을 때에서야 슈가 모인 일꾼들에게 말했다.

"다들 잘 들어라. 지금부터 우리는 천사가 되는 것이다."

"천사… 요?"

"그렇다. 기적을 만들어내는 그런 천사 말이다. 다들 내 앞쪽으로 더 모이도록. 아, 자네들은 이제 물러나서 회관에 가 있도록. 오늘 점심을 따로 준비했으니 일이 끝나면 나는 이들과 함께 갈 테니 그곳에서 기다려라."

슈의 말에 그란텔이 앞으로 나와 말을 꺼냈다.

"하지만 로드……."

"이것은 명령이다! 그리고 이곳에서 그 어떤 일이 벌어지든지 절대 동요하지 말고 그저 기다려라. 알겠나?"

"네, 로드."

웅성웅성…….

슈는 성안에서 따라온 일행들마저 회관으로 돌려보내더니 일꾼들만 모이게 하고는 마침내 마지막 말뚝을 힘차게 꽂았다.

팟!

"헉! 이, 이럴 수가! 로드! 로드! 어디 계십니까?"

"말도 안 돼! 어찌 멀쩡하게 뜨고 있는 눈앞에서 그 큰 건물과 수십 명의 사람들이 감쪽같이 사라질 수가 있단 말인가? 설마 우리가 꿈을 꾸고 있는 것일까? 어디……."

"으윽! 왜 이래?"

"부, 분명 꿈은 아닌데……."

명령을 받고 회관으로 가려던 사람들은 낡고 커다랗던 건물은 물론 일꾼들마저 눈앞에서 순식간에 사라져 버리자 놀라지 않을 수 없었다. 그나마 이곳으로 오다가 약탈자들을 혼내주었던 슈의 능력을 직접 목격한 그란텔만이 그나마 조금 덜 놀란 편이었다. 하지만 그 역시 본능적으로 사방을 두리번거리며 자신의 주인을 찾다가 퍼뜩 정신을 차렸는지 곧 한마디 했다.

"다들 로드의 명을 따릅시다. 그분께서는 워낙 신비한 능력을 가지셨으니 아까의 말씀대로 오후가 되면 오실 것입니다."

"아, 그란텔님은 전에도 이런 일을 겪어보시었소?"

"같은 상황은 아니지만 비슷한 경우를 겪어보기는 했지요. 우선 갑시다. 가서 이야기해 드릴 테니……."

마침내 그들과 호기심에 이끌려 모인 인근 마을 사람들이 이번에는 그란텔의 말에 혹해서 그를 따라 회관으로 가기 시

작했다. 지금 일어난 수수께끼를 풀 수 있는 유일한 힌트를
그가 쥐고 있는 것 같았기 때문이다. 그만큼 사람들은 이 일
에 경악과 강렬한 호기심을 동시에 느끼고 있었다.

그리고 그렇게 시간은 흘러가고 있었다.

"휴우… 다 되었군. 모두 고생이 많았다."

"저, 정말 이게 저희가 만든 건물이란 말입니까? 믿기지 않
습니다. 와아……."

처음 약속대로 한나절이 거의 다 지나갈 무렵, 슈가 펼쳐
놓았던 진식의 안쪽에서는 이런 말소리가 들려오고 있었다.
무엇인가 일이 끝난 모양이다.

"다들 알고 있겠지만 그 어떤 건물도 마구잡이식으로 지으
면 시간만 오래 걸릴뿐더러 튼튼하게 짓지도 못한다. 하지만
지금처럼 건물 구조에 대한 설계도를 만들고, 규칙과 순서에
입각해서 짓게 된다면 이처럼 놀라운 성과를 거둘 수 있는 것
이다. 물론 내가 아무리 설명을 한들 하루아침에 알 수 있는
방법은 아니겠지만."

"저도 이날까지 여러 채의 집을 지어본 경험이 있습니다만
이런 건축 방식은 처음 접해봅니다요. 게다가 똑같은 진흙과
지푸라기, 그리고 나무를 이용하는데도 어떻게 이런 견고한
벽이 이루어지는지… 정말 신기합니다."

"후후, 그걸 한 번에 금방 다 알게 되면 괜히 잔뜩 잘난 체

하며 일을 지시한 나는 뭐가 되겠느냐. 내가 처음부터 그러지 않았느냐, 이 일은 나만이 아는 비법이니 지시를 잘 따라야 한다고. 하하하!"

청년들의 놀라움에 슈가 농담하듯 대답하자 한나절 동안 힘들게 일한 청년들의 얼굴에 미소가 떠올랐다. 처음 일을 시작할 때만 해도 감히 쳐다볼 수도 없던 하늘 같은 로드가 지금은 마치 오래전부터 알고 지내던 마을의 어르신 같은 친밀감으로 다가왔기 때문이다. 그들은 눈앞의 대단한 귀족이 이처럼 스스럼없이 자신들을 대할 줄은 상상도 하지 못했기에 이런 기분은 더했다.

"아무튼 대단하십니다, 로드! 존경합니다!"

"아, 이제 그만 되었다. 지금부터 우리는 내일 날이 밝아올 때까지 절대 오늘 있었던 일을 이야기해서는 안 된다. 알겠지?"

"공사한 사실도 입 다물어야 합니까?"

"물론이다. 처음 내가 너희들에게 뭐라고 했지?"

"혹시… 천사가 되자는 말씀… 말인가요?"

"맞다! 우리는 천사가 되어야 한다고 했지. 천사는 갑자기 기적을 보여야 그럴싸해 보이는 것이다. 지금부터 내가 마법을 사용해 이 건물의 구조물들을 말릴 것이다. 그럼 내일 아침 무렵이 되면 완벽하게 거주할 수 있는 건물이 되는 것이지. 내 말뜻 알겠느냐?"

"네, 로드!"

놀랍게도 슈는 전전대 촌장이었다는 노인네가 살던 건물을 완벽하게 복원해 놓은 것이다. 하지만 벽을 이루고 있거나 기둥과 지붕 등에 발라둔 진흙이 마르지 않아 완전하다고 볼 수는 없었다. 이 때문에 뭔가 또 다른 조치를 하려는 것인지 그는 다시 한 번 건물 주위를 돌면서 작고 긴 막대기를 꽂아 나갔다. 진식 안에 또 다른 진식을 만드는 것이다.

"자, 이제 마을로 가자. 가기 전에 한 가지 더 주의할 것이 있다. 지금부터는 내가 땅에 발자국을 내며 걸을 테니 반드시 그 발자국을 똑같이 밟으며 걸어야 한다. 한 발자국이라도 잘못 밟으면 그 자리에서 목이 떨어질 것이니 명심하도록!"

"넵!"

척! 척! 척척!

모든 준비가 끝나자 슈와 청년들은 천천히 진식을 빠져나가더니 곧장 마을회관으로 향하기 시작했다.

3

원래 진식에 관한 지식을 깊이 쌓으려면 기본적으로 기관과 토목학도 공부해야 한다. 때문에 통상 중원에서 진식으로 유명했던 사람들을 지칭할 때는 '기관 진식의 달인'이라고 하지, 단순하게 진식의 달인이라고 하지 않는 것이다. 당연한 것이 진식 역시 알고 보면 고도의 기관학이라 할 수 있기 때문이다.

그런 연유로 지금 슈가 가지고 있는 기관 건축에 관한 조예는 실로 놀라운 것이라 할 만했다.

짹짹~ 짹! 쪼로로롱~!

마을회관을 사이에 두고 아침을 알리는 새들의 노랫소리가 들리고 슈를 깨우는 시종의 목소리가 마을회관 안에서 울렸다.

"로드! 식사 준비가 끝났습니다. 어서 일어나시지요!"

"아함~! 그래, 알았다. 얼른 세수를 하고 갈 테니 조금만 기다려라."

아침이 밝고, 마을회관 안에 마련된 귀빈을 위한 침실에서 자던 슈는 잠이 덜 깬 눈으로 일어나더니 천천히 씻고 식당으로 향했다.

"안녕히 주무셨습니까, 로드!"

"좋은 아침입니다, 로드!"

"응, 다들 일찍 일어났군. 어서 식사들 하지."

슈를 제외한 모든 사람들은 평소보다 일찍 일어날 수밖에 없었다. 당연한 것이 밤새 산기슭 아래 있던 그 건물의 행방은 물론 도대체 어제 한나절 동안 슈와 청년들이 무엇을 한 것인지가 너무도 궁금해서 제대로 잠을 잘 수 없었던 것이다.

사람의 호기심이란 이처럼 별것 아닌 것 같아도 상당한 집요함을 불러일으키기도 한다. 다들 아침 식사를 먹는 둥 마는 둥 하며 슈의 눈치만 살폈다. 마침내 슈가 식사를 마치자 재빠르게 상을 치우는 등 눈부신 속도로 장내 정돈을 마치고 다들 슈를 기다렸다.

"후후, 어서 가서 수레 위에 그 노인을 싣고 와라. 이제 노인과 함께 그의 집으로 갈 것이다."

"네, 로드시여!"

굳이 일을 이렇게 복잡하게 할 필요는 없었지만 슈는 중원에 있을 자신의 아버지 생각이 간절해서 일부러 노인에게 작은 이벤트를 마련해 준 것이다. 물론 이런 마음을 아는 사람은 아무도 없었으니 제삼자의 입장에서 볼 때는 온통 호기심 일색일 수밖에 없는 그런 이벤트지만 말이다.

그렇게 아침 식사를 끝내자마자 모든 마을 사람들이 슈와 노인네가 탄 수레, 그리고 그의 일행 뒤를 따라가기 시작했다. 오늘은 어제와 달리 소나기가 내린 뒤라서 그런지 날씨도 그렇게 화창할 수가 없었다.

"다들 이곳에서 기다려라. 내가 직접 베일을 벗겨주겠노라."

"알겠습니다."

슈가 말을 하고 약간 언덕진 곳으로 올라가자 사람들은 원래 건물이 있던 자리가 훤히 보이는 곳에 멈춰 서서 슈의 뒷

모습에 시선을 고정시켰다.

"이것 보게, 막리온 촌장."

"네, 어르신."

"난 도통 왜 이러는지 모르겠네. 언제쯤 내 집에 들어갈 수 있는 거지? 어째서 우리의 신임 로드께서는 날 이리도 괴롭히는 게야?"

워낙 나이가 많아서인지 발음이 조금 새기는 했지만 생각보다 전전대 촌장이었던 노인네의 정신 상태는 맑아 보였다. 단지, 어제부터 거의 반강제로 끌려 나오다시피 집 밖으로 나오게 되니 무척이나 불안했던 모양이다.

물론 이런 심정은 다른 사람들도 매일반이었다. 그들과 같은 무지렁이 촌농민들 입장에서는 여전히 경외와 공포의 대상이라 할 수 있는 자신늘의 로드 슈의 의도를 전혀 알 수가 없었기에 괜한 불안감에 떨고 있었다. 그나마 눈치를 보면서 다 따라올 수 있었던 이유는 어제 함께 움직였던 청년들의 증언을 통해 일단 새로운 로드가 거칠거나 쉽게 화를 내는 사람이 아님을 어느 정도 파악했기에 가능했다.

"저도 아직 잘 모르겠습니다. 하지만 어제 청년들 이야기를 언뜻 들어보니 절대 나쁜 일은 없을 거라고 하더군요. 그 이상은 로드께서 함구령을 내리셔서 더 말할 수는 없다고 하니 저희도 아직 영문을 모를 수밖에요."

"헐헐… 나는 아들들이 돌아올 때까지는 절대 집을 떠날 수 없어. 그건 자네도 잘 알지 않은가. 만일 저 집에서 나가라시면 그날이 내 제삿날일 게야. 이 점을 기억해 두게. 그리고 내가 늙어서 눈이 나빠 그런가. 어째 이 근방에 서 있어야 할 내 집이 안 보이는 게지?"

노인이 사방을 두리번거리며 묻자 잠시 촌장은 말을 잃고 말았다. 귀도 약간 어두운 이 노인네에게 자신도 영문을 알 수 없는 일을 어떻게 설명할 수 있겠는가. 그가 그렇게 진땀을 빼고 있는 바로 그때, 슈의 음성이 크게 울려 퍼지기 시작했다.

"다들 여기를 보라! 나는 어제 이 마을에 들어와 너희들이 서로 위하며 열심히 살고 있다는 것을 느꼈노라. 하지만 쏟아지는 비를 완전히 막아주지 못하는 집에서 홀로 앉아 있는 노인을 보는 순간 몹시도 마음이 아파 도저히 그냥 지나칠 수 없었다. 다들 부모님이 계실 테니 나의 이 심정은 이해하리라 생각한다."

슈가 이렇게 서두를 시작하자 대다수의 마을 사람들은 그의 말에 어느 정도 공감을 한 듯 서로 고개를 주억거렸다.

"때문에 내가 너희들의 새로운 로드가 된 증표이자 앞으로 내가 이곳을 다스리는 동안 어떤 식으로 다스릴 것인지 그 방향을 가늠할 수 있게끔 저 노인에게 작은 선물을 준비했으니 나의 뜻을 조금이라도 헤아려 주었으면 좋겠노라. 그럼 지금부터 그 선물을 공개하겠다."

두근두근.

꼴깍~!

도대체 저 젊다 못해 아직 소년티까지 엿보이는 새로운 로드는 이곳에다 무엇을 해놓은 것일까? 다들 궁금한 가운데 마침내 그 비밀의 베일이 벗겨지기 시작했다. 슈가 자신의 앞쪽에 있던 말뚝을 뽑아버린 것이다.

쑤욱—

"와아~! 이, 이건… 대체……."

"기적이다! 우리 마을에 기적이 일어났다. 어떻게 하룻밤 사이에 이런 일이 일어날 수가……."

사람들 앞으로 아름답게 건축된 건물 하나가 모습을 드러냈다.

원래 이 층 건물 구조였지만 태반이 붕괴되어 다 허물어질 것 같았던 건물은 완전히 사라지고, 그곳에 실로 아름다운 새 건물이 눈부신 햇살을 반사시키며 우뚝 서 있었다. 비록 유리가 부족했는지 아직 유리창은 여기저기 비어 있었지만 숨어 있다가 나타난 건물은 실로 완벽해서 여느 작은 귀족의 저택보다 낫다는 생각이 들 정도였다.

벽은 목조로 형태를 만든 뒤 그 안에 진흙을 채워 넣어서 만든 것처럼 보였는데, 건물을 전체적으로 아름답고 견고하다는 느낌으로 보이게 하는 비밀이 바로 이 목조 구조물의 배열에 있었다. 촘촘하게 세워지기도 했지만 가로세로를 오가며 엮인 모습이 무척이나 세련돼 보이게 할 뿐만 아니라 그만큼 단단하다는 것을 주장하는 것처럼 보였다. 정녕 말로 설명하기 어려울 정도로 경이로운 건물이 겨우 하룻밤 사이에 탄생한 것이다.

"어, 어르신! 저기에 어르신의 집이 보입니다!"

촌장이 자신을 집을 알아보지 못하고 두리번거리고 있는 노인네를 향해 말했다. 그러자 노인네는 더욱더 주변을 두리번거리며 의아해했다.

"응? 어, 어디? 내 집은 안 보이고 웬 귀족가의 집만 보이는 걸? 이 사람! 나를 대체 어디로 데리고 온 게야?"

"아이참! 일단 어서 올라가 봐요. 직접 들어가 보시면 알 것입니다!"

촌장은 답답하고 조급한 마음에 그 노인네를 자신이 직접 번쩍 안아 올리더니 성큼성큼 건물이 있는 쪽으로 움직여 갔다.

"자, 어서 노인을 모시고 들어가자."

"네, 로드! 끙차!"

촌장이 노인을 안은 채 마침내 활짝 열려 있는 대문을 통과해 들어가자 그 뒤를 따라 슈와 그의 기사들이 들어갔다. 그리고 그렇게 들어선 건물 내부에는 평소 노인네가 애지중지했던 물건들이 고스란히 배치되어 있어서 노인은 그제야 이 건물이 원래 자신의 집임을 깨달을 수 있었다.

"이, 이런 일이… 이런 기적 같은 일이 나에게 일어나다
니……."

"어르신, 이 모든 일이 우리들의 새로운 로드께서 만들어
주신 것입니다. 어서 그분께 감사드리세요."

잔뜩 감격에 겨운 눈망울로 집 안을 둘러보고 있던 노인네
에게 다른 사람들이 말했다. 그러자,

털썩—

노인네가 슈 앞에 힘겨운 몸을 이끌고 다가가 무릎을 꿇었
다.

"감사합니다… 나의 로드시여……."

"이런. 어서 일어나라. 그대에게 절을 받으려고 이런 선물
을 해준 것이 아니다. 단지 이 마을에서, 아니, 앞으로 내가
다스릴 영지를 이처럼 오랫동안 지켜준 그대가 고마워서 내
린 선물일 뿐이니 무릎을 꿇지 말고 오히려 자랑스러워하
라."

주르륵.

슈의 상냥함이 가득한 말에 결국 노인은 오랜 세월 잊어버
렸던 눈물을 흘리고 말았다.

노인은 아들들이 실종된 이후 처음으로 오래 살아 있는 것
이 다행이라는 생각을 하게 되었다. 이런 자애롭고 마음이 따
듯한 영주를 만났으니 이 어찌 기쁜 일이 아니겠는가. 그리고
그의 이런 생각은 점차 마을 전체로 번져 나갔다.

아니, 시간이 흘러가면서 온 영지 안에는 든든하고 진정으로 영지민들을 사랑하는 새 영주가 오셨다는 소문이 퍼져 나갈 터였다.

'아, 저분이 정말로 그 망나니 공자 슈란 말인가? 믿을 수 없구나. 애초에 이 일은 짜여 있는 각본도 아닐 텐데, 외로운 노인을 위한 마음 하나로 마을 사람들 모두의 마음을 이처럼 사로잡다니……. 놀랍구나. 어쩌면, 어쩌면 저분이야말로……. 아니다. 아직은 더 지켜봐야 알 수 있을 것이다. 하지만 가능성이 높은 것만큼은 부인할 수 없겠구나. 오늘 저분의 모습은… 정말 빛으로 가득 싸인 느낌이다.'

일련의 상황을 지켜보던 기사 파이론이 이런 생각에 빠져들었다. 그는 사실 알려진 모습보다 감추어진 모습이 더 많은 사람이었다. 그동안 좋은 군주를 모시고 싶어서 세상을 떠돌았던 적도 있었으며 지금도 계약적인 기사이지 이곳의 정식 기사는 아닌 사람이었다.

"와— 하하하! 로드시여! 어떻게 그렇게 사람 애간장을 태우며 이런 감쪽같은 일을 이룰 수 있으신 것인지 정말로 이 와일드 팩 감탄했습니다! 이거 갈 때 가더라도 이럴 때 한잔하지 않을 수 없지 않겠습니까? 이보슈, 촌장! 혹시 마시다 남은 술이라도 있으면 좀 내와 보슈! 우리 회관에 가서 거나하게 한잔합시다!"

"무, 물론 술이야 늘 있습죠! 질이 떨어지기는 해도 취하는

데는 그만인 퐁카주가 몇 통이나 남아 있을 겁니다. 오늘은 제가 대접할 테니 마음껏 드십시오!"

"이보게, 촌장. 뭘 회관까지 가려고 그러나. 내 비록 망한 사람이지만 퐁카주 정도는 대접할 여력이 있다네. 그러니 우리 이 멋진 내 집! 내 집에서 로드님과 기사님들을 대접하세."

"퐁카주라면 하급이라 해도 당연히 좋지! 그리고 장소가 뭐가 중요하겠소. 일단 그럼 어서 내오시오! 어서!"

어쨌든 핑곗거리만 있으면 술을 마시는 분위기로 몰고 가는 기사 와일드가 소리를 질렀다. 그러자 막리온 촌장과 전전대 촌장까지 동조를 하고 나섰다. 그 역시 오늘은 너무나도 기분이 좋았던 것이다.

그렇게 사람들은 슈와 청년들이 새롭게 만든 건물 안에 모여 사내들은 웃고 떠들면서 술을 마셨고, 여인네들은 조금도 귀찮아하지 않으면서 끊임없이 안줏거리를 내다 주고 있었다. 그 속에서 전전대 촌장 가우핀은 조용히 그들을 바라보며 이제 아들들만 한번 만나면 죽어도 여한이 없다는 생각을 하였다.

CHAPTER 10
검술에 관한 고찰

Miracle

1

비록 가난하고 사방이 산악 지대인 영지였지만 땅의 규모
는 어찌나 큰지 영지를 대충 한 바퀴 돌아보는 데만 해도 근
닷새라는 시간이 걸리고 말았다. 그것도 너무 성을 오래 비우
면 안 된다고 기사들이 만류하는 바람에 규모가 어느 정도 되
는 마을만 방문해서 그렇지 작은 마을까지 다 들렀다면 족히
한 달 가까이 걸렸을 것이다.

톡톡톡…….

영지 시찰을 끝내고 성으로 돌아온 슈는 아침부터 자신의
방 안에 앉아 책상 위를 손가락으로 바쁘게 두들기며 혼자 깊
은 고민에 빠져 있었다.

"아무리 생각해 봐도 쉽게 답이 나오지 않는구나. 땅덩어리는 뭐가 이렇게 큰 거야? 인구수는 고작 해봐야 3천도 안 될 것 같은데 땅만 크면 뭘 하겠어? 머리만 아프지. 쯧."

지난 닷새 동안 돌아본 결과 이제는 어째서 아버지가 이곳을 경영해 보라고 보냈던 것인지, 또 영지로 떠나올 때 그 잘나신 큰형님의 입가에 어째서 비릿한 조소가 걸려 있었던 것인지 확연하게 깨달을 수가 있었다. 이곳 영지는 정말 최악의 영지였다.

첫 번째로 인구수가 극심하게 적어 인력 수급에 문제가 있었다. 설혹 인구가 많다 하더라도 먹고살 길이 암담할 정도로 땅이 척박했다.

처음 던델 마을을 방문했을 때만 해도 생각보다 마을 주민들이 먹고사는 데 크게 힘들어하지 않고 사는 것 같아 보여서 속으로 이 정도 영지라면 아주 풍족하지는 않아도 어느 정도 경영해 볼만은 하다고 생각했다.

하지만 그다음 마을인 테로시안에 접어드는 순간, 그 생각이 얼마나 안이한 생각이었는지를 뼈저리게 깨닫고 말았다. 던델 마을과 비슷한 규모의 마을인데도 살아가는 모습은 천양지차였기 때문이다.

아직 식량에 여유가 있을 만한 시기임에도 불구하고 죽도 제대로 먹지 못해 굶고 있는 사람이 상당히 많았다. 게다가 사람들의 말에 따르면 그런 사람이 각 마을마다 최소 이십여 명은 넘게 있을 거란다.

"빌어먹을! 요즘 세상에 굶는다니, 이게 말이 되느냐고! 젠장. 어이가 없어서 원, 다른 것은 둘째 치고 우선 먹여 살리고 봐야겠어. 특히 어린아이들이 굶어 죽는 꼴은 볼 수가 없지, 암. 그란텔! 그란텔 어디 있느냐?"

"네, 로드! 부르셨습니까?"

"너 아무래도 본가에 좀 다녀왔으면 한다."

"본가에요?"

이곳에서 공작가까지 가려면 아무리 빨리 달려가도 족히 일주일은 걸릴 거리라 그란텔은 놀랄 수밖에 없었다. 또한 이곳은 여전히 위험 요인이 남아 있는데다가 자신의 주인인 슈는 특별한 능력은 있을지언정 변변한 검술 실력을 가지고 있는 것은 아니기 때문에 늘 염려의 대상이었다. 그런 상황인데 왕복 보름 이상 동안 자리를 비우는 일을 시키니 썩 마음이 내키지 않는 것이다.

"응, 아무래도 내 사유재산을 처분해야 할 것 같거든."

"네? 사유재산을요?"

"굳이 필요없을 것 같아서 일부러 그냥 내려왔는데 너도 보았다시피 당장 죽을 것 같은 아이들과 여자들을 저대로 둘 수는 없지 않겠느냐. 아버지에게 받은 것을 이용하는 거라 자존심이 상하기는 하지만 내 알량한 자존심보다는 그들의 목숨이 더 중요할 것 같다."

비록 셋째 아들이기는 해도 대공작 가문의 셋째이다. 뿐만 아니라 어머니가 일국의 공주 출신인 슈에게는 그동안 받았던 선물만 해도 엄청난 재산이라 할 수 있었다. 처음에는 그 것들을 처분해서 내려올까 고민을 하다가 나름 자존심을 세운다고 모두 놓고 왔던 슈였다. 그러나 이번에 자신이 다스릴 영지를 돌아보다가 만나게 된 빈민들은 실로 암울해 보여 이 대로 두고 볼 수만은 없었다.

여자들은 지치고 병들어 있었으며 아이들은 제대로 먹지를 못해 피골이 상접해 있는 모습이었다. 사실 이런 사람들은 대륙에 있는 어느 영지를 가든지 다 있게 마련이었지만 통상 대부분의 영주들은 외면을 하는 실정이었다. 그들에게 돈을 써봤자 얻을 수 있는 이득이 없기 때문이다. 그란텔 역시 이 점을 잘 알기에 지금 자신의 주인이 대체 무슨 생각에서 저러는 것인지 쉽게 납득이 되지 않았다.

"정말로 사유재산까지 털어서 그 천한 사람들을 도우시려는 겁니까?"

"그란텔."

"네, 로드!"

"그들은 천한 사람들이 아니다. 앞으로 내가 다스릴 영지의 영지민일 뿐이다. 가난하고 헐벗은 것이 죄는 아니다. 그리고 그들이 그렇게 된 이유는 영지를 제대로 다스리지 못한 영주의 책임이 더 큰 것이다. 그러니 앞으로는 말조심을 하도록!"

“옛썰! 마이 로드!”

그란텔 자신 역시 아직은 시종의 신분이다. 당연히 귀족보다는 평민의 입장을 더 잘 이해한다. 그렇기 때문에 일부러 더 확인하고 싶었을 것이다. 불과 얼마 전까지만 해도 귀족들 이외에는 사람 취급도 하지 않았던 이 고귀한 공자가 갑자기 너무나 달라져서 믿기 힘들 수밖에 없었다.

사실 슈, 아니, 슈의 몸을 차지하고 있는 제갈수는 중원에 있을 때도 백성이 평안해야 나라가 평안할 수 있다는 깨어 있는 생각을 했던 사람이었다. 물론 이곳과 비슷한 신분 사회에 살았었기 때문에 신분의 차이를 완전히 부정하는 것은 아니지만 귀족이 본이 되어야 평민들이 존경하고 잘 따를 것이라 생각했던 것이다.

“좋아. 그러면 어서 당장 떠나라. 가서 여기 적은 물품들을 처분한 다음 수도에 있는 상단 가운데 가장 신뢰할 만한 곳을 찾아가 빵을 만들 수 있는 양질의 밀가루 5백 부대와 양 2백 마리, 그리고 닭 1천 마리를 사 오도록. 떠날 때 우리 병사들 일곱 명도 호위로 데려가라. 알겠지?”

“네, 알겠습니다. 그런데… 병사들까지 데려가면 로드께서 위험할지도 모르는데 괜찮겠습니까?”

“그란텔.”

“네, 로드!”

“여기는 바로 나의 영지이다. 내 영지 안에 있는데 무엇이 위험하다는 게냐? 위험할 일은 하나도 없을 것이니 아무 걱정하지 말고 다녀와라. 그리고 나는 예전의 슈가 아니다. 무슨 뜻인지 알겠지?"

"넵!"

그란텔이 알고 있기로 원래 슈 공자는 형들 때문에 삐뚤어지기 전까지만 해도 무척이나 똑똑하고 당찬 소년이었다. 처음 공작가 도련님의 시종이 되었다는 말을 듣고 두근거리는 가슴으로 그를 만났을 때만 해도 그란텔이 속으로 신께 감사를 드렸을 정도로 비전이 보이던 주인 아니던가. 그런 주인이 무려 근 칠 년 만에 그때의 모습으로 되돌아오고 있었다. 최소한 그란텔은 그렇게 믿었다.

2

"후웁… 하아… 내 예상대로 날이 갈수록 연공이 쉬워지는구나. 내 영혼은 이제 이 새로운 육체에 완전히 적응한 것이 분명하다. 처음에는 진기의 흐름이 자꾸 막히더니 이제는 물 흐르듯이 원활해서 내공을 축적하기가 훨씬 편해진 느낌이다."

아직 완전히 영지를 인수인계받은 것이 아니기 때문에 슈는 어느 정도 한가했다. 영지 시찰 이후로 한 일이라고는 그저 그란텔을 본가로 보낸 것이 고작이고, 그 외에는 오로지 내공 연마에 집중하는 중이었다. 물론 틈틈이 기사들과 대화를 나누며 친분을 쌓고 있었지만 아직은 영지의 일을 여전히 약간은 수상한 카스란에게 맡겨놓고 있었던 것이다.

"으음, 오늘부터는 이곳 기사들과 함께 본격적으로 검술의 기초를 수련해야겠구나. 중원의 검법보다는 철저하게 힘을 중심으로 이루어진 듯 보인다. 내가 배우기엔 아쉬움이 많아. 하지만 그렇다 해도 배워둘 필요는 있을 것 같다. 직접 검을 들고 수련을 하면서 나의 검법을 만들어보자."

벌떡.

슈는 벌떡 일어나 밖으로 나갔다. 마음먹은 이상 망설이지 않는 것도 그의 장점인 것이다.

"이 굼벵이 같은 놈들아! 지금 장난하나! 그런 실력으로 어떻게 적을 벨 수 있겠느냐 말이다! 모두 대가리 박앗!"

"박아!"

우르르르… 척!

성의 훈련장에서는 오늘도 어김없이 '훈련은 실전같이, 실전은 훈련같이'를 부르짖는 와일드 팩의 무식한 방식에 의해서 돌격대의 고난은 계속되고 있었다. 이 영지의 군사 편제를 보면 다른 영지에는 없는 특이한 조직이 하나 있었는데 그것이 바로 돌격대였다.

원래 와일드 팩은 용병 출신이었다. 그는 수많은 실전 경험을 가진 노련한 기사였으며 동시에 유능한 리더였다. 이런 무식한 훈련 방법만 두고 보면 다들 저 사람이 미친 게 아닐까 싶기도 하겠지만 그는 알고 있는 것이다.

훈련할 때 흘리는 땀 한 방울이 전쟁터에서 자신의 목숨을 살릴 수도 있음을 말이다. 지금 이런 땡볕에서 완전 무장을 하고 뺑뺑이를 돌고 있는 대다수의 돌격대원들은 모두 그가 용병 생활을 할 때 그를 따르던 용병들이었다. 와일드 팩은 전임 영주였던 멕란드 자작의 도움을 받은 적이 있었고, 그것이 인연이 되어 자신의 수하들을 모두 이끌고 이곳의 기사로 투신하게 되었던 것이다. 과연 의리를 첫째로 여기는 그다운 행동이 아닐 수 없었다.

"고생들이 많군. 오늘은 다른 날보다 날씨도 훨씬 더운데 말이야."

한참 돌격대원들에게 얼차려를 주고 있던 와일드 팩을 향해 슈가 다가갔다.

"어서 오십시오! 로드께서 훈련장까지 오시다니, 이거 더 열심히 해야겠습니다. 허허. 이놈들! 모두 일어나라! 오늘은 특별히 새로 오신 로드님 덕분에 산 줄 알고 감사한 마음으로 잠시 휴식!"

"감사합니다, 대장님! 감사합니다, 영주님!"

처음 만났을 때만 해도 약간은 건방지게 말을 했던 와일드 팩이었지만 그와 같이 영지 시찰을 하고 돌아와서부터는 말투 자체가 달라졌다.

처음에는 슈를 진심으로 자신의 로드라 여기지 않았지만 던델 마을에서 그가 보여준 감동 이후 생각이 바뀌었던 것이다. 그가 그렇게 슈에 대한 존경심을 갖기 시작한 덕분에 딱딱한 바닥에 머리를 박고 있던 돌격대원들까지 득을 보고 있었다.

"그런데 어쩐 일로 이곳까지 나오셨습니까?"

"어쩐 일은. 나도 한 지방의 로드가 되었는데 형편없는 검술 실력으로 있어서는 안 되겠다는 생각이 들어서 말이야. 어때? 자네에게 훈련을 받았으면 좋겠는데? 물론 나 역시 저들과 예외없이 똑같은 훈련을 받고 싶은데……."

"네에? 저, 저한테 훈련을 받으시겠다고요?"

아무리 무식한 와일드 팩이라 해도 슈가 설마 이런 말도 안 되는 제안을 해올 줄은 상상도 하지 못했다. 슈가 누구인가? 아무리 낙후되고 후진 영지라 하지만 어쨌든 근 3천여 명이 넘게 사는 이 영지에서 신과도 같은 존재 아니겠는가. 그들 모두의 생살여탈권을 가진 그가 기사에 불과한 자신에게 무지막지한 훈련을 같이 받겠다니. 놀라지 않으면 그게 더 이상할 터였다.

"그렇다니까. 다른 훈련이야 돌격대 본연의 훈련이니 빠지겠지만 기초 체력 훈련만큼은 빡세게 돌려주게. 대신 틈틈이 시간 날 때는 자네가 나와 검술 대련을 해주면 더 좋고. 어때?

가능하겠나?"

"그, 그런… 훈련이야 얼마든지 함께 참여하실 수 있습니다만 검술 대련은 솔직히 좀 무리가 아닐까요? 괜히 자칫 잘못하다가는 로드를 다치게 할 수도 있으니까요. 저는 정교한 검술을 쓰지 않습니다. 오로지 살상을 위한 실전 검술만 쓰기 때문에 매우 위험합니다. 그러니 그것은 참으시지요."

와일드 팩의 말은 사실이었다. 원래 용병에게 가장 중요한 것은 생존력이다. 때문에 그들은 기사들이나 일반 병사들에 비해 검술 자체가 악독하고 잔인할 수밖에 없었다. 지금 와일드 팩은 바로 그런 점 때문에 이야기를 하는 것이다. 그런데,

"그의 말은 맞습니다. 우리 영지의 기사들 가운데 그와 대련을 하려는 기사는 없지요. 일단 시작하면 무조건 둘 중 한 사람은 크게 다칠 수밖에 없거든요."

슈의 뒤편에서 누군가의 목소리가 들려왔다.

"자네는 누구인가?"

"하하하! 이제야 인사드리게 되는군요. 안녕하십니까? 새로 오신 로드시여! 저는 '나이트 오브 윈드'라고 하는 세비앙 마가트입니다. 잘 부탁드립니다."

쭉 빠진 몸매에 부드러운 비로드 천으로 만든 깔끔한 기사 평복을 입었으며 그 위로 세련되어 보이는 망토를 걸친 기품 있게 생긴 사내 하나가 나타나 깃털 장식이 달린 모자를 한 손으로 벗으며 정중하게 인사를 했다.

스스로가 밝힌 것처럼 바람의 기사라는 별칭을 가진 기사 세비앙 마가트였다. 처음 소개를 할 때 몬스터 소동이 일어난 마을에 가는 바람에 슈를 보지 못했으며 돌아왔을 때는 슈와 다른 기사들이 영지 시찰을 나가는 바람에 이제야 인사를 하게 된 것이다.

"아, 자네가 바로 세비앙 마가트 경이로군. 반갑네. 그런데 방금 그 이야기는 무슨 뜻으로 한 것이지?"

"말씀드린 대로입니다. 와일드 경의 검술은 한 번 펼쳐지면 피를 봐야 멈추거든요. 저 무식한 아저씨 성격을 그대로 닮은 것이지요. 그래서 드리는 말씀인데 제가 대신 로드의 상대가 되어드리면 어떻겠습니까?"

"저, 저 인간이 또 나서네. 이봐, 세비앙! 아침부터 죽고 싶냐?"

"아, 잠깐만 참아주게, 와일드 경! 그 제안 고맙게 받지. 그렇다면 오늘부터 당장 시작해 볼까? 우선 기초 체력 훈련부터 시작하지. 뭘 그렇게 넋을 놓고 있나? 어서 시작하자니까!"

"네? 아, 네넵! 이 게으름뱅이 녀석들아! 당장 일어나지 못해!"

"네에~!"

편안하게 앉아서, 잘생겼지만 샌님처럼 보이는 새로운 영주와 자신들의 포악(?)한 대장과의 대화를 흥미진진하게 듣던 돌격대원들이 어마! 뜨거워라, 하는 표정으로 모두 벌떡 일어났다.

조금이라도 늦었다가는 저 무대포적인 대장이 또 무슨 트집을 잡고 뺑뺑이를 돌릴지 겁이 났던 것이다. 그리고 그런 그들의 곁으로 슈가 천천히 걸어갔다. 자신 역시 풀 플레이트 갑옷까지 챙겨 입은 채 말이다.

씨익~!

"잘 부탁한다."

"네! 환영합니다, 영주님!"

"시끄럽다! 어서 뛰어라!"

그렇게 따뜻하다 못해 뜨거운 어느 봄날, 무지막지한 호통과 함께 훗날 대륙에서 가장 악명 높은 전투 부대로 불리게 되는 '가누비엔 돌격대'에 괴상(?)한 신병 하나가 생기고 말았다.

3

"주인님! 샐론입니다. 저기… 식사 준비가 다 되었습니다. 다들 기다리고 있으니 오늘 저녁은 내려오셔서 꼭 드셔야 합니다! 어서 문을 열어주세요!"

"아직 해야 할 일이 있으니 그냥 돌아가라. 일이 끝나면 알아서 내려갈 것이니 신경 쓰지 않아도 된다."

세비앙 경과의 검술 대련이 있은 후부터 벌써 닷새째이다. 자신들의 하늘과 같은 로드가 방 안에 틀어박힌 지 벌써 닷새 동안 식사까지 거르며 나올 생각을 하지 않고 있으니 다들 마음이 편할 리가 없었다. 그렇지만 오늘은 다행히 대꾸라도 해주는 바람에 그의 담당이자 성안에서 가장 어린 시녀 샐론을 앞세우고 방문 앞까지 따라왔던 기사들은 그나마 약간 안도의 한숨을 쉬며 어쩔 수 없이 다들 되돌아가고 말았다.

"역시 너무 무모한 방법이었어. 아, 이게 무슨 개망신이람. 천하의 제갈수… 아니지 참, 천하의 슈가 한 방에 쭉 뻗은 개구리 신세로 전락하고 말다니……. 생각만 해도 얼굴이 다 화끈거리는구나. 하지만 드디어 오늘에서야 확실히 실력을 키울 수 있는 방법을 찾았으니 곧 만회할 수 있으리라."

과거에 비록 다 죽어가는 몸을 가지고 살았던 제갈수였지만 엄청난 천재였던 만큼 그 누구보다 자존심 하나는 강했던 인물이었다. 그 영혼이 고스란히 있는 이상, 그가 이번에 느낀 수치심과 충격은 일반인으로서는 상상하기 힘들 정도로 컸다. 때문에 그는 닷새 동안이나 방 안에 처박힌 채 어떻게 하면 단시일 안에 검술 실력을 늘릴 수 있는지를 연구하고 있었고, 마침내 그 방법을 찾아냈던 것이다.

"내공은 둘째 치더라도 제일 문제는 역시 실전이었다. 내가 만든 검술을 제대로 익히기만 하면 앞으로 적수가 없을 것은 분명하지만 그 정도의 실력을 빠른 시일 안에 연마하려면 그에 상응할 수 있는 수많은 실전을 치러야 하는 것이 바로 정답인 것이지. 그리고 그렇게 실전처럼 연습할 수 있는 방법이 세워진 이상 이제부터는 결행만 남았다. 그러기 전에 우선 도면부터 그려야겠군."

그는 또다시 몇 시간째 책상 위에 커다란 종이를 펼쳐 놓고 무엇인가를 열심히 그리더니, 그것을 완성하고 나자 그제야 조용히 밖으로 나갔다. 무려 닷새만의 칩거를 깨고 드디어 나온 것이다.

델리슨의 방 앞.
똑똑.
"델리슨 있는가?"
"누, 누구?"
"자네의 주인일세."
"헉……."
후다닥— 딸칵.
"어, 어서… 오, 오십시……."
"됐네. 힘들게 그럴 필요 없고, 일단 책상 앞에 앉아보게."
슈는 방에서 들고 나온 도면을 들고 곧장 영지 실용 마법사인 델리슨에게 온 것이다. 이미 저녁 시간도 지난 늦은 시간인지라 델리슨은 전혀 누가 올 것은 생각도 하지 않고 뭔가를 연구하고 있다가 화들짝 놀라 그를 맞이했는데, 슈는 그런 것은 아랑곳하지 않고 곧바로 책상 위에 도면부터 펼쳤던 것이다.
"이, 이, 이게 뭡니까?"

"하하. 잘 보게, 이건 그냥 작은 종이 인형 설계도일세. 이대로 만들어 줄 수 있겠나? 내가 알고 있기로 실용 마법을 하는 사람이라면 가능한 것으로 알고 있는데?"

"가, 가, 가능……."

델리슨이 힘겹게 입을 벌려 억지로 소리를 냈다.

"내가 질문하면 자네는 고개로 답만 하게, 힘겹게 그러지 말고. 끄덕이거나 좌우로 흔들거나. 알겠지?"

끄덕끄덕.

사실 델리슨은 과거 마법 실험을 하다가 성대를 다쳤다 한다. 그 때문에 지금도 발음이 잘 안 돼 말하기가 무척 어려웠는데 이처럼 대단한 귀족이 자신을 이해해 주며 대화를 이끌자 그의 눈에 이채가 잠깐 스치고 지나갔다. 이런 귀족을 만나본 적은 단 한 번도 없었던 것이다.

"좋아. 그리고 참, 이 옆에 있는 이 철 기둥과 발리스터도 만들어 주게. 물론 이것들도 종이로 만들면 되는 것이니 가능하겠지? 사람 인형보다는 훨씬 쉬우니 말이야."

끄덕끄덕.

슈가 내민 도면에는 고대 중국 갑옷을 입은 것 같은 인형들의 모습과 단순하게 생긴 철 기둥(사실은 종이로 만들 것이지만), 그리고 대륙 기본 사양을 갖춘 보편적인 모델인 발리스터 그림이 그려져 있었다. 한마디로 이 그림만 보자면 그가 예전에 살았던 중원과 현재의 대륙이 공존하는 셈이었다.

"다 완성하는 데 얼마나 걸리겠나? 옆에 크기와 두께 등도 기재해 뒀으니 그대로 만들어 줬으면 좋겠는데… 물론 시간 은 빠를수록 좋고 말이야."

"내, 내, 내일 오, 오후……."

"응? 내일 오후?"

끄덕끄덕…….

"와~ 생각보다 델리슨 자네의 솜씨가 보통이 아닌가 본 데? 난 최소한 사흘은 걸릴 줄 알았는데 말이야. 좋아! 그럼 내일 오후에 다시 오겠네. 잘 부탁하네."

괴상한 주문을 끝낸 슈는 곧 다시 자신의 방으로 가서 몇 시간 정도 더 심법을 연공하다가 잠자리에 들었다.

그렇게 또 하루가 지나가고 다음날 아침이 되자 모처럼 성 의 식당은 활기가 넘치기 시작했다. 검술 대련 이후로 지난 닷새 동안 쥐 죽은 듯이 숨어 있던 차기 성주가 나타나니 괜 히 다들 기분들이 좋은 것 같았다. 그렇게 부산을 떨더니 다 들 다시 하루 일과를 시작하러 가자 슈는 혼자 또다시 슬그머 니 성내에 있는 대장간으로 갔다.

"고생이 많군."

"헉! 어, 어서 오십시오, 성주님!"

아직 공식적으로 성주 자리에 오른 것은 아니었지만 이미 성내에서는 그가 성주임을 모두 인정하고 있었기 때문에 대 장간을 하고 있는 발포슨 또한 그의 발아래 넙죽 엎드린 채 감히 고개를 들지 못했다.

"하하. 내가 자네에게 부탁할 것이 있어 왔으니 어서 일어나게."

"네……."

"자네, 이 그림과 똑같은 검을 만들 수 있겠나?"

"아… 이것은 롱 소드 같은데……. 일반 소드보다 더 짧고 검신의 두께도 조금 얇아 보이는군요. 게다가 검병은 브로드 소드의 손잡이와 비슷한 것 같아 보입니다."

"맞네. 검신은 일반 롱 소드보다 짧은 66센티미터 정도로 해주고 날의 폭은 2.5센티미터로, 그리고 검의 손잡이는 베기를 할 때 편안하도록 브로드 소드 형태로 만들어 주게. 어때, 가능하겠는가?"

이미 공작가의 도서실에서 대륙에서 생활하면서 필요할 것 같은 지식을 두루 섭렵한 슈였다. 그는 한 번 본 것은 절대 잊지 않는 만큼 이미 검에 대한 지식에도 일가견이 있었다.

"물론 가능합니다요. 그런데 언제까지 제작을 해야 합니까?"

"그건 자네가 알아서 결정하게. 급한 것은 아니니까. 단, 꼭 내가 요구하는 모양으로 만들어 주어야 하네. 알겠는가?"

"네! 반드시 성주님의 뜻대로 만들겠습니다!"

"고맙네. 잘 만들어 준다면 그만한 대가를 치를 것이니 잘 부탁하네."

"아닙니다요. 감히 성주님의 검을 제작하는데 대가라니요,

당치 않습니다요."

"하하. 아무튼 잘 부탁하네. 그럼 수고하게."

슈는 유쾌한 웃음을 던지고는 대장간에서 나와 곧장 델리슨의 방으로 향했다. 이런 열악한 영지에서 델리슨의 가치는 실로 대단할 텐데도 그에게는 그 흔한 개인 연구소 하나 없었다. 비록 이제 겨우 3서클 마스터에 불과한 그였지만, 이 열악한 영지에서의 효용 가치는 엄청났기 때문에 어쩌면 기사들보다 더 귀하게 대우를 해줘야 옳을 터였다.

그러나 말을 더듬는 그를 그렇게 높게 평가해 주는 사람이 아무도 없었으며, 심지어 그를 어디에 활용해야 하는 것인지조차 잘 모르고 있는 실정이었다.

"어, 어… 어서… 오십시오… 로, 로드……."

"하하, 잘 잤는가? 혹시 나 때문에 잠도 못 자고 일을 한 것은 아니겠지?"

슈는 여전히 말을 더듬으며 힘겹게 인사를 하는 델리슨에게 환한 웃음을 던지며 말을 걸더니 곧 눈을 크게 뜨며 놀라고 말았다. 이미 방 한곳에는 그가 주문했던 것들이 완벽하게 재현되어 서 있었던 것이다. 그는 정말로 밤을 꼬박 새워 이 정교한 종이 제품들을 기어코 하루 만에 완성하고 만 것이다.

CHAPTER 11
수련

Miracle

왕궁 내 콘웰 마르시앙 후작의 집무실.

집무실 한 켠에 마련된 테이블에는 두 사내가 지도를 펼쳐
둔 채 이를 바라보고 있었다. 그들의 시선은 가누비엔 영지와
에우비안 영지의 경계선에 위치한 '아마르 평야'에 가 있었
다. 이 평야는 가누비엔 영지에 귀속된 곳이지만, 그 경계가
애매해서 영지민들 사이의 자잘한 마찰이 반복되는 곳이었다.

"이제 내 말뜻을 알겠느냐?"

"네, 각하! 충분히 알아들었습니다. 그리고 그런 문제라면
아무 걱정 하지 마십시오. 그렇지 않아도 인구수가 절대적으
로 우세한 우리 영지민들이 그 평야를 탐내고 있습니다만, 실

권한이 멕란드 자작에게 있어 그저 군침만 흘리던 참이었습니다. 하지만 그가 죽은 이상 땅의 경계를 알고 있는 사람은 거의 없을 겁니다. 그러니 그쪽 영지민 녀석들이 농사를 짓고 있는 곳을 시빗거리로 삼는다면 분쟁은 불 보듯 뻔합니다.”

“호오, 그래? 하지만 처음부터 병사들이 시비를 걸면 공작 가문에서 나설 가능성이 있으니 절대 그렇게 문제를 야기하면 안 된다. 무슨 말인지 알겠지?”

“당연하지요. 어차피 영지의 경계 지점에서 농사를 짓는 농부들은 거칠 수밖에 없습니다. 특히, 그 마을의 자경단은 상당한 무력도 갖추고 있지요. 그들을 교묘하게 활용한다면 결국 소규모 영지전 이상으로 발전하기는 힘들 것이 분명합니다. 공작가에서 나설 수 있는 명분이 없을 테니까요.”

토머스 드 에우비안 자작.

그는 온갖 권모술수와 아부를 발휘해 결국 중앙 정계의 최고 권력자 중의 한 사람인 콘웰 마르시앙 후작의 눈에 들게 되어 그의 측근 자리를 꿰어 찬 귀족답게 교활하기 짝이 없는 인물이었다. 자작은 콘웰 마르시앙 후작의 한마디를 듣자마자 그의 의도를 눈치챘으며, 그가 마음에 들어할 만한 답을 즉석에서 내어놓아 후작의 마음을 흡족하게 만들었다.

“그렇지! 바로 내가 원하는 답이 그것이네! 허허, 역시 자네는 똑똑해. 만일 이번 일만 잘 성사시킨다면 내 자네를 백작이 될 수 있도록 적극 추천해 주겠네. 아니, 백작 작위를 보장해 주지."

"그, 그게 정말이십니까? 감사합니다. 감사합니다, 각하!"

자작까지는 세습 귀족으로 인정되기는 했지만 국가의 요직을 차지하기는 힘들었다. 게다가 운이 좋아 지방 영지의 로드가 될 수는 있지만 하이로드는 불가능한 것이 바로 자작의 한계인 것이다.

그렇기 때문에 자작위까지는 하이로드인 후작이나 공작이 직접 하사할 수 있다. 그러나 백작은 그 차원이 달랐다. 최상위 귀족일뿐더러 대영주인 하이로드가 될 가능성이 높았고, 대우 자체가 완전히 달라진다.

하지만 백작위는 국왕만이 정할 수 있었다. 통상 국가의 공신에 해당하는 높은 기여도가 아니고서는 받기 힘들기 때문에 욕심이 많은 에우비안 자작 역시 백작위가 탐은 났지만, 감히 도전할 엄두도 내지 못했던 것이다. 그런데 이제 그 꿈만 같았던 백작위가 눈앞에 다가왔으니 얼마나 더 욕심이 났겠는가.

다른 사람도 아니고 왕국에서 세 번째로 강한 권력을 가진 콘웰 마르시앙 후작이라면 절대 헛소리로 끝나지 않을 것임을 누구보다도 그가 잘 알지 않는가. 그러니 이처럼 감격할 수밖에…… 평상시에도 한참 눈 아래로 내려다보던 멕란드 자작의 영지인데다가 기껏 바뀌게 된 새로운 영주가 공작가의 망나니 슈라고 하니 이 일이 얼마나 쉽게 느껴지겠는가.

'흐흐… 철부지 공자를 흥분시켜 전쟁을 일으키는 것은 손바닥 뒤집기보다 쉬운 일이지. 게다가 우리 영지군은 각 마을 자경대를 제외한 정규군만도 근 이백 명이 넘는다. 거기에 기사도 열 명이나 있지. 하지만 가누비엔 영지에는 기껏해야 기사 다섯에 영지군이래 봐야 고작 육칠십 명 정도가 다이잖은가. 지금까지야 공작 가문의 눈치를 보느라 시비를 걸지 못했지만 이번은 다르다. 콘웰 마르시앙 각하께서 뒤를 봐주신다면 거리낄 것도 없지. 드디어 나에게도 출세 운이 트이려나 보구나.'

원래부터 기회주의자인 자작에게 이번 제안은 그야말로 큰 행운이나 마찬가지였다. 그는 콘웰 마르시앙 후작에게 연신 고개를 조아리다가 흐뭇한 미소를 지으며 그곳에서 물러나왔다.

현재 듀란달 왕국은 심각한 전쟁의 조짐을 보이고 있었다. 아직 전쟁이 터진 것은 아니지만 이처럼 내부에서 서로 권력 다툼이나 할 만큼 한가한 상황은 아닌 것이다. 최근 매일 주요 귀족들이 왕궁에서 살다시피 하는 것은 바로 이 때문이었다.

"이런… 이거 에우비안 자작님 아니십니까. 오랜만에 뵙는군요."

"아, 안녕하십니까, 레비안또 백작 각하!"

레비안또 공작의 장남인 아론 부르셀라 폰 레비안또 백작이 마침 왕궁 회의실에서 나오다가 막 모퉁이를 돌아 다가오는 에우비안 자작을 발견하고는 먼저 아는 체를 했다. 애초부터 로드 급 귀족들은 서로 볼 기회가 많다 보니 안면이 있는 것이다. 그리고 에우비안 자작은 비록 자신보다 나이는 한참 어리지만 최고 귀족 그룹에 속하는 백작인데다가 그것도 레비안또 공작 가문의 장남인지라 매우 깍듯하게 인사를 할 수밖에 없었다. 지금은 백작위에 있지만 곧 공작위를 물려받을 사람 아니던가. 자작 정도가 함부로 대할 신분이 아닌 것이다.

"그 먼 곳에서 여기까지는 어쩐 일이십니까? 각 지방의 로드들을 다 부른 것은 아닐 텐데요?"

"아, 네. 콘웰 마르시앙 후작 각하께 세금 문제로 급히 상의 드릴 것이 있어서요."

원래는 영지 문제로 왔다고 하려다가 그는 아차 싶었다. 만일 슈가 다스리게 된 영지와 시비가 일어날 경우 오늘의 우연한 만남이 빌미가 되어 레비안또 백작이 뭔가 눈치챌지도 모른다는 생각이 들었기에 얼른 말을 바꾼 것이다.

"그렇군요. 참, 그러고 보니 에우비앙 영지의 바로 옆이 멕란드 자작의 영지가 맞지요?"

"그, 그렇습니다."

도둑이 제 발 저리다고, 막 헤어지려는 순간에 레비안또 백작이 그렇게 말하자 그는 가슴이 철렁했다.

"그곳으로 우리 셋째 동생이 부임을 갔으니 앞으로 잘 좀 보살펴 주십시오. 물론, 행여 잘못을 저지르거나 하면 따끔하게 혼도 내주시고요. 하하하!"

"제, 제가 어떻게 감히 공작 각하의 영작님을 혼낼 수 있겠습니까? 그런 말씀은 거두어주십시오."

그 역시 공작가의 유명한 망나니 슈가 형들에게 좋은 대접을 받지 못하는 것은 알고 있었지만, 그렇다고 여기서 말을 함부로 할 수는 없었다. 기회주의자들은 이럴 때 더욱 몸조심을 하는 법이다. 아차, 한 번의 실수로 다 잡은 행운을 날릴 수도 있기 때문이다.

"뭐 어쨌든 아직 철이 없는 동생이라 늘 걱정이 되는군요. 이웃 영지시니 아무쪼록 잘 좀 부탁합니다."

"알겠습니다, 각하!"

사실 아론은 대공작 가문의 수치로 불리는 슈가 늘 못마땅하기는 했지만 그렇다고 정말로 미워하는 것은 아니었다. 단지, 그의 행동으로 인해 남에게 말을 듣는 것이 자신의 자존심까지 상하게 할 때가 종종 있었기에 화가 나서 그를 구박해온 것뿐이라 할 수 있었다. 어쨌든 두 사람은 그렇게 잠시 인사를 나누고 헤어졌다.

'후우… 레비안또 백작. 나이는 어려도 묘하게 사람을 억누르는 기세가 있단 말이야. 하긴 이미 왕국 내에서도 차기 공작 감으로 전혀 손색이 없다는 소문이 자자한 사람이니 당연하겠지만……. 어떻게 같은 뱃속에서 나온 형제인데 저렇게 다를 수가 있을까. 물론 덜떨어진 녀석이 와 있으니 나에

게는 큰 행운이겠지만 말이야.'

　그는 이런 생각을 하면서 걸음을 더욱 바삐 움직였다. 자신의 영지까지 갈 길은 멀었고, 그에 비해 어서 가서 해야 할 일이 생겼으니 마음이 급해질 수밖에 없는 것이다.

2

　슈가 영지에 온 지 벌써 보름이 지났다. 그는 그동안 영지 시찰을 하고 또 자신의 검술 향상을 위해 고민하고 연구를 했으며, 이를 위해 무엇인가 준비를 했다. 그리고 마침내 종이 인형을 비롯한 델리슨에게 맡긴 것을 찾았고 이틀 뒤, 자신이 주문한 검을 찾아오더니 곧장 카스란을 불렀다.

　"나는 오늘부터 며칠이 될지는 몰라도 잠시 성의 북쪽에 있는 티리엔 산에 올라갔다가 올 것이다. 그동안 엉뚱한 생각 하지 말고 내가 전에 지시했던 것을 완료해 두도록. 만일 조금이라도 엉뚱한 짓을 하게 되면 내가 걸어두었던 금제가 발동해서 지독한 고통 속에 몸부림치다가 죽을지도 모르니 명심해라."

　"무, 물론이에요. 그런데 갑자기 산에는 왜 올라가시려고요?"

　"할 일이 있어서 그래. 아직 내가 정식으로 이곳의 영주가 된 것이 아니니 내 개인적인 일을 본다 해도 크게 문제될 것은 없지 않겠어? 내 개인 볼일이 있어서 갔다 오려는 거야."

"알겠어요. 조심해서 다녀오세요."

그는 카스란에게 영지 내의 인구 파악과 그동안 영지를 운영해 왔던 자료를 준비하라 지시한 바 있었다. 그란텔이 돌아오려면 아직 일주일은 더 있어야 했고 그가 도착하는 시점부터 영지민들의 생활에 도움이 되는 일을 착수하려고 마음먹은 슈였기에 그런 자료는 필수라 할 수 있었다.

어쨌든 그런 간단한 지시만 남겨놓고 그는 곧 준비해 놓았던 육포와 마른 빵, 그리고 델리슨에게 얻은 보존 마법이 걸린 수통에 물을 넣더니 티리엔 산을 향해 출발했다.

"자, 이쯤에서 헤어지면 되겠군. 나는 여기서 내릴 테니 자네는 이 말을 끌고 가게. 그럼 며칠 후에 보자고."

"네, 성주님!"

슈는 산의 입구에서 말에서 내리더니 함께 온 병사에게 말을 주고는 빠르게 산을 오르기 시작했다. 티리엔 산은 아주 높지는 않았지만 상당히 숲이 우거지고 깊어서 그리 만만한 곳이 아니었다. 사나운 짐승은 물론 가끔 오크나 코볼트 같은 중소형 몬스터도 출몰하는 지역인지라 일반인들은 특별한 경우 외에는 안으로 깊이 들어가는 것을 꺼리는 산이라 할 수 있었다.

졸졸졸—

"후아… 이쯤이 딱 좋겠군. 사람이 다닌 흔적도 별로 없고 공간도 충분한데다가 물이 흘러서 딱 알맞은 장소인 것 같네. 어디 우선 천막부터 쳐볼까?"

그는 깊은 산속으로 계속 걸어가다가 적당한 장소를 발견 했는지 그곳에 천막을 설치하더니 곧 들고 온 가방 속에서 몇 가지 물건을 꺼내놓았다. 바로 델리슨이 만들어준 인형들과 그가 공작가에서 부터 만들어두었던 각종 길이의 작은 말뚝 들이 그것이다.

그는 그 말뚝을 박기 위해 이동하기 직전에 우선 천막 앞쪽 에 시간을 잴 수 있는 모래시계를 설치해 두었다.

"쇠뿔도 단숨에 빼랬다고, 굳이 시간을 끌 필요는 없겠지. 과연 내 계산이 맞았는지 약간 떨리기는 하지만 어느 정도 차 이는 있을지언정 큰 문제는 없을 거야."

원래부터 몸이 허약해 혼자 있는 시간이 길었던 슈는 이처 럼 중얼거리는 습관이 있었다.

어쨌든 이렇게 중얼거리면서도 그는 익숙한 손놀림으로 총 서른두 개의 말뚝을 천막의 앞쪽에 꽂기 시작했다. 그러더 니 마지막 하나만 손에 든 채 이번에는 종이 인형을 북쪽으로 두 개 앉혀놓더니 그 앞쪽으로 종이 기둥을 눕혀놓았다. 세워 야 정상일 것 같았지만 종이에 무슨 힘이 있겠는가. 그리고 그 옆으로 귀여워 보이기까지 한 작은 발리스터를 그럴싸한 모습으로 자리 잡아주었다. 도대체 무엇을 하는 것일까.

"다 된 것 같군. 이제 검을 살펴볼까?"

채엥! 휘익! 휘리릭!

"흐음, 딱 좋군. 이제 준비가 다 된 것인가? 좋아. 그렇다면 이제 시작이다!"

꾸욱.

징— 징— 징— 징—

슈가 손에 든 말뚝을 박고 말뚝들의 범위 안으로 들어서자 갑자기 하늘이 어두워지면서 사방에서 진동이 일어나기 시작했다. 그러더니 그렇게 약 오 분 정도가 지나자 전면에 힘없이 기대 있던 인형들에게서 괴이한 변화가 일어나는 것 아닌가!

벌떡! 처억!

벌떡! 처척!

놀랍게도 인형이 사람과 똑같이 변하더니 무시시한 기세를 피워 올렸다. 게다가 가운데 눕혀 있던 기둥은 어느새 꼿꼿하게 서서 웅장한 철 기둥으로 바뀌어 있었고, 발리스터는 기긱거리는 소리를 내면서 방향을 곧장 슈 쪽으로 돌리고 있었다. 잠깐의 사이에 슈는 완전히 고립된 공간 안에 이런 겁나는 적들과 대치를 하게 된 것이다.

"흐음. 살기까지 제대로 나타나는 것을 보니 일단 기본은 제대로 발동이 되었군. 그렇다면 이제 문제는 시간의 흐름인데… 그것은 일단 지나 보면 알겠… 헉! 이런……."

슈우우욱!

펑! 펑! 펑!

떼굴떼굴.

그가 잠깐 진의 발동이 정상적인지 생각하는 사이 사람의 형상으로 바뀐 중국 복장의 괴이한 두 인형이 눈빛을 번뜩이며 마치 공간 이동을 하듯 빠르게 달려와 공격하기 시작했다. 그러자 슈는 잽싸게 바닥으로 엎어지며 데굴데굴 굴러 그 공격을 피했지만 그야말로 쉴 틈 없이 몰아치기 때문에 피하는 것에도 한계가 있었다.

"에잇! 받아라!"

샤아악!

데엥!

결국 간신히 누운 자세 그대로 검을 들어 휘두를 수는 있었지만 이 괴인간들은 그 검을 그저 팔뚝으로 간단하게 막아버리는 것 아닌가. 게다가 인간의 팔과 검이 부딪치는데도 팔이 잘리기는커녕 괴이한 소리만 울릴 뿐이었다. 하지만 잠시 주춤하는 사이 그 틈을 이용해 슈는 벌떡 일어설 수가 있었다. 물론 그래 봤자 허무한 몸짓에 불과했지만.

퍼억! 퍽퍽! 퍽!

"꾸악! 컥!"

휘청~ 휘청~

다다다—

"으으… 이거 생각보다 강도가 너무 심하잖아. 설마 '만변

무한인형대진(萬變無限人形代陣)'의 위력이 이 정도일 줄이
야……. 과연 마교의 절진답구나. 그나마 훈련용으로 하기 위
해서 살기를 줄였으니 이 정도지 원래의 진 그대로였으면 벌
써 죽었겠군. 카악! 퉤~!"

　그가 일어서자마자 두 명의 괴인간은 실로 상상을 불허할
정도의 빠르기로 따라붙으며 그의 복부와 허리를 때려왔다.
슈는 숨이 막힐 정도로 아팠지만 뒤도 돌아보지 않고 미친 듯
이 장내를 뛰기 시작했다. 그러면서 입안에 고인 피를 뱉어내
더니 자신이 만들어냈던 검술을 떠올리며 새로 만든 검을 치
켜들고, 곧장 그들을 향해 휘두르기 시작했다.

　"타핫!"

　쉬이익!

　까앙! 깡! 깡! 깡!

　하지만 그 어떤 공격도 이 괴상한 인간들에게는 통하지 않
았다. 이들은 너무도 쉽게 그의 공격을 막아내더니 그가 힘에
부치고 지쳐 헐떡거릴 즈음이 되자 또다시 눈부신 공격을 퍼
붓기 시작했다.

　퍼억! 퍽! 퍽!

　괴인간들은 쉴 새 없이 슈를 공격했다.

　"끄악!"

　빠각! 퍽!

　"컥! 치, 치사하게 뒤통수를 갈기다니… 내가 만들었지만

젠장할 놈들이로구나! 헉헉……."

그야말로 눈물 없이 볼 수 없는 처참지경이 계속되고 있었다. 그는 이미 근 두 시간 가까이 얻어맞기만 하고 있었으며, 성한 곳 하나 없을 정도로 깨지고 터져 나갔다. 코에서는 코피가 쉴 새 없이 흘러내렸고, 입안에서도 피가 쉬지 않고 고여들어 숨 쉬는 것조차 힘들어졌다. 하지만 이것은 겨우 시작에 불과했다.

퍽퍽퍽! 콰직! 푹! 퍽!

"커헉! 아, 제길! 종이 주제에 진짜 너무하는군. 이야아압!"

쉬이익~ 쉭!

"헛! 또 피하다니… 타핫!"

원래 이 진은 애초부터 상대의 움직임에 따라 맞춰서 움직이게끔 되어 있었다. 때문에 그런 움직임을 차단시키려면 그 이상의 빠름으로 대응해야 하는데 이제 시작인 슈에게는 아직 요원한 이야기였고, 그 때문에 그의 공격은 그야말로 허무한 몸짓에 불과했다.

퍼억!

콰앙!

그리고 마침내 초고수의 몸짓을 방불케 하는 좌측 인형의 무심한 주먹 한 방이 슈의 복부에 꽂혔고, 이로 인해 상체가 숙여지는 순간 우측 인형의 단단한 무릎이 무지막지한 속도로 달려들면서 그의 면상을 통렬하게 올려붙이고 말았다.

“끄르륵… 끅!”

부우웅~ 쿵! 털퍼덕!

부르르르— 잠잠.

동시에 슈는 숨이 넘어가는 것 같은 신음과 동시에 허공으로 떠올랐으며 그대로 날아가 인정사정없이 바닥에 부딪쳤다. 그리고 온몸을 부르르 떨다가 이내 그런 움직임마저 멈추고 말았다.

그극… 지이이이…… 척! 척!

그렇게 슈의 움직임에 멈추어 버리자 인형들은 그 살벌한 움직임을 동시에 멈추더니 원래 있던 자리로 되돌아가는 것이 아닌가. 그랬다. 이 진은 움직이는 존재만을 적으로 인식하는 기능이 있었기에 이처럼 움직임이 멈추어 버리면 진도 더 이상 작동이 되지 않게끔 만들어져 있었던 것이다.

…….

과연 슈는 이대로 허무하게 죽어버린 것일까? 아직은 전혀 알 수가 없었다. 아직은 말이다.

『기적』2권에서 계속…

Book Publishing CHUNGEORAM
풍림화산
임영기
新무협 판타지 소설
천당에서 지옥으로 질풍노도처럼[風] 거지에서 대살수로 웅크린 숲처럼[林]
복수의 화신으로 불길처럼[火] 악마에서 영웅으로 거대한 山이 된다.
풍림화산(風林火山)
한 사나이의 파란만장한 대역정이 웅장하고 장렬하게 펼쳐진다.
유행이 아닌 자유추구 -
WWW.chungeoram.com
Book Publishing CHUNGEORAM

일류 新무협 판타지 소설

天魔의 書
천산마제

내일을 기약할 수 없는 땅, 천산.
소녀로부터 은자 한 닢의 빚을 진 소년 용악.
청년이 된 용악은 천산의 하늘이 된다.

하늘을 가르고 땅을 뒤엎는다!
한 호흡에 만 개의 벽(壁)!!
지금껏 내게 이빨을 드러낸 것들은 모두 죽었다.

은자 한 닢의 빚을 갚으며 시작된
십천좌들과의 승부.
오너라! 천산의 제왕, 천산마제가 여기 있다!

유행이 아닌 자유추구 -
WWW.chungeoram.com
Book Publishing CHUNGEORAM